Eine äußerst diskrete Ermittlung

(Im Auftrag des Regenten, Buch 2)

„In diesem zweiten Band von Bolens Regency-Krimis wird Hauptmann Jack Dryden wieder vom Prinzregenten dringend zu Hilfe gerufen – an Jacks Hochzeitstag …

Wird Jack die vermissten Unterlagen finden, bevor d'Arblier ihn findet? Wird Daphne eine fähige Haushälterin finden, bevor sie verhungern? Und werden Daphne und Jack je Zeit für ihre Hochzeitsnacht haben?

Lesen Sie Eine äußerst diskrete Ermittlung, um die Antworten zu finden und ein neues Abenteuer mit den bezauberndsten Regency-Detektiven zu genießen." 5 STERNE. – *In Print*

I0543949

Bücher von Cheryl Bolen

Historische Regency-Liebesromane:

Reihe: Im Auftrag des Regenten
Mit der Hilfe seiner Lady
Eine äußerst diskrete Ermittlung
The Theft Before Christmas
An Egyptian Affair

Reihe: Beherzte Bräute
Die falsche Gräfin
Sein goldener Ring
Hochzeitsnacht mit Hindernissen
Miss Hastings abenteuerliche Fahrt nach London
Weihnachten mit den Birminghams

Reihe: *Die Bräute von Bath*
Die Braut in Blau
Mit seinem Ring
Das Geheimnis der Braut
Diesen Lord zu lieben
Liebe in der Bibliothek
Weihnachten in Bath

Reihe: Das Haus Haverstock
Zufällig eine Lady
Herzogin aus Versehen
Irrtümlich Gräfin
Zu Weihnachten verheiratet

Reihe: Pride and Prejudice Sequels
Miss Darcy's New Companion
Miss Darcy's Secret Love
The Liberation of Miss de Bourgh

The Earl's Bargain
My Lord Wicked
His Lordship's Vow
Christmas Brides (Three Regency Novellas)
A Duke Deceived

Romantic Suspense:
Falling For Frederick

Reihe: Texas Heroines in Peril
    Protecting Britannia
    Murder at Veranda House
    A Cry In The Night
    Capitol Offense

Liebesroman aus dem 2. Weltkrieg:
It Had to Be You (Previously titled *Nisei*)

Amerikanischer historischer Liebesroman:
A Summer To Remember (3 Amerikanische Liebesromane)

Eine äußerst diskrete Ermittlung

Cheryl Bolen

Übersetzung von Susanne Döring

Kapitel 1

Sidworth House war nicht so in Aufruhr gewesen, seit die zweitälteste Tochter Lord Sidworths den Herzog von Lankersham eingefangen hatte. Lakaien in scharlachroter Livree, wild herumlaufende Zimmermädchen und eine Abteilung befehlshaberisch klingender Diener fielen fast übereinander, um das Heim des Earls für das denkwürdige Ereignis dieses Tages vorzubereiten: die Hochzeit der Tochter Nummer Eins.

Ohne Kritik an der besagten Dame üben zu wollen, niemand, der sich jetzt auf dieses glückliche Ereignis freute, hatte je erwartet, den Tag zu sehen, an dem Lady Daphne Chalmers heiratete.

Dieser Mangel an Erwartung hatte nicht darauf beruht, dass die Dame nicht aus gutem Hause war oder keine respektable Mitgift hatte, auch nicht, weil sie nicht liebenswürdig war. Sie verfügte über all diese Eigenschaften im Überfluss. Diejenigen, die Lady Daphne ausgiebig bewunderten (und davon gab es wirklich viele), konnten nicht leugnen, dass das arme Mädchen - nein, Mädchen war nicht gerade die richtige Bezeichnung - die arme Frau eine hoffnungslose alte Jungfer war. Sie war schon so lange auf dem Heiratsmarkt gewesen, dass eine neue Generation von Debütantinnen Lady Daphnes Jahrgang zu einer so entfernten Erinnerung werden ließ wie die gepuderte Perücke ihres Vaters.

Doch heute würde Lady Daphne heiraten.

Es war erwartet worden, dass Lord Sidworth im verzweifelten Bemühen, die älteste seiner sechs Töchter unter die Haube zu bringen, seine Ansprüche senken würde. Zuerst hatte er gedacht, dass nur der beste unter den Adligen in allen drei Königreichen seiner Erstgeborenen - und Lieblingstochter - würdig wäre.

Jetzt jedoch hatte Lord Sidworth seine Zustimmung erteilt, dass seine geliebte Daphne einen Mann heiratete, für den so wenig sprach, dass der Earl ihn zuvor kaum auch nur für *akzeptabel* gehalten hätte. Lady Daphnes Zukünftiger war *nicht* von Adel. Er verfügte auch nicht über ein Vermögen. Er bekleidete auch keinen oberen Rang im Regiment der Leichten Husaren des Prinzen von Wales. Er war ein bloßer Hauptmann.

Hauptmann Jack Dryden hatte sogar die Stirn gehabt - jedoch gleichzeitig Königliche Hoheit dafür um Verzeihung gebeten - einen höheren Titel abzulehnen, den sowohl Lord Sidworth als auch der Prinzregent selbst ihn anzunehmen drängten. Der dickköpfige Hauptmann wollte weder einen Adelstitel noch einen höheren Rang im Dienste seiner Majestät annehmen, was ihm beides vom Regenten angeboten worden war, der Hauptmann Dryden außerordentlich bewunderte.

Der Hauptmann kränkte seinen zukünftigen Schwiegervater noch weiter, indem er die riesige Mitgift, die Lord Sidworth Lady Daphne mitgeben wollte, ebenfalls ablehnte. (Hauptmann Dryden kapitulierte schließlich soweit, dass er eine Mitgift akzeptierte, die es seiner Frau erlauben würde, in einem Stil zu leben, der für jemanden, der als

Tochter eines Earls aufgewachsen war, nicht völlig unerträglich wäre.)

Trotz der großen Unterschiede in der Stellung des zukünftigen Paares fand jeder in der guten Gesellschaft, dass Lady Daphne es sehr gut getroffen hätte. Sowohl der Prinzregent als auch der Herzog von Wellington schrieben Hauptmann Dryden alle möglichen Heldentaten zu, einschließlich der, das Leben des Prinzregenten gerettet zu haben. Männer beneideten den Hauptmann um seinen stattlichen, wohlgeformten Körper und bewunderten gleichzeitig seine Geschicklichkeit im Umgang mit dem Schwert.

Und Frauen ... nun, Frauen neigten dazu, mit den Wimpern zu klimpern, Taschentücher fallen zu lassen und nahezu ohnmächtig zu werden, wenn sie sich in Gegenwart des so überaus gutaussehenden Mannes befanden, den Daphne selbst den unvergleichlichen Hauptmann getauft hatte.

Wer mit dem glückliche Paar nicht gut bekannt war, hielt Hauptmann Jack Dryden zweifellos für einen großen Mitgiftjäger. Oder sie könnten ihn für einen Speichellecker der Aristokratie halten. Nichts hätte der Wahrheit ferner liegen können.

Wer Daphne und Jack kannte, wusste, dass dies eine echte Liebesheirat war.

Erst vor kurzem, während sie ein Komplott gegen den Prinzregenten untersuchten, waren Daphne und Jack - die sich zuvor nicht gekannt hatten - gezwungen gewesen, als Liebespaar zu posieren, und die List hatte damit geendet, sich zur Wahrheit zu entwickeln.

Zuerst hatte Jack sich nicht von Lady Daphne angezogen gefühlt. Er beklagte, dass er gezwungen sein würde, Zuneigung zu einer bebrillten Frau vorzutäuschen, die groß, mager und im Besitz der widerspenstigsten Haarpracht war, die man sich vorstellen konnte. Daher hatte die zündende Wirkung, die die Anwesenheit der besagten Dame auf seine Leidenschaft entwickelte, ihn ebenso schockiert, als wäre ihm ein drittes Bein gewachsen.

Ebenso schockierend war die Entdeckung, dass die edle Dame in keiner Weise abgeneigt war, sich mit einem Hauptmann so niederer Herkunft zu vereinen. Die Dame bestand tatsächlich darauf, dass Jack der edelste Mann wäre, der ihr je begegnet wäre. Er wusste, dass er weder edel noch einer so wundervollen Frau wie Daphne würdig war, aber was sollte er tun, wenn der Regent selbst erklärte, dass sie zusammengehörten?

An diesem seligsten aller Hochzeitstage rauschte Daphnes herzogliche Schwester, begleitet von ihrer viel größeren Zwillingsschwester, durch die Tür von Sidworth House und lächelte breit. „Ich sage dir, Virginia", sagte sie zu ihrer Schwester, „ich kann es nicht erwarten, Daphne in dem Hochzeitskleid zu sehen, das ich für sie anfertigen ließ." Die beiden hielten nicht einmal lange genug inne, um auch nur ihre Samthauben abzunehmen, sondern eilten gleich zu Lady Daphnes Schlafzimmer.

„Selbst Daphne muss in *diesem* Kleid schön aussehen", sagte Virginia, „ich glaube, etwas Schöneres habe ich noch nie gesehen."

Cornelia nickte. „Ich muss zugeben, es fiel mir schwer, etwas so Wunderschönes nicht für mich zu behalten, aber ich wollte so gerne, dass Daphne … nun ja, dass sie an ihrem Hochzeitstag so schön wie irgend möglich aussieht." Sie runzelte die Stirn. „Vor allem, da sie direkt neben diesem ...“

Virginia blieb auf der Stufe stehen und blickte in die braunen Augen ihrer Schwester - dem einzigen Zug, den die Zwillinge gemeinsam hatten. „Diesem Ausbund an Männlichkeit stehen wird?“

Cornelia, Herzogin von Lankersham, nickte immer noch stirnrunzelnd. (Beklagenswerter Weise war ihr Herzog nicht nur *kein* Ausbund an Männlichkeit, sondern ein wenig beleibt und mit sehr wenig Haaren gesegnet, die sein glänzendes Haupt noch bedeckten.)

Vor Lady Daphnes Tür blieben die Zwillinge stehen. „Ich weiß einfach, dass Daphne heute strahlend schön sein wird“, sagte Virginia.

Ihr Gesicht verzog sich zu einem Lächeln, als die Herzogin zustimmend nickte und die Tür zu Daphnes Schlafzimmer aufriss.

Und keuchte. (Was *kein* Keuchen atemloser Bewunderung war.)

Virginia kreischte auf.

Daphne, noch immer in ihrem Nachtgewand, die Brille auf dem Nasenrücken herabgerutscht, saß rittlings auf einem Holzstuhl, der strategisch vor einem Fenster aufgestellt war. Dort, mit dem Pinsel in der Hand und einer beträchtlichen Menge brauner Farbe in ihrem Gesicht, saß sie vor einer Staffelei, auf der das noch feuchtes Gemälde eines Pferdes stand.

Sie sah ihre Schwestern an und lächelte.

Cornelia presste den Mund zusammen und ihre Augen wurden schmal. „Bitte, warum bist du noch nicht angezogen?“

Gleichzeitig fragte Virginia: „Was machst du da nur, Daphne?“

„Mitten in der Nacht kam mir der brillante

Einfall, ein Bild von Jacks Lieblingspferd als Hochzeitsgeschenk für ihn zu malen." Sie lehnte sich zurück und betrachtete das Portrait des Rotschimmelwallachs mit Schabracke in Blau und Silber. „Ich glaube, das ist eines meiner besten Bilder. Und ihr wisst, wie sehr Jack das Tier liebt!"

„Ich könnte es fast verstehen", murmelte Virginia der Herzogin zu, „wenn sie ihrem Bräutigam eine Miniatur von sich schenken wollte, aber ein Pferd?"

Die Herzogin war zu aufgebracht, um eine Antwort zu finden. Sie stellte sich mitten in Daphnes Schlafzimmer und begann zu schreien. „Mama! Papa!"

Aus ihrem entsetzten Tonfall würden ihre Eltern (und wohl auch alle Dienstboten) mit Sicherheit schließen, dass Flammen das Zimmer verzehrten.

Innerhalb von Sekunden stürzten Lord und Lady Sidworth in den Raum.

„Liebe Güte", sagte Lady Sidworth und schüttelte den Kopf, als sie erkannte, dass die Braut es versäumt hatte, das Brautkleid anzuziehen. „Ich hätte darauf bestehen sollen, dass meine Zofe sich heute Morgen um sie kümmerte, aber Daphne war so sehr dagegen!"

Daphne schaute böse auf, zuerst zur Herzogin, dann zu ihrer Mutter. „Müsst ihr in der dritten Person von mir sprechen? Ich bin doch hier. Und du, Mama, weißt, dass ich mich weder um Schönheit kümmere noch eine Zofe haben will. Die Frau eines Hauptmanns der Armee kann sich eine so unnötige Ausgabe nicht leisten."

„Du musst zugeben, Mama", sagte die Herzogin, „dass es bei Daphne für eine Zofe nichts zu tun gäbe. Schau sie an! Sie hat nicht einmal ihre Haare gebürstet - nicht, dass sie das je täte." Cornelia trat an ihre älteste Schwester heran. „Ich wage zu behaupten, dass seit gestern Abend diese Haare keine Bürste gesehen haben."

Daphne sah in Cornelias zorniges Gesicht. „Natürlich nicht, Dummchen. Warum sollte ich meine Haare kämmen, bevor ich mit dem Gemälde fertig bin? Du weißt doch, wie schmutzig ich mich mache, wenn ich male."

Cornelia seufzte. „Um Gottes willen, Daphne! Heute ist dein Hochzeitstag."

Über Lady Daphnes Gesicht legte sich ein fast ätherisches Lächeln. Sie hätte womöglich recht hübsch ausgesehen, wenn nicht braune Farbe ihren alabasterweißen Teint befleckt hätte. „Ich kann euch versichern, dass ich das nicht vergessen habe."

„Aber Schatz", sagte Lord Sidworth mit sanfter Stimme, als er sich seiner liebsten Tochter näherte, „du solltest in fünf Minuten zur Kirche abfahren."

„Dann müssen wir Hauptmann Dryden einfach warten lassen!", sagte Cornelia. „Wir müssen zusehen, dass wir Daphne vorzeigbar machen."

Der Mund der angehenden Braut blieb offen stehen. „Mir war nicht klar, dass ich in fünf Minuten losfahren muss. Wie soll ich nur diese ganze Farbe loswerden?"

Obwohl niemand sie hatte hinausgehen sehen, kehrte die andere Zwillingsschwester mit einem feuchten Tuch ins Zimmer zurück. „Ich werde diesen Terpentingeist auf dein Gesicht und deine Hände reiben, Liebes, und diese braune Farbe so schnell wie möglich entfernen."

„Daphne kann nicht nach diesem grässlichen

Terpentin stinkend auf ihrer Hochzeit auftauchen!", protestierte Cornelia.

„Wenn wir danach mit Wasser und Seife darangehen und freizügig mein Rosenwasser auftragen, denke ich, dass es funktionieren wird", sagte Lady Sidworth. „Es geht tatsächlich nicht an, dass Daphne in der Kirche stinkt."

„Ich frage mich, ob Jack den Geruch von Rosenwasser mag", bemerkte Daphne, als Virginia sanft die Farbe von ihrer Nase wischte. „Er hat sich so an meine Minzduft gewöhnt."

Cornelia verdrehte die Augen. „Ich kann nicht verstehen, warum du nicht Parfüm benutzt wie andere Frauen. Du kannst einen wirklich zur Verzweiflung bringen!"

„Ich bin nicht wie andere Frauen", antwortete Daphne mit einem Achselzucken. „Ich habe an dem, was gerade in Mode ist, überhaupt kein Interesse."

„Und der Hauptmann liebt sie so, wie sie eben ist", sagte Lord Sidworth mit einem Stolz wie der Gockelhahn, der gerade einen Pfau gezeugt hat. Er ging zur Tür des Zimmers. „Ich lasse euch Ladys jetzt allein, aber beeilt euch bitte. Ich werde eine Nachricht in die Kirche schicken, dass du dich ein wenig verspätest."

„Es ist mir gleich, was meine ältere Schwester will", sagte Cornelia mit großer Autorität. „Colette soll sofort herkommen und helfen, diese Masse widerspenstiger Haare auf Daphnes Kopf aufzustecken. Ich werde nicht zulassen, dass sie an ihrem Hochzeitstag so aussieht."

Lady Sidworth ging zum Klingelzug. „Ich werde gleich nach ihr klingeln."

„Wirklich, Cornelia", sagte Daphne mit einem bösen Blick auf ihre Schwester, „du behandelst uns alle - einschließlich deiner eigenen Mutter - als wärest du eine Art Göttin und wir nur deine Untertanen."

Virginia hielt inne und betrachtete Daphne, um zu sehen, ob sie Flecken übersehen hätte. „Sie hat recht, *Euer Gnaden*."

Cornelia stampfte mit dem Fuß auf. „Wenn meine Meinung nicht gefragt ist, verschwinde ich einfach nach St. George's!" Sie stürmte aus dem Schlafzimmer.

* * *

Jack, der neben seinem Bruder vorne in St. George's stand, blickte ständig zur Kirchentür. Es sah Daphne so gar nicht ähnlich, zu spät zu kommen. Normalerweise war sie einer der Menschen, die auf jede Minute achteten. Im Voraus. Bei ihren Schwestern konnte es vorkommen, dass sie zu spät kamen, weil sie sich - da sie sich mehr als Daphne für Mode und ähnliches interessierten - beim Anprobieren von Kleidern oder Frisieren oder allen möglichen anderen Dingen, die Modedamen so taten, aufhielten.

Doch die eleganteste der sechs Schwestern, Cornelia, die Herzogin von Lankersham, war bereits in der Kirche. Sie und Lankersham hatten die Kirche mit der Haltung königlicher Hoheiten betreten. Nach einem äußerst kurzen Nicken in Jacks Richtung in den Vorderteil der Kirche waren sie wie ein König und seine Königin bei der Krönung durch das Kirchenschiff gegangen. Kein Kirchenstuhl war für sie gut genug außer dem vordersten. Jack ertappte sich dabei, wie er darüber nachdachte, ob es daran lag, dass dieser am nächsten am Altar stand oder ob sie das taten, weil die Herzogin nach Bewunderung gierte.

Es gab viel zu bewundern, nicht nur an ihrer dunklen, zierlichen Schönheit, sondern auch an ihrem unfehlbaren Auge für alles Modische. Nicht, dass Jack sich selbst für besonders kompetent in Fragen der Damenkleidung hielt.

Es fiel ihm schwer zu glauben, dass diese hochmütige Adlige und seine Daphne aus demselben Schoß stammten. Während Daphne hochgewachsen war, war die Herzogin klein. Während Daphne kein Interesse an Mode hatte, lebte die Herzogin dafür. Und anders als Daphne war die Herzogin eine echte Schönheit.

Cornelia betrat den Kirchenstuhl zuerst. Danach kam ihr kahlköpfiger Herzog. Wie lieblos von Jack, an ihn als kahlköpfig zu denken. Lankersham war nicht völlig kahl. Ein Kreis dunklen Haares wuchs um seinen Kopf, was Jack an ein Bild von einem Mönch erinnerte, das er gesehen hatte - oder war es ein papistischer Heiliger?

Jacks Blick kam wieder nach vorne zur Kirche zurück und zu dem Pfarrer in seinem seidenen Gewand, der neben ihm stand. Er schenkte dem Geistlichen achselzuckend ein Lächeln. Seine Braut musste bereits eine halbe Stunde zu spät sein.

Daphne hatte darauf bestanden, nur Familienmitglieder zu ihrer kleinen Hochzeit einzuladen. Wegen der schlechten Gesundheit seines Vaters wurde Jacks Familie nur durch den einen Bruder vertreten, der neben ihm stand.

Die Familie des Earls von Sidworth war viel größer und aufgrund ihrer gesellschaftlichen Stellung hatten all die Tanten und Onkel und Cousins und Cousinen Stadthäuser in London für die Saison, und da es jetzt mitten in der Saison war, füllten die Mitglieder von Daphnes weiterer Familie ein Viertel der Kirche.

Je mehr Zeit verstrich, desto mehr begannen die Stimmen der Gäste, die zuerst respektvoll geschwiegen hatten, die Kirche mit dem Summen ihres Geplauders zu erfüllen. Jack trug auch zum Anschwellen des Lärms bei, als er sich zu David wandte und sprach. „Ich fange an, mir Sorgen um Daphne zu machen. Sie kommt nie zu spät."

„Du weißt doch, wie Frauen sind, wenn sie sich frisieren und so."

Jack runzelte die Stirn. „Es ist klar, dass du Daphne nicht kennst."

Seine Braut war bereits drei volle Viertelstunden zu spät, aber das Warten war jede Minute wert gewesen. Jacks Körper bebte bis in den letzten Winkel seines Wesens, als er aufschaute und Daphne sah, wie sie am Arm ihres Vaters durch die Kirchentür gerauscht kam. Ihre goldenen Haare *waren* frisiert. Und zwar wunderschön. Normalerweise war ihr Haar eine struppige Mähne, heute war es im Stil einer griechischen Göttin aus ihrem Gesicht zurückgestrichen.

Neben ihrem Vater, der fast so hochgewachsen war wie Jack mit seinen sechs Fuß, zwei Zoll, sah Daphne nicht so groß aus. Heute lag sogar etwas wie Eleganz in der Art, wie sie die Schleppe ihres weichen, elfenbeinfarbenen Kleids hinter sich herzog. Als sie näher kam, fanden ihre funkelnden grünen Augen die seinen und hielten seinen Blick fest. Im ganzen Königreich gab es kein anderes Gesicht, das er lieber hätte sehen wollen, noch eine andere Frau, die sein Verlangen so erregt hätte wie diese Frau mit dem jungenhaften Oberkörper, die gleich seine Ehefrau werden sollte.

Sie kam, stellte sich neben ihn und er nahm ihre Hand. Dies war der glücklichste Tag ihres Lebens.

* * *

Während des nervenaufreibenden Gangs durch das Schiff von St. George's schaute sie den dunkelhaarigen Mann an, den sie heiraten würde. Sie glaubte, niemals etwas Prachtvolleres gesehen zu haben. Er trug seine Regimentsuniform und präsentierte eine makellose Erscheinung mit gut polierten Stiefeln, steifen weißen Hosen und glänzenden Messingknöpfen auf seinem roten Rock.

So viele flüchtige Gedanken mischten sich, als sie ihn betrachtete. Wie ehrfürchtig sein Schneider den Stoff für einen solchen Mann zugeschnitten haben musste! Jack war mit breiten Schultern, einem langen Rumpf und einer schmalen Taille gesegnet. Wie konnte jemand, der so gut aussah wie er, sich in eine bebrillte alte Jungfer wie sie verliebt haben?

Ihre Augen trafen sich. Ihr Herz raste, als sie in seine blitzenden, schwarzen Augen sah. Als sie sich neben ihn gestellt hatte, legte sie ihre Hand in seine und entdeckte, dass ihre zitterte.

Später, als Lady Daphne das Ehegelübde sprach, wurde ihr klar, dass sie noch nie so glücklich gewesen war. Sie hätte die ganze Welt absuchen können, ohne je einen Mann zu finden, der ihr besser gefiele. Es war nicht nur die Vollkommenheit seines guten Aussehens, in die sie sich verliebt hatte.

Sie liebte seine Seele. Er war der feinste, edelste Mann in allen drei Königreichen. Er verfügte über eine rasche Intelligenz und war sehr belesen. Er war mutig. Und er war bescheiden.

Vor allem aber liebte er sie. Lange, bevor sie sich erlaubt hatte, sich ihre Liebe zu ihm einzugestehen, hatte sie gewusst, dass er sich in sie verliebt hatte, selbst als er dachte, dass eine Verbindung zwischen zwei Menschen von so unterschiedlicher Herkunft unmöglich wäre.

Die bloße Vorstellung, von diesem wundervollen Mann geliebt zu werden, ließ sie innerlich glühen, als sie dort standen, umgeben von denen, die sie am meisten liebte. Ihre Hand verschränkte sich mit Jacks, als sie einander gelobten, sich zu lieben, bis dass der Tod sie scheide.

Als er einen einfachen Goldreif herausholte und auf ihren Finger steckte, wurde sie von der Bedeutung dieser Zeremonie, dieses Sakraments beinahe überwältigt. Jetzt gehört sie wirklich zu ihm. Zu ihrem geliebten Jack.

* * *

Der Earl von Sidworth hatte ihnen seine eigene Kutsche angeboten, damit Braut und Bräutigam von der Kirche zum Hochzeitsfrühstück in Sidworth House fahren konnten. Jack fand, es sei sehr nett von Daphnes Vater, es so einzurichten, dass sie diese paar Minuten allein in der Kutsche haben würden, bevor sie einem Haus voller Verwandter der Chalmers und der Percys gegenüberstanden.

Er und Daphne winkten freundlich aus dem Kutschenfenster denen zu, die auf dem Bürgersteig am Hanover Square um St. George's herum standen. Bis sie außer Sichtweite waren. Dann ließ Jack die Vorhänge herab, zog seine Frau in die Arme und begann, sie leidenschaftlich zu küssen.

Obwohl sie in der Kunst des Küssens keine große Erfahrung hatte, erwies Daphne sich als begabte Schülerin. Er freute sich schon sehr darauf, ihre Erziehung in anderen amourösen Angelegenheiten fortzusetzen.

Als seine Braut kleine, genussvolle Laute in ihrer Kehle hören ließ, drangen von draußen lauter Hufschlag und Geschrei in ihre Kutsche. Unter schrillem Wiehern der Pferde kamen die Räder rutschend zum Stehen. Was zum Teufel?

Ihr Kuss wurde hastig beendet, Jack schnippte den Vorhang hoch, um zu sehen, was ihre Kutsche so plötzlich zum Halten gebracht hatte. Die Kutsche war von schwer bewaffneten Husaren umringt. Es war das Leibregiment des Regenten.

Sein erster Gedanke war, dass die Franzosen England an der eigenen Küste angegriffen hatten. Jeder Mann würde gebraucht werden. So sehr er seine Braut nicht verlassen wollte, er wusste, dass seine Pflicht England gehörte.

Er riss die Kutschentür auf und stieg aus. Schnell stellte er fest, welcher von dem Dutzend Männern, die ihn umringten, den höchsten Rang hatte und wandte sich dann an diesen. „Bitte, Hauptmann, erklären Sie mir, warum sie unsere Kutsche an meinem Hochzeitstag angehalten haben."

„Ich soll Ihnen diese Nachricht überbringen und Sie an einen nicht bekanntzugebenden Ort begleiten." Er überreichte Jack einen versiegelten Brief.

Es war das Siegel des Regenten.

Jack erbrach es und überflog den kurzen Brief, der, wie er annahm, von eigener Hand des Regenten auf Papier mit dem Briefkopf des Herrschers geschrieben war.

Lieber Hauptmann,

Sie werden sofort gebraucht. Meine Soldaten werden Sie an Ihren Zielort begleiten. Es könnte ein paar Tage dauern, bis Sie zu Ihrer Braut zurückkehren können. Informieren Sie niemanden, außer Lady Daphne. Ich bin sicher, Ihre einfallsreiche Braut wird sich eine Entschuldigung einfallen lassen, um Ihre Abwesenheit zu erklären.

Es war vom Regenten unterschrieben.

„Wir haben uns die Freiheit genommen, Ihr Pferd mitzubringen", sagte der Hauptmann zu Jack.

Kapitel 2

Zu Daphnes Erstaunen waren bereits fünfzehn Minuten des Hochzeitsfrühstücks verstrichen, bevor jemand eine Bemerkung über das Fehlen des Bräutigams machte. (Die einzige Person, die gewusst hätte, dass sie log - sein Bruder - war gezwungen gewesen, sofort nach der Hochzeitszeremonie nach Sussex zurückzukehren.)

„Liebes", sagte Lady Sidworth schließlich, „wo ist dein Mann?"

Daphne legte ihre Gabel weg, holte tief Luft und zog die Brauen zusammen, um ihre Verstellung auszuschmücken. „Mein armer Jack war entschlossen, die Zeremonie durchzustehen, aber dann hat ihn die Krankheit, die er zu unterdrücken versuchte, doch übermannt."

„Wie schrecklich!", sagte Lady Sidworth und ein Chor der anderen Anwesenden stimmte ihr zu. „Was ist denn mit ihm los? Er sah völlig wohl aus."

Oh ja! Und ob er so ausgesehen hatte! „Er ist mit Mumps aufgewacht. Ihr wisst doch, wie Jack ist. Er würde im Traum nicht daran denken, alle dieser Ansteckung auszusetzen, und nachdem er herausfand, dass ich noch nie Mumps hatte, bestand er darauf, sich in Quarantäne zu begeben. Er wollte sich nicht einmal erlauben, mich zu küssen."

Ihr Atem wurde knapp bei der Erinnerung an

den leidenschaftlichen Kuss in der Kutsche. Stolz wallte in ihr auf, als sie sich vorstellte, wie Jack auf seinem Pferd fortgeritten war, um seinem Land zu dienen. Sie stieß einen einsamen Seufzer aus.

„Dann wird aus eurer Hochzeitsreise nach Addersley Priory wohl auch nichts?"

Daphne hätte weinen mögen. „Es sieht nicht so aus." Sie hatte sich so darauf gefreut, mit Jack auf dem Landsitz der Sidworth-Familie in Essex herumzuwandern. Sie hätten das Haus ganz für sich gehabt. Sie hatten lange Ritte und faule Picknicks und romantische Abende am Feuer geplant.

Lady Sidworth wirbelte zu ihrem Ehemann herum. „Hast du das gehört, Sidworth? Hauptmann Dryden ist wegen Mumps unter Quarantäne."

„Sehr anständig von ihm. Würde mir nicht gefallen, wenn unsere Daf das bekäme. Erinnere mich noch daran, wie Penworth in Eton daran erkrankte. Der Kerl bekam einen dicken Hals, hohes Fieber und das nächste, was wir sahen, war, wie sie seinen toten Körper nach draußen trugen. Furchtbar erschreckend für einen neunjährigen Jungen."

„Nun aber, Sidworth, du solltest so etwas nicht in Daphnes Gegenwart erwähnen. Sie wird sich sonst wegen ihres lieben Ehemannes zu Tode sorgen."

„Hatte nicht eines unserer Mädchen auch Mumps?" fragte seine Lordschaft, während er Marmelade auf seinen Toast träufelte.

Lady Sidworth nickte. „Die beiden jüngsten. Rosemary und Di. Erinnere dich, wir haben die anderen Mädchen aufs Land geschickt, damit sie es nicht auch bekamen?"

Er nickte. „Wir hatten es alle, als wir Kinder waren. Mutter sagte, ich hätte es am schlimmsten gehabt. Ich kann mich selbst nicht erinnern."

„Das liegt daran, dass du dich nie an etwas erinnern kannst, es sei denn, dass Leichen herausgetragen werden." Lady Sidworth verdrehte die Augen und wandte sich zu Daphne. „Ich nehme an, Hauptmann Dryden ist zu eurem Haus gefahren."

Oh weh. Ihre Mutter nahm an, dass er in ihr neues Heim gegangen wäre, das gar nicht neu war. Das bescheidene Haus in Chelsea war seit Generationen im weiblichen Zweig der Percy-Familie gewesen. Mutter hatte es Daphne zur Hochzeit überschrieben und beschlossen, dass ein anderes ihrer Häuser ihr als Witwensitz würde dienen müssen, wenn sie je Witwe würde. „Nein, nicht dorthin", antwortete Daphne und versuchte, sich eine plausible Erklärung über Jacks Aufenthaltsort einfallen zu lassen.

„Wie schade. Ich hatte so gehofft, dass wir dich noch ein paar Nächte länger in Sidworth House behalten könnten." Lady Sidworth sah ihre Tochter liebevoll an. „Es ist sehr traurig, seine Erstgeborene hergeben zu müssen."

Uff! Ihre Eltern hatten nicht einmal nach Jacks Aufenthaltsort gefragt! „Dann will ich gerne hier in Sidworth House bleiben, bis Jack wieder ..." Sie hatte sagen wollen, *wiederkommt*, änderte es aber ganz schnell in „wieder gesund ist." Sie stach auf ihren Hering ein. „Ich würde nicht gerne ohne Jack in unser Haus gehen. Vor allem nicht in unserer Hochzeitsnacht."

Sie verlor schnell ihren Appetit. Und ihre gute Laune. Warum musste sie den wichtigsten Mann der britischen Regierung heiraten? Hätte sie einen geringeren Mann geheiratet, würden sie an diesem Nachmittag auf dem Weg nach Addersley Priory sein.

„Ich denke, es wäre einsam, wenn du ganz allein in eurem neuen Heim wärest", sagte Rosemary. „Ich weiß, dass ich Angst hätte, wenn ich in dem Haus nachts ganz allein wäre. Du hast noch nicht einmal Dienerschaft gefunden, nicht wahr?"

Mit einem zerstreuten Gesichtsausdruck antwortete Daphne: „Ich habe ein Zimmermädchen."

Lady Sidworth richtete ihre Aufmerksamkeit wieder auf ihre älteste Tochter. „Wirklich, Liebes, du musst dir ein paar zukünftige Dienstboten anschauen."

„Du weißt, dass ich Dinge nicht gerne erledige, die ich nicht gut kann."

„Möchtest du, dass ich dir helfe?", fragte Lady Sidworth.

„Das wäre wundervoll, liebste Mutter!"

Daphne spürte Cornelias Blicke auf sich. Die Herzogin saß am anderen Ende der langen Tafel und fühlte sich offensichtlich von der Information über Jacks Verschwinden ausgeschlossen. Einen Moment später ließ sie ihren halbleeren Teller stehen und kam eilig an den Kopf der Tafel. „Wo ist nur der Hauptmann?"

Lady Sidworth antwortete. „Er hat sich mit Mumps angesteckt."

„Musste in Quarantäne", fügte Lord Sidworth hinzu.

Cornelia stemmte die Hände in die Hüften. „Und wo ist das, bitte?"

Daphne wünschte, sie könnte ihr hart

gekochtes Ei ihrer neugierigen Schwester in den
Hals stopfen. „Ich schätze, in seiner Unterkunft."

Nachdem die Gäste gegangen und ihre
verheirateten Schwestern mit ihren Männern
nach Hause zurückgekehrt waren und sie in
dasselbe einsame Bett geklettert war, in dem sie
seit mehr als zwanzig Jahren jede Nacht schlief,
wurde Daphne melancholisch.

Dies war ihre Hochzeitsnacht.

Und sie hatte keine Ahnung, wo ihr Mann war
oder wann sie ihn wiedersehen würde.

* * *

Er versuchte, sich wie ein Profi aufzuführen.
Schließlich war Hauptmann Jack Dryden ein
Berufssoldat. Das war er seit seinem siebzehnten
Lebensjahr. Die Pflicht kam immer an erster
Stelle. England kam immer zuerst.

Aber das war vor Daphne gewesen. Er fragte
sich flüchtig, welches Leben er retten würde,
wenn er zwischen seinen Waffenkameraden oder
dem Leben einer sehr schlanken, bebrillten
jungen Frau mit bemerkenswert widerspenstigem
Haar wählen müsste.

Er liebte Daphne so sehr.

Was diesen verdammten Auftrag - wenn man
ihn so nennen konnte - so verteufelt schwer
machte. Er hatte sich so elend gefühlt, weil er sie
an ihrem Hochzeitstag allein lassen musste. Und
so schlimm das gewesen war, sein Verlangen, sie
zu sehen, sie in seinen Arm zu nehmen, war noch
schlimmer. Jetzt war es vier Tage her, seit sie
geheiratet hatten.

Vom ersten Tag hatte er nur eine undeutliche
Erinnerung daran, wie er von London nach
Brighton hatte reisen - ohne Daphne erzählen zu
können, wohin er fuhr - und auf Wunsch des

Regenten wie der Wind zum Königlichen Marinepavillon reiten zu müssen, um diesen in diesem Badeort zu treffen. Die Nachricht des Prinzregenten an Jack hatte angedeutet, dass Jack gebraucht würde, aber als Jack erst an dem prächtigen Pavillon ankam, wo der Prinz viel Zeit verbrachte, wurde ihm mitgeteilt, dass die Ankunft des Prinzen sich leider verzögert hätte.

Drei der langweiligsten, frustrierendsten Tage seines Lebens folgten. Der Prinz war noch nicht angekommen. Es war fast zu schmerzhaft, darüber nachzudenken, dass er inzwischen seine Frau hätte lieben können. Der bloße Gedanke daran, mit ihr im Ehebett zu liegen, ließ seinen unregelmäßigen Atem schneller gehen. Er sollte seine Gedanken besser auf weniger aufregende Ablenkungen richten.

Die einzige erlaubte Ablenkung war in dem prachtvollen Kuppelbau, der als Königliche Stallungen bekannt war. Die gewaltigen Ausmaße des zweistöckigen, riesigen Rundbaus ließen den eigenen kleinen Palast des Prinzen auf der anderen Seite eines grünen Rasenstückes ... nun, klein erscheinen. Rings um das Erdgeschoss der Königlichen Stallungen war Raum für sechzig Pferde. Räume, keine Ställe. Über ihnen residierten die Stallburschen und Reitknechte.

In der Mitte des eleganten, luftigen Gebäudes befand sich unter der Glaskuppel ein achteckiges Becken, aus dem die Pferde trinken konnten. Sein Warrior würde nie wieder hier weg wollen! Jack hatte die Erlaubnis, Warrior jeden Tag in der angeschlossenen Reithalle zu bewegen.

Aber dort, ebenso wie im Marinepavillon des Regenten, wo man Jack ein Gästezimmer zugewiesen hatte, das eleganter war als jeder

Raum, in dem er je eine Nacht verbracht hatte, fühlte sich Jack wie ein Fisch auf dem Trockenen. Ob er in der Reithalle war oder an der Dinnertafel im Pavillon, Jack war der einzige nichtadlige Gast. Und er hatte nicht einmal Daphne bei sich, damit sie ihm zeigen konnte, welche Gabel er benutzen sollte!

Er war am Morgen des fünften Tages zutiefst dankbar, als er gerufen wurde, um den Prinzregenten zu sehen. Wenn man Mittag den Morgen nennen konnte. Jack lernte, dass Mittag für die Aristokratie Morgen war.

In seine Ausgehuniform der Husaren gekleidet folgte Jack einem livrierten Diener in die Privaträume des Prinzen. In der leicht bescheiden wirkenden Bibliothek rollte der Prinzregent in einem mechanischen Stuhl herum. War der arme Kerl so fett geworden, dass er nicht mehr laufen konnte? Es schien logisch, dass menschliche Knie nicht dafür gemacht waren, eine so schwere Last zu tragen. Jacks Blick fiel auf den enormen Bauch des Regenten, der sich so ausbreitete, dass er die Oberschenkel verbarg. Der regierende Herrscher hatte ein feingezeichnetes Gesicht und einen Schopf dicker, rotbrauner Haare. „Nett von Ihnen, dass Sie zu mir kommen, Hauptmann Dryden. Ich bitte, meine Verspätung zu verzeihen, aber meine Fahrt hierher hat sich verzögert."

Jack verbeugte sich vor seinem Herrscher und war, wie immer, wenn er sich in Gegenwart des Regenten befand, außerordentlich geschmeichelt, dass der Prinzregent sich tatsächlich an seinen Namen erinnerte. „Es ist schön, Eure Königliche Hoheit wiederzusehen."

Der Prinz drehte sich zu einem elegant aussehenden Gentleman, der in seiner Nähe saß.

Dieser Mann mit leicht ergrautem Haar schien etwa ein Jahrzehnt jünger zu sein als der Prinzregent, was ihn etwa zehn Jahre älter als Jack machte. „Haben Sie den Außenminister, Lord Castlereagh, schon kennengelernt?"

Jacks Augen weiteten sich. Dieser bevorstehende Auftrag musste sehr wichtig sein. Lord Castlereagh war einer der wichtigsten Männer in ganz England und vor allem ein Mann, der eng mit Jacks früherem Befehlshaber, dem Herzog von Wellington, zusammenarbeitete.

„Ich hatte noch nicht das Vergnügen", sagte Jack, verbeugte sich jetzt vor dem Außenminister und hoffte nur, dass er bei seiner Verbeugung vor dem Prinzen alles richtig gemacht hatte.

Der Prinz musterte Jack. „Bitte setzen Sie sich doch, guter Mann." Er deutete auf einen Kamelhocker neben dem Außenminister, und Jack tat, wie ihm geheißen wurde.

„Bevor wir anfangen", sagte der Prinz und wandte sich an Lord Castlereagh, „muss ich Ihnen der Vollständigkeit halber erklären, dass Hauptmann Dryden gerade Lord Sidworths charmante Tochter, Lady Daphne, geheiratet hat, die bei allen als die Diskretion in Person bekannt ist. Alles, was wir diesem ausgezeichneten Offizier mitteilen, darf Lady Daphne auch erfahren."

„Eine Frau?", fragte ein überraschter Lord Castlereagh.

Der Regent musterte einen seiner höchstrangingen Untertanen von oben herab. „Lady Daphne ist nicht einfach irgendeine Frau."

„Dann beuge ich mich der Einschätzung Eurer Königlichen Hoheit."

Die farbliche Ausstattung des Zimmers in braunen, orangeroten und grünen Tönen und die maskuline, gewichtige Ausstrahlung seiner Einrichtung schien für männliche Zusammenkünfte wie geschaffen, dachte Jack. Mit dieser zurückhaltenden Pracht schien die düstere Bibliothek der passende Ort, um wichtige Anliegen der Krone zu besprechen.

Der Prinz räusperte sich und begann. „Ich habe eine Nachricht des neu ernannten Feldmarschalls Wellington erhalten, der mich bittet, Sie lange genug zu entlassen, um einen Auftrag für ihn zu erledigen. Da der Herzog mir versichert, dass dies entscheidend für das Wohl unseres Landes wäre, habe ich zugestimmt."

Jacks erster Gedanke war Daphne. Wie lange würde es dauern, bis er sie wiedersah oder in seine Arme schließen könnte?

Lord Castlereagh sprach als nächstes. „Der Herzog von Wellington und ich haben über dieses ernste Problem, das Sie hoffentlich zu lösen helfen können, eine ausgiebige Korrespondenz geführt."

„Ich stehe Ihnen voll und ganz zu Diensten", sagte Jack.

Der Außenminister sprach einen Moment lang nicht. „Wir sind nicht völlig sicher, ob es eine Situation ist, die Sie - oder irgendjemand sonst - in Ordnung bringen könnte. Es ist tatsächlich recht schwierig zu beschreiben, wir wissen so wenig." Er machte eine Pause. „Kannten Sie zufällig einen Hauptmann Heffington?"

„In der Tat", sagte Jack. „Ich habe mit ihm vor Ciudad Rodrigo Aufklärung betrieben." Er senkte achtungsvoll den Kopf. „Ich habe gehört, er sei verstorben."

Lord Castlereagh nickte. „Bei der Belagerung von Sorauren vor ein paar Wochen. Er sollte eilig mit wichtigen Informationen nach England zurückkehren, konnte aber einem guten Kampf gegen die verdammten Franzosen nicht widerstehen."

„Äußerst schade", sagte der Regent und nickte zustimmend.

Jack war überaus neugierig zu erfahren, welche Informationen der arme, alte Heff gehabt hatte, aber er würde warten, bis seine Lordschaft das von sich aus offenlegte. „Sie sind sicher, dass die Informationen *vor* der schicksalhaften Schlacht in seinem Besitz waren?"

Lord Castlereagh nickte. „Ja. Sein Offiziersbursche war mit den Vorbereitungen für seine Rückkehr nach England beschäftigt, als die Schlacht dazwischenkam."

Jack fragte sich immer noch, welche Informationen Heffington besaß, die so wertvoll waren.

Der Außenminister schaute Jack an. „Sie wissen, dass Hauptmann Heffington Französisch wie ein Einheimischer sprach?"

Jack nickte. „Ich glaube, seine Mutter war Französin."

„Das war der Hauptgrund, warum ich ihn für einen so wichtigen Auftrag empfohlen hatte."

Welchen wichtigen Auftrag?

„Seit einiger Zeit vermute ich, dass es in meinem Amt irgendwo ein Leck gibt", begann Lord Castlereagh.

„Ein Leck?", fragte Jack.

Seine Lordschaft nickte. „Ich habe Grund zu der Annahme, dass der Feind die Verbindungslinien zwischen meinem Amt und unseren Streitkräften auf der Halbinsel infiltriert hat."

Ein sehr ernstes Problem, allerdings, dachte

Jack. „Sie verdächtigen jemanden von Ihren Leuten?"

„Das ist nicht nur möglich, sondern wahrscheinlich. Zuerst hatte ich den Verdacht, dass einige meiner Nachrichten an oder von Wellington von jemandem gesehen worden sein könnten, der eventuell im Sold des Duc d'Arbliers steht."

Die bloße Erwähnung des Ducs brachte Jacks Blut zum Kochen. Der Franzose war eine ebenso große Bedrohung für England wie der sogenannte Kaiser der Franzosen, dem er diente. Für Jack war er sein persönlicher Erzfeind und Jack würde weder sein Land noch seine Liebsten wirklich in Sicherheit glauben, solange der Duc d'Arblier noch atmete. Wie Jack es genießen würde, ihn dieser Fähigkeit zu berauben!

„Hauptmann Heffington, der völlig auf sich gestellt in Frankreich arbeitete", fuhr der Außenminister fort, „brachte die Namen eines halben Dutzends hochrangiger englischer Beamter in Erfahrung, die vom Duc d'Arblier bezahlt wurden, um ihr Vaterland zu verraten. Da ich es nicht riskieren konnte, solche Informationen in falsche Hände geraten zu lassen, hatte ich darum ersucht, dass Hauptmann Heffington diese nur mir persönlich aushändigen dürfte."

Jack wusste, wie Hauptmann Heffington arbeitete. Nicht, dass das seinen Beifall gefunden hätte. Heffington schrieb alles nieder - etwas, das Jack nie getan und nie geduldet hatte. Jack zog es vor, wichtige Informationen in seinem Kopf zu behalten, damit der Feind sie nie in die Hände bekommen konnte. „Diese Informationen wurden nicht an seinem Körper gefunden - oder bei seinen

Sachen, nachdem er gestorben war?"

Der Außenminister schüttelte traurig den Kopf. „Jetzt sehen Sie, warum ich sage, dass es so verdammt schwierig ist. Er hatte nichts bei sich, und bei seinen persönlichen Dingen in seinem Zelt war auch nichts."

Vielleicht war es Jack *doch* gelungen, dem alten Heff die Notwendigkeit einzuprägen, es zu vermeiden, alles zu Papier zu bringen. „Vielleicht hat er diese Informationen nicht zu Papier gebracht."

„Das befürchte ich ja."

Guter Gott, würde Jack nach Frankreich zurückgehen und versuchen müssen, diese Informationen wiederzubeschaffen? Er sprach zwar Französisch, aber mit Sicherheit nicht wie ein Einheimischer. Sein Herz wurde schwer. Würde er je in der Lage sein, seine eigene Frau zu lieben?

„Wie auch immer", fügte Lord Castlereagh hinzu, „ich habe den Verdacht - nicht wirklich einen Verdacht, der sich auf etwas Greifbares stützen würde, mehr eine optimistische Hoffnung - dass der Hauptmann, als er seine tödliche Wunde erhielt, diese lebenswichtigen Informationen einem seiner Offizierskameraden übergeben haben könnte."

„Sind all seine Offizierskameraden befragt worden?", fragte Jack.

Der Außenminister zuckte mit den Schultern. „Ursprünglich nicht, nein. Sehen Sie, ich habe erst einige Tage später erfahren, dass Heffington mit seinen Informationen nicht direkt nach England gekommen war, und dass er gestorben ist.

Verdammt sollte dieser Heffington sein! Er war

ein großer Patriot, aber manchmal machte er die dümmsten Sachen. „Es war unvorsichtig vom Hauptmann, sein Leben in einer Schlacht zu riskieren, bevor er seinen Auftrag vollständig ausgeführt hatte."

„Allerdings ist es das! In der Tat war die ganze Informationskette schlampig organisiert. Wellington wurde nicht informiert, als Heffington ins Lager zurückkam, noch wurde es mir sofort mitgeteilt, als er starb. Inzwischen haben Wellington und ich begonnen, die Stücke zusammenzusetzen. Unterdessen sind einige der Soldaten der Belagerung nach England zurückgekehrt, andere gestorben."

„Wird Wellington mir vollen Zugang zu den Karten gewähren, die zeigen, wo alle seine Truppen am Tag der Schlacht waren?"

Der Außenminister nickte. „Ich habe mir die Freiheit genommen, Ihrer Bitte zuvorzukommen und Wellingtons Kurier hat mir gerade die Auskünfte überbracht. Die Belagerung dauerte zwei Tage, wie Sie vermutlich wissen. Hauptmann Heffington verlor sein Leben am ersten Tag."

„Werde ich auch eine Liste erhalten, welche Soldaten entweder gefallen sind oder nach Sorauren das Lager verlassen haben?"

„Ich habe vorausgesehen, dass wir diese Informationen benötigen würden." Seine Lordschaft griff nach unten und hob mehrere Bündel von Depeschen auf. Jack hatte so etwas schon zuvor gesehen. Depeschen, die nur den vertrauenswürdigsten und fähigsten Kurieren anvertraut wurden.

Jack nahm die Bündel. Jetzt musste er nur noch beten, dass Heffington seine Erkenntnisse aufgeschrieben *hatte*. Und die Aufzeichnungen vor seinem Tod jemand anderem weitergegeben hatte. Wenn die korrupten englischen Amtsträger nicht entlarvt wurden, könnte das Königreich leicht den Franzosen in die Hände fallen.

Noch etwas kam Jack in den Sinn. „Ich werde die Liste Ihres Zahlmeisters brauchen, in der alle Soldaten verzeichnet sind, die bei der Belagerung von Sorauren dabei waren." Ein solcher Gedanke würde dem Herzog von Wellington vermutlich nie kommen, der alle Soldaten der niederen Ränge für den Abschaum der Menschheit hielt. Ebenso wie Lord Castlereagh würde es Wellington nie einfallen, dass Heffington eine solche Information einem gemeinen Infanteristen übergeben könnte.

„Sie bekommen diese Auskunft bis morgen", sagte Lord Castlereagh.

Jacks letzte Sorge - und eine, die er *nicht* aussprechen würde - war, dass der französische Herzog von Heffingtons Erfolg erfahren und dafür gesorgt hatte, dass der Hauptmann ermordet wurde, bevor er sein Wissen weiterleiten konnte, ermordet in einer Schlacht, so dass es nach einem fairen Kampf aussah. Das war die Art von heimtückischen Taten, deren der üble Franzmann fähig war.

„Es ist unser Wunsch, dass niemand in der Regierung ahnt, dass Sie mit uns zusammenarbeiten", sagte der Prinz. „Sie können hier in meiner Bibliothek arbeiten, bis ..." Er musterte den Außenminister.

„Bis Hauptmann Dryden entdeckt, was mit Hauptmann Heffingtons wichtigen Informationen geschehen ist", antwortete Lord Castlereagh.

Die Zukunft Englands selbst mochte in Jacks Händen liegen. Es war Wochen her, dass er auf das, was er tat, so stolz gewesen war.

Er war so begierig darauf, mit seiner Arbeit zu beginnen, dass er nur flüchtig an eine sehr magere, bebrillte Lady mit widerspenstigem Haar dachte.

Es war Wochen her, dass er es geschafft hatte, sich sein Verlangen nach dieser dünnen Lady aus dem Kopf zu schlagen.

Kapitel 3

Lady Daphne, die nie zuvor verliebt gewesen war, hatte keine Erfahrung mit Liebeskummer. Selbst nachdem sie und ihr wundervoller Jack entdeckt hatten, dass sie sich liebten, hatten sie einander jeden Tag gesehen und daher keine Gelegenheit gehabt, die schmerzlich empfundene Abwesenheit des anderen ertragen zu müssen.

Aber seit ihrem Hochzeitstag hatte Daphne Gelegenheit, darüber nachzugrübeln, wie sehr sie Jack vermisste, sich an das Gefühl seiner Lippen auf ihren und des Flatterns in seiner Brust zu erinnern, wenn er sie in seine starken Arme zog und sie an sich presste, als wollte er Ton formen. Sie dachte an den heiseren Klang seiner Stimme, wenn er ihr Zärtlichkeiten ins Ohr flüsterte. Fast konnte sie seinen warmen Atem spüren.

Und sie wurde unglücklich. Und reizbar. Sie hatte Mamas Zofe angefaucht, nur, weil sie angeboten hatte, Daphnes Haare zu frisieren. Sie weigerte sich, zusammen mit ihren Eltern und den noch zu Hause wohnenden Schwestern am Tisch zu essen. Sie hatte keine Lust, sich ihren mitleidigen Blicken auszusetzen. Sie hatte sogar ihre arme Katze aus dem Zimmer geworfen, nur, weil sie sich in ihrem Schoß zusammenrollen und schnurren wollte.

Bevor Jack zurückkam, würde es für Daphne keine Zufriedenheit mehr geben.

Obwohl nur Gott - und der Prinzregent -

wussten, wo Jack war, saß sie jeden Tag am Schreibtisch in ihrem Schlafzimmer und schrieb ihm lang Briefe. Mit ihrer Feder konnte sie Gefühle ausdrücken, die von den Lippen der früheren alten Jungfer Daphne Chalmers schrecklich gegen ihre Natur geklungen hätten. Sie schrieb ihm, wie sehr sie ihn liebte und dass sie nie wieder von ihm getrennt sein wollte. Sie würden gemeinsam in die Zukunft schauen und ihre Hoffnung, einmal Kinder zu haben, teilen, vor allem einen kleinen Jungen, der wie sein Vater aussehen würde (und sie betete, dass er nicht das schlechte Sehvermögen seiner Mutter erben möchte). Sie ermahnte Jack, kein persönliches Risiko einzugehen. Nachdem sie jetzt verheiratet waren, schrieb sie in den Briefen, bei denen sie nicht sicher war, dass sie den Mut haben würde, sie abzuschicken, dass er an ihre Gefühle denken müsste, und nicht seine Gesundheit und sein Leben aufs Spiel setzen dürfte, „denn ich bin überzeugt, dass ich zugrunde gehen würde, wenn jemals etwas dich mir wegnehmen würde."

Wenn sie diese Worte las, wunderte sie sich, dass sie imstande war, solche faden, blumigen Dinge zu schreiben. Dann dachte sie jedoch an Jack und ihr Herz wurde butterweich.

Als sie am vierten Tag von Jacks Abwesenheit an ihrem Schreibtisch saß, kam ihre Schwester Cornelia, die Herzogin, leise in ihr Schlafzimmer. Daphne sammelte die Seiten ihres Briefes ein und stopfte sie in eine Schublade, dann drehte sie sich zu Cornelia um. Sie schaute über die Schulter ihrer Schwester und suchte nach Cornelias Zwillingsschwester, Virginia. Die beiden gingen nie ohne die jeweils andere irgendwo hin. „Bitte, wo ist Virginia?", fragte Daphne.

Cornelia warf sich auf Daphnes Himmelbett. „Das weiß ich bestimmt nicht."

„Aber ich dachte, keine von euch geht je ohne ihren Zwilling irgendwo hin."

„Wenn du es wissen musst, ich wollte heute nicht mit ihr zusammen sein."

Nun, das war etwas Neues. Die Zwillinge mochten nicht immer einer Meinung sein - in der Tat waren sie oft uneins - aber sie hatten einander doch viel zu gerne, als dass eine je ernsthaft böse auf die andere hätten sein können. Daphne zog ihre Brauen zusammen. „Habt ihr Streit?"

„Nein!", fauchte Cornelia.

„Warum kommst du dann allein?"

„Wirklich, Daf, Virginia und ich sind *nicht* unzertrennlich. Wir haben jede für sich ihr eigenes erfülltes Leben."

Das war teilweise wahr. So nahe sie sich standen, waren die Zwillinge doch sehr unterschiedlich. Aber Daphne hatte das hartnäckige Gefühl, dass Cornelia an diesem Tag aus einem bestimmten Grund absichtlich ohne Virginia gekommen war.

Und Daphne hatte vor herauszufinden, welcher Grund das war. „Ich kann dir einen Minervaroman vorlesen, Schatz. Warum hast du Virginia heute allein gelassen?"

Cornelia brach in Tränen aus.

Daphne eilte zu ihr. „Was ist denn los? So schlimm kann es doch nicht sein."

Cornelia vergrub ihr Gesicht in dem samtenen Bettüberwurf auf Daphnes Bett, ihr Schultern bebten unter der Macht ihres Schluchzens.

„Liebste, du musst mir sagen, was passiert ist." Daphne ließ ihre Stimme sanft klingen und streichelte Cornelias schmale Schultern. Sie war die zierliche der Zwillingsschwestern.

„Ich stecke in furchtbaren Schwierigkeiten."

„Sicher ist es nicht so schlimm."

Schnüff. Schnüff. „Es ist schlimmer als schlimm."

Daphne holte ein spitzenbesetztes Taschentuch und bot es ihrer Schwester an. „Vielleicht kann ich dir helfen. Du musst mir alles erzählen."

Cornelia setzte sich auf, tupfte ihr tränenüberströmtes Gesicht ab, schniefte und begegnete Daphnes besorgtem Blick. „Wenn ich es dir erzähle, musst du mir versprechen, Virginia niemals zu verraten, was ich dir gleich sagen werde."

Das war auch etwas Neues. Die Zwillinge pflegten jedes Geheimnis zu teilen. Das machten sie seit ihren ganzen dreiundzwanzig Jahren. „Bist du sicher, dass du das willst?"

„Ja, ich bin völlig sicher."

„Sehr gut. Ich werde deine Bitte respektieren. Ich werde es Virginia nie erzählen - es sei denn, dass du mir die Erlaubnis dazu gibst."

Cornelia putzte sich die Nase und musterte Daphne. „Ich bin in scheußlichen Schwierigkeiten und ich darf nicht zulassen, dass Lankersham je von meinem Doppelspiel erfährt."

Ihrer Untreue. War das alles? Daphne hatte immer von Cornelias Untreue gewusst, und sie nahm an, Lankersham ebenfalls. „Nun, natürlich, das tut man einfach nicht. Man erzählt seinem Ehemann nichts von seinen Liebhabern."

„Oh, es ist noch viel schlimmer!"

Dass Cornelia mehrere Liebhaber hatte, war Daphne auch bekannt. „Dann hat Lankersham es herausgefunden?"

Cornelia schüttelte den Kopf. „Das ist es auch

nicht."

„Was stürzt dich dann so in Verzweiflung?"

„Ich habe das Gefühl, dass es so furchtbar hoffnungslos ist. Wenn nur dein Hauptmann hier wäre. Ich weiß, dass er mir helfen könnte."

Daphnes Familie hatte von Jacks Klugheit gehört, die Wellington aus allen möglichen hoffnungslosen Situationen herausgeholfen hatte, aber Daphne war über das Lob doch etwas verschnupft. Schließlich war sie ebenso daran beteiligt gewesen, das Leben des Regenten zu retten wie Jack.

Sie richtete sich auf und richtete einen hochmütigen Blick auf die Herzogin. „Ich versichere dir, außer beim Schwertkampf bin ich ebenso fähig wie Hauptmann Dryden."

„Deshalb bin ich hier."

Die beiden Schwestern schauten sich an und Cornelias Augen füllten sich wieder mit Tränen.

Daphne eilte zu ihr und umarmte sie fest. „So schlimm kann es doch nicht sein, mein Liebling."

Cornelia wimmerte leise. „Doch."

Würde Cornelia je zur Sache kommen? „Du musst mir alles erzählen. Vielleicht kann ich dir helfen."

„Ich habe einem Erpresser unverschämte Summen gezahlt, um ihn davon abzuhalten, Lankersham die Liebesbriefe zu geben, die ich an Major Styles geschrieben habe."

Also das erklärte, warum Cornelia nicht nur von einem, sondern von zwei Problemen gequält wurde. Sie wollte nicht nur die Liebesbriefe von ihrem Mann fernhalten, sondern sie war auch tief in Schulden geraten, um zu verhindern, dass die Briefe an Lankersham gingen.

„Warst du gezwungen, dich an Geldverleiher zu

wenden?"

Cornelia nickte reumütig.

„Das ist wirklich eine sehr ernste Situation, aber Kopf hoch, mein Schatz! Du bist bei mir an der richtigen Adresse. Ich werde das für dich erledigen. Ich werde herausfinden, wer dieser üble Mensch ist und deine Briefe zurückholen."

Seit der Angelegenheit, die Bedrohung des Lebens des Regenten betreffend, hatte Daphne sich für besonders klug bei geheimen Ermittlungen gehalten. Sie würde es Jack zeigen! Er war nicht der einzige schlaue Ermittler in der Familie.

„Wie kannst du so zuversichtlich sein?"

Daphne zuckte mit den Schultern. „Ich schätze, das liegt daran, dass ich die Älteste bin."

„Du warst immer schon energisch, aber bis du Hauptmann Dryden kennengelernt hast, habe ich nicht gewusst, dass du besonders klug beim Herausfinden von Dingen bist."

„Das ist ein schlummerndes Talent, das ich entdeckt habe. Jetzt musst du mir alles erzählen. Ich meine, mich schwach zu erinnern, dass du mit einem Armeeoffizier geflirtet hast, aber war das nicht vor ein paar Jahren?"

„Ja, so war es." Cornelias Tränen drohten wieder zu fließen. „Er ist jetzt tot."

„Dein Major?" Der Gedanke an einen toten Major war dem an einen toten Hauptmann zu ähnlich, und ein solcher Gedanke gab das Gefühl, als hätte sie eine Kanonenkugel aufgehalten. Lieber Gott, dachte sie, lass Jack in Sicherheit sein.

Cornelia nickte. „Er starb erst vor ein paar Wochen."

„Und da hat die Erpressung angefangen?"

„Ja."

Offensichtlich hatte jemand die privaten Briefe nach seinem Tod aus seinen persönlichen Sachen genommen. Aber wer? „Gibt es eine ... Mrs. Styles?"

„Ja." Cornelia sah auf, ihr Gesicht plötzlich animiert. „Sie muss es sein! Sie hat Grund, mich zu hassen, meinen Ruin zu wünschen."

„Und sie könnte vermutlich Geld brauchen."

Cornelias Augen wurden schmal. „Von dem Geld, das sie aus mir herausgequetscht hat, könnte sie sehr gut leben."

„Hast du den Erpresserbrief noch?"

„Es war nicht nur ein Brief. Ich habe vor zehn Tagen den ersten erhalten, und ich habe gezahlt. Dann, gestern, habe ich einen weiteren Brief bekommen, in dem noch mehr Geld als beim ersten Mal gefordert wurde." Sie griff in ihr Reticule, holte den gefalteten Brief heraus und reichte ihn ihrer älteren Schwester.

Daphne studierte ihn, nicht nur die wenigen Worte, die dort in Druckbuchstaben standen, sondern bemerkte, dass er auf Pergament hoher Qualität geschrieben war. Er lautete:

Hinterlegen Sie £1,000 in einer Tasche in der Postkutsche nach Penzance & Sie erhalten Ihre Briefe zurück.

„Es ist offensichtlich, dass die Person, die das hier geschrieben hat, Druckbuchstaben verwendete, um seine oder ihre ausgeprägte Handschrift zu verbergen. Diese Person hat eine kühne Handschrift."

„Na, und ob sie kühn ist!"

„Ziehe keine voreiligen Schlüsse. Wir wissen nicht mit Sicherheit, dass Mrs. Styles die Briefschreiberin ist. Sag mir, wie wurde der Brief zugestellt?"

„Per Post."

„Aus London?"

Cornelia nickte.

„Wie ich erwartet hatte."

„Ich hätte angenommen, dass die Person in Penzance wäre."

Daphne schüttelte den Kopf. „Nein. Weil Penzance so weit von London entfernt ist und es so viele Haltepunkte zwischen den beiden Städten gibt, wusste unser Erpresser, dass es in der Kutsche viele Taschen geben würde. Er - oder sie - würde leicht eine wegnehmen können, ohne dass sie vermisst würde. Ich wäre nicht überrascht, wenn die Person sie wegnehmen könnte, bevor die Kutsche London auch nur verlassen hat. Wurde die erste Zahlung auch mit der Kutsche nach Penzance geschickt?"

„Nein, die ging zur Kutsche nach Edinburgh."

Auch eine weite Entfernung von London. „Hast du sie zur Postkutsche gebracht?"

Cornelia schaute Daphne von oben herab an. „Eine Herzogin kommt nicht in die Nähe eines so gewöhnlichen Gefährts."

„Dann hast du jemanden von deiner Dienerschaft sie abgeben lassen?"

„Von meiner Zofe."

„Hast du ihr aufgetragen, sie danach zu beobachten?"

„Daran habe ich nicht gedacht. Ich nahm an, jemand in Edinburgh würde sie abholen."

„Es ist sehr gut, dass du zu mir gekommen bist. Du bist viel zu einfältig, um mit so etwas fertigzuwerden."

„Es ist gemein, so etwas über mich zu sagen!"

„Aber du hast so viele andere gute

Eigenschaften. Niemand in London hat einen so exquisiten Geschmack bei Kleidung wie du - und du musst zugeben, dass die Söhne, die du geboren hast, alles andere als einfältig sind. Sie sind sehr kluge kleine Kerlchen, was ich mir zu sagen erlaube, obwohl sie meine eigenen Neffen sind."

Cornelia musterte Daphne unter gerunzelten Brauen. „Das sagst du nur, weil der liebe kleine Bexley dir so ähnlich ist. Jeder sagt, er wäre so klug wie seine Tante."

„Tröste dich mit der Erkenntnis, dass ich die kluge Schwester bin, weil du alle Schönheit hast. Was wäre dir lieber?"

Die zierliche Herzogin mit den großen, braunen Augen schmunzelte ihre Schwester an. „Die Schönheit natürlich."

Und Daphne war froh, dass sie den Verstand bekommen hatte. „Uns bleiben drei Tage bis Donnerstag, um zu versuchen, die Identität des Erpressers herauszufinden."

„Aber wenn dir das nicht gelingt ... Ich kann unmöglich in drei Tagen tausend Pfund auftreiben."

„Oh, keine Frage. Du musst nicht wieder zu den Geldverleihern gehen. Ich verstehe, dass sie nur zu gerne einer Herzogin aushelfen. Sie wissen, dass Lankersham sehr reich ist."

„Er war schon so großzügig zu mir, ich kann ihn absolut nicht um mehr bitten."

„Vor alle nicht um einen so riesigen Betrag." Daphne dachte daran, dass Jack für all seine Bedürfnisse mit nur hundert Pfund im Jahr auskam. „Es scheint mir, es wäre die einfachste Methode, deinen Erpresser zu fassen, die kräftigsten deiner Diener auszusuchen, sie in dieselbe Livree zu stecken, wie die Männer bei der Postkutsche sie tragen, sie auf die Postkutsche nach Penzance zu setzen und die Person schnappen zu lassen, die die Tasche mitnehmen will.

„Ich habe Angst, dass Lankersham die Abwesenheit unserer stärksten Diener bemerken würde."

„Du kannst eine Geschichte erfinden, um ihre Abreise zu erklären." Schließlich war Cornelia geschickt darin, ihre kleinen Romanzen vor ihrem Ehemann zu verbergen. „Zuerst musst du die Livreen der Postkutscher besorgen, sieh zu, dass du das vor Donnerstag schaffst."

„Müsste ich echtes Geld in die Tasche stecken?"

„Das solltest du. Es kann sein, dass der Erpresser dich beobachtet. Er wird wissen, dass du zu den Juden gehen musst, um so viel Geld in die Hände zu bekommen." Daphne wirbelte herum und schaute ihre Schwester böse an. „Sag mir nicht, dass du deine Zofe an deiner Stelle zu den Geldverleihern geschickt hast?"

„Aber natürlich! Eine Herzogin kann doch nicht in der City herumlaufen und sich unter *solche* Leute mischen."

„Diesmal wirst *du* gehen. Und ich werde dich begleiten."

„Ich hoffe nur, dass du deinen Hauptmann nicht so herumkommandierst wie deine Schwestern!"

„Wenn wir von Schwestern reden, warum kannst du deine ... schwierige Lage nicht mit Virginia besprechen?"

„Weil sie so völlig und ekelerregend in ihren Ehemann vernarrt ist. Sie hält nichts von meinen kleinen Flirts und vermutlich würde sie der Schlag treffen, wenn sie wüsste, dass ich Major Styles leidenschaftliche Liebesbriefe geschrieben habe. Ehrlich, Daphne, dass sie ständig ihren Sir Ronald lobpreist macht mich völlig krank."

Es wäre nett, dachte Daphne, wenn Cornelia für den Herzog, den sie geheiratet hatte, ein klein wenig mehr Zuneigung empfände. Daphne konnte sich nicht erinnern, dass Cornelia je etwas Lobendes über den armen Lankersham gesagt hätte.

Daphne selbst war verblüfft, dass Cornelia *leidenschaftliche* Briefe an einen verheirateten Major geschrieben hatte. Sie hoffte sehr, dass Jack nie davon erfuhr, da er Ehebruch hasste. Sie lächelte in sich hinein, als sie an den Mann dache, den sie geheiratet hatte.

„Wir werden am Mittwoch zu den Geldverleihern gehen", sagte Daphne. In der Zwischenzeit musste sie ein paar Erkundigungen einziehen.

* * *

Verdammt, er hatte Rückenschmerzen. Jack hatte an jedem der beiden vergangenen Tage mehr als zwölf Stunden in der privaten Bibliothek des Regenten über die Depeschen gebeugt verbracht. Er kannte die Stellung jedes Offiziers, der in Sorauren gekämpft hatte. Und seit er den Bericht des Zahlmeisters erhalten hatte, verfügte er auch über die Namen aller Soldaten, die dort unter Wellingtons Befehl gedient hatten. Es war so weit, dass Jack die Namen der meisten, die bei der Belagerung dabei gewesen waren, auswendig kannte. Es war harte Arbeit gewesen.

So töricht Heffington gewesen war, dass er in den Kampf gezogen war, obwohl er seinen vorherigen Auftrag noch nicht erfüllt hatte, konnte Jack nicht anders, als den Mut des Mannes zu bewundern. Den Karten zufolge, die Wellington an Lord Castlereagh geschickt hatte, musste Heffington einen Angriff direkt an der Front geführt haben - eine besonders gefährliche Stellung, das war sicher.

Gemäß den Informationen, über die Jack verfügte, war es unmöglich zu sagen, was mit Heffingtons Liste geschehen war.

Wenn es denn eine geschriebene Liste gab.

So sehr es Jack schmerzte, das zuzugeben, kam er nicht weiter, ohne auf die Halbinsel zurückzukehren.

Sein Magen zog sich zusammen. Er konnte nicht zu einer so langen Reise aufbrechen, ohne Daphne zu sehen. Und er konnte sie nicht sehen, ohne ihr zu erzählen, woran er arbeitete. So war es bei ihm und Daphne. Sie teilten alles.

Und es war ja auch nicht so, dass sie herumlaufen und über seine Pflichten klatschen würde. Jeder wusste, wie diskret sie sein konnte.

Es blieb ihm nichts übrig, als die Erlaubnis des Regenten zu erbitten, Daphne - von Angesicht zu Angesicht - zu erklären, dass er auf die Halbinsel zurück musste.

Er musste sie sehen.

Seine Arbeit hatte ihn so beschäftigt, dass er nicht so von Gedanken an sie gequält wurde wie in diesen vier Tagen, als er nichts zu tun gehabt hatte, außer zu warten.

Aber seine Nächte waren eine reine Qual, wenn er dort lag und sich nach seiner schlanken Daphne sehnte und von der Nacht träumte, wenn sie seine innig geliebte Frau werden würde.

Bevor er um die Erlaubnis des Regenten bat,

Daphne besuchen zu dürfen, setzte er einen Brief an den Außenminister auf mit der Bitte, alle notwendigen Vorkehrungen für Jacks Rückkehr nach Spanien zu treffen. Er übergab den Brief dem Sonderkurier des Regenten und bat dann um Erlaubnis, mit dem Regenten selbst sprechen zu dürfen.

* * *

Die Läden an den Fenstern des Hauses der Styles' in der Edgeware Road waren geschlossen. Daphne wusste, sie müsste sich eigentlich schämen, dass sie - eine völlig Fremde - eine Witwe in ihrer Trauer störte, aber sie hatte gegenüber ihrer Schwester die Pflicht, die Identität der abscheulichen Kreatur aufzudecken, die sie erpresste.

Sie hatte gedacht, dass ihr Besuch besser aufgenommen würde, wenn sie in der wappengeschmückten Kutsche des Earls von Sidworth vorführe. Wer (außer Jack) selbst nicht durch Geburt zum Adel gehörte, ließ sich von solchen Dingen beeindrucken. Sie wartete in der Kutsche, während der livrierte Diener von seinem Stand hinten auf der Kutsche sprang und ihre Karte in dem recht bescheidenen Haus abgab.

Eine hübsche, junge Frau in Schwarz öffnete selbst die Tür und ließ beim Lesen der Karte ihren Blick über die Straße schweifen und nickte dann dem Diener zu, der den Auftrag gehabt hatte zu fragen, ob seine Herrin ihr Beileid aussprechen dürfte.

Einen Moment später saß Daphne mit Mrs. Styles im Wohnzimmer. „Es ist so nett, dass Sie mir erlauben, Sie zu besuchen", begann Daphne. „Obwohl wir uns nie begegnet sind, fand ich, dass es meine Pflicht wäre, zu kommen und Ihnen mein Beileid auszusprechen, wenn man bedenkt, dass unsere Männer zusammen auf der Halbinsel gedient haben."

„Das ist sehr freundlich von Ihnen. Kannten Sie meinen Mann?"

Daphne konnte nicht lügen. „Nein." Nun, vielleicht doch eine kleine Lüge ... „Aber mein lieber Jack sprach oft von ihm."

Die kleine Brünette brachte ein schwaches Lächeln zustande. „Er war immer beliebt. Und sah so gut aus."

„Obwohl ich ihn nie kennengelernt habe, habe ich ihn doch gesehen. Er war *sehr* gutaussehend." Sie musste der armen Witwe nicht erzählen, dass sie ihren Mann gesehen hatte, wie er bei Almack's ihrer eigenen Schwester nachgelaufen war.

Mrs. Styles lächelte wieder, einen abwesenden Ausdruck auf ihrem Gesicht. „Es ist so einsam ..." Ihre Stimme versagte. Sie war vermutlich in Daphnes Alter, aber in ihrer Zerbrechlichkeit wirkte sie jünger und viel verletzlicher. Daphne ging das Herz auf. Die arme Frau litt offensichtlich unter dem Verlust ihres Ehemannes. Was völlig verständlich war. Wie dankbar Daphne dem Regenten dafür war, dass er Jack seinem eigenen Regiment zugeteilt hatte, so dass er nicht wieder auf die Halbinsel zurückkehren musste.

Sie betrachtete die mitleiderregende Witwe. Wie Cornelia war sie zierlich. Sie hatte auch dunkle Haare und Augen. Wie Cornelia. Der Major hatte offensichtlich einen festgelegten Geschmack bei Frauen gehabt.

Daphne fragte sich, ob die Witwe über die Affäre ihres Mannes mit der Herzogin von Lankersham Bescheid wusste. Wenn sie die Erpresserin wäre, natürlich.

Da Daphne den Geisteszustand einer verliebten Frau zu verstehen gelernt hatte (dank ihrer Gefühle für ihren eigenen, geliebten Jack), war sie zuversichtlich, dass sie in der Lage sein würde, die Reaktion der Frau bei einer Erwähnung der Herzogin einzuschätzen. Aber sie war noch nicht bereit, die Frau damit zu konfrontieren. Zuvor musste sie eine angenehme Atmosphäre zwischen sich und der Witwe schaffen. „Natürlich. Es wäre unnormal, wenn Sie sich nicht allein fühlen würden. Waren Sie und der Major lange verheiratet?"

„Sieben Jahre."

„Sie müssen fast eine Kindbraut gewesen sein."

Mrs. Styles lächelte Daphne wieder schwach an. „Ich war siebzehn und mein George war einundzwanzig, als wir heirateten."

„Haben Sie Kinder?"

Mrs. Styles Stimme klang liebevoll und Stolz sprach aus ihren Augen. „Unser Sohn ist in der Schule und das Baby - unsere Tochter - hält ein Schläfchen."

„Dann sind Sie in anderer Weise doch gesegnet."

„In der Tat."

Daphne schaute sich im Zimmer um. Wenn Mrs. Styles vor kurzem eine größere Summe Geld erhalten hatte, weil sie solch böse Taten wie Erpressung beging, gab es dafür jedenfalls kein Anzeichen. Der verblasste grüne Brokat des Sofas war stellenweise so abgeschabt, dass die Füllung durchschimmerte.

Durch die Art, wie die Witwe ihre Füße an den Knöcheln kreuzte, konnte Daphne sehen, dass die Sohlen der Schuhe der Witwe auch so abgelaufen waren, dass ein Loch ihre schwarzen Strümpfe sehen ließ.

Jetzt wollte Daphne den ersten Handschuh hinwerfen. „Meine Schwester, die Herzogin von Lankersham, hat zwei kleine Jungen. Ich habe entdeckt, wieviel Freude kleine Jungen machen. Ich habe nie solche kleinen Kerlchen um mich herum gehabt, da wir in unserer Familie lauter Mädchen sind - sechs Stück."

Bei der Frau war keinerlei Anzeichen des Wiedererkennens bei der Erwähnung Cornelias zu sehen. „Dann muss Ihr Vater ein glücklicher Großvater sein, wenn er endlich kleine Jungen hat."

Daphne schenkte ihr ein warmes Lächeln. „Das ist er tatsächlich und er verwöhnt die kleinen Lausbuben unerträglich."

„Mein einziger Trost nach meinem Verlust ist es, dass mein Vater meinen Sohn über alles liebt und mir mit seiner Hilfe beistehen wird."

Meinte sie finanziell? Oder war diese Andeutung eine List, um neuerworbenes Vermögen zu verschleiern? „Einen Mann zu haben, der hilft, die Kinder zu erziehen, wird tatsächlich ein großer Trost sein. Lebt Ihr Vater in London?"

Sie schüttelte den Kopf. „Aber er lebt nicht weit entfernt. In Middlesex."

Daphne überlegte, ob Mrs. Styles Vater, wie ihr eigener, keine eigenen Söhne hatte. „Hat Ihr Vater auch nur Töchter?"

Die Dame nickte. „In der Tat bin ich sein einziges Kind. Er drängt mich, dass ich nach Hause zurückziehen soll, und ich glaube, dass ich das tun werde. Das wird für meinen kleinen Jungen gut sein, und, um ganz ehrlich zu Ihnen zu sein, weiß ich nicht, wie lange ich es mir noch leisten kann, in London zu leben."

„Das tut mir so leid."

„Die Witwenversorgung ist so viel weniger als das, was man hat, wenn der Ehemann noch ein Einkommen nach Hause bringt."

Daphne war von der Aufrichtigkeit der Frau überzeugt, ebenso wie davon, dass sie nichts von der Affäre ihres Mannes wusste.

Als sie sich verabschiedete, betete sie, dass Mrs. Styles nie vom Ehebruch ihres Mannes erfahren würde.

Später an diesem Nachmittag, als Daphne nach Sidworth House zurückkehrte und sah, dass Jacks Warrior vorn angebunden war, schlug ihr das Herz bis zum Hals. Fast sprang sie aus der noch rollenden Kutsche in der Eile, ihren Mann zu sehen.

Kapitel 4

Durch den reichlichen Schweiß auf Jacks Pferd konnte sie sehen, dass er noch nicht lange hier war - und dass er offensichtlich eine lange Strecke geritten war. Nahezu unerträglich aufgeregt rannte sie die Stufen hinauf und riss die Tür zum Heim ihrer Eltern auf.

Sie eilte die Marmortreppe hoch und platze in den Salon, wo Lady Sidworth und ihre jüngste Tochter, Rosemary, auf einem seidenbezogenen französischen Sofa saßen und mit Jack sprachen. Zuerst war alles, was Daphne sah, sein dunkler Hinterkopf. Er drehte sich um, erblickte sie und sprang sofort auf die Beine. Er trug seine Regimentsuniform und war noch immer der bestaussehende Offizier des Königreichs.

Ihre Augen trafen sich. Ihr Herz raste und sie warf sich in seine Arme. Sie stand da im Schutz seiner kräftigen Arme und sonnte sich in dem Gefühl, von dem Mann gehalten zu werden, den sie so zutiefst liebte.

Viel zu bald für ihren Geschmack hielt er sie auf Armeslänge von sich ab und runzelte die Stirn. Warum sollte er böse auf sie sein? „Deine Mutter fragte gerade nach meiner jüngsten Krankheit."

Oh weh. Der arme Jack war nicht gewarnt worden, welche bestimmte Krankheit es denn gewesen sein sollte. Der Jammer war nur, dass Daphne sich anstrengen musste, um sich zu erinnern, ob sie sein Unwohlsein auf Masern oder auf Mumps zurückgeführt hatte. Sie verwechselte diese beiden ständig, beide begannen mit dem Buchstaben M und waren übliche Kinderkrankheiten, mit denen sie sich nie angesteckt hatte. Welche davon hatte den armen Jungen in Eton erwischt, den Papa sah, als er tot weggebracht wurde?

Liebe Güte. Was sollte sie nur tun? Das Thema wechseln, natürlich! Sie sah ihn mit fröhlichem Gesicht an. „Wie gut du dich erholt hast, mein Liebster! Du siehst kerngesund aus."

„Ehrlich gesagt", sagte Lady Sidworth und stand aus ihrem Sessel auf, durchquerte den Raum und beäugte Jacks Gesicht, als ob er ein Porträt wäre, das in der Königlichen Galerie hing, „ich bin erstaunt, dass Sie sich so schnell erholt haben. Und so restlos."

„Der Chirurg war ebenso erstaunt, wie schnell Jack sich von den Schusswunden damals auf der Halbinsel erholte", plapperte Daphne. Sie hatte keine Ahnung, ob in dem, was sie sagte, ein Körnchen Wahrheit steckte, aber sie hoffte, die Unterhaltung von seiner kürzlichen Krankheit ablenken zu können.

Die Vorstellung, wie Jacks Körper von einer Musketenkugel getroffen wurde, hätte Lady Sidworth fast einen Schlaganfall verursacht. Ihre Hände griffen nach ihrem Herzen und ihr Mund blieb offen stehen. „Eine Musketenkugel! Wie hat Ihre arme Mutter das ertragen?"

Daphne legte den Kopf zur Seite und musterte ihre Mutter, als ob sie völlig den Verstand verloren hätte. „Mrs. Dryden war nicht die Leidtragende, sondern mein armer Jack!" Natürlich hatte Daphne noch immer keine Ahnung, ob Jack je von einer Musketenkugel getroffen worden war, aber die Geschichte erwies sich als gute Ablenkung.

„Das reicht, Daphne." Jacks Stimme klang streng.

„Wo zieht meine Tochter Sie denn jetzt mit hinein?"

Sie alle drehten sich um, als Lord Sidworth in den Raum geschlendert kam und Jacks Hand schüttelte. „Gut, Sie zu sehen, Hauptmann."

Daphne stand etwas abseits und strahlte. Es war ihrem Vater nicht möglich, die große Zuneigung zu verbergen, die er für Jack empfand. Viel mehr als für seine anderen Schwiegersöhne, den Herzog von Lankersham und Sir Ronald Johnson, nicht, dass sie nicht beide überaus liebenswert gewesen wären. Sie waren nur einfach nicht ebenso gutaussehend oder brillant oder tapfer oder so durch und durch gut wie Jack.

„Nun, Mutter", sagte der Earl zu seiner Frau, „es sieht so aus, als würdest du schließlich unsere Daphne doch gehen lassen müssen."

Jack räusperte sich. „Obwohl ich mich sehr darauf freue, mein eigenes Heim mit Lady Daphne zu gründen, könnte es sein, dass sie noch etwas länger hierbleiben muss. Ich bitte um die Gelegenheit, ein paar Worte unter vier Augen mit meiner Frau wechseln zu dürfen."

Daphne fühlte sich, als fiele sie plötzlich aus allen Wolken. Sie hakte sich bei Jacks Arm ein. „Es ist eine Ewigkeit her, dass wir uns gesehen haben. Lasst uns ein wenig allein."

„Komm, Mutter." Der Earl wollte seine Frau und seine jüngste Tochter schon aus dem Zimmer führen.

Jack sah sie strahlend an. „Ich wollte

vorschlagen, dass wir einen Spaziergang machen."

„Du nimmst mir das Wort aus dem Mund."

* * *

Ein paar Minuten später spazierten sie über die Wege des Green Parks. Gott, wie sehr er sie küssen wollte! Und verdammt, er wollte nicht gezwungen sein, sie zu verlassen. Ebenso wollte er ihr nicht erzählen müssen, dass er nach Spanien zurückkehren musste. Aber er konnte es sich nicht erlauben, ihr falsche Hoffnungen zu machen.

„Ich habe dich schrecklich vermisst", sagte sie.

Er lächelte und drückte ihre Hand. „Nicht so sehr, wie ich dich vermisst habe. Du hattest wenigstens Ablenkung und vertraute Gesellschaft."

„Darfst du mir sagen, wohin du gefahren warst?"

„Jetzt ja." Die meisten Frauen würden eine Erklärung verlangt haben. Seine Daphne war zum Glück nicht wie andere Frauen. Vielleicht war das der Grund, warum sie sich so gut verstanden. Sie dachte eher wie ein Mann, obwohl sie durch und durch eine Frau war. Eine Frau, die er mehr begehrte, als er es je für möglich gehalten hatte. Er erlaubte sich den Luxus, sich daran zu erinnern, wie er ihren schlanken Körper an seinen gedrückt hatte. Er holte tief Luft und sah sie an. „Ich war in Brighton."

„Im Königlichen Pavillon?"

Er nickte.

„Zweifellos benötigte der Regent deine überragenden detektivischen Fähigkeiten."

„*Überragend*? Ist das nicht eins der Worte, das ich dir zu benutzen verboten habe, wenn du über mich redest?"

„Ich weiß, Liebster. Er ist verdammt schwierig, dich zu beschreiben, ohne diese Art von Worten zu verwenden. Du *bist* einfach der Beste bei allem, was du tust. Und *hier* sind nur wir beide." Sie sah zu ihm auf, fast anbetend, dachte er mit Befriedigung. Er nahm ihre Hand und küsste sie.

„In der Tat handelte der Regent als Vermittler zwischen Lord Castlereagh und mir."

Hinter ihren Brillengläsern wurden ihre schönen, grünen Augen vor Staunen groß. „Dem Außenminister?"

„Ja."

„Ich bin mit seiner Frau gut bekannt. Sie ist eine der Patronessen bei Almack's, aber kommt nicht oft zu den Gesellschaften. Soweit mir bekannt, ist er immer sehr beschäftigt."

„Das will ich gerne glauben."

„Darfst du mir verraten, welcher Art das Problem ist, das er in deine Hände gelegt hat?"

Er lachte leise. „Was bringt dich dazu zu denken, dass der wichtigste Mann in der Regierung meine Hilfe brauchen könnte?

„Weibliche Intuition."

„Tatsächlich habe ich an einem Auftrag des Außenministers und des Befehlshabers auf der Halbinsel gearbeitet."

„Dem neuen Herzog von Wellington?"

Er nickte.

„Und jetzt hast du das Problem gelöst!"

Er holte tief Atem. „Nein, habe ich nicht. Es war mir unmöglich, die notwendigen Informationen über eine Entfernung von mehreren hundert Meilen zu beschaffen."

Ihre Brauen zogen sich zusammen und ihre Brille rutschte auf ihrer Nase bist zur Spitze hinab. „Ich glaube nicht, dass mir gefallen wird, was du als nächstes sagen willst."

Lord und Lady Sidworth hatten keine dumme Tochter großgezogen. Er nickte reumütig. „Ich fürchte, ich werde nach Spanien reisen müssen, aber es wird eine sehr kurze Reise werden."

„Du könntest getötet werden!"

„Meine liebste Daphne, ich könnte hier in London auf einem Spaziergang getötet werden."

Sie schmollte. „Ich rede nicht gerne davon, dass du getötet werden könntest. Erst heute Morgen habe ich mit einer Soldatenwitwe gesprochen, und ich habe mir gesagt, dass ich sterben würde, sollte ich dich je verlieren." Ihr Gesicht war schmerzverzerrt, als sie zu ihm aufschaute. „Das würde   ich."

„Ich fühle genauso für dich, mein Herz, und ich verspreche dir, eilends zu dir zurückzukommen."

„Nein, das wirst du nicht, Hauptmann Dryden! Du wirst nicht ohne mich auf die Halbinsel reisen."

Ihre Augen trafen sich und versanken ineinander.

Lieber Gott! Dachte sie das Gleiche, was auch er dachte?

Es raubte ihm fast den Atem. Beide schwiegen. Sie näherten sich einander. Er besaß gerade noch genug Selbstbeherrschung, sie *nicht* in seine Arme zu reißen.

Aber nicht genug, um ihr Angebot abzulehnen.

Plötzlich hatte die Aussicht, seine Frau nach Spanien mitzunehmen, großen Reiz. „Du könntest getötet werden."

Sie kicherte.

„Nun gut, du Füchsin. Ich soll morgen früh in Portsmouth sein."

Sie drückte seine beiden Hände. „Das wird eine

fantastische Hochzeitsreise."

Kapitel 5

Daphne versprach ihrem Mann, dass sie in ein wenig mehr als einer Stunde bereit sein würde, nach Portsmouth abzufahren. Kleidung für die Reise auszuwählen war nicht die Art von Tätigkeit, der sie ihre Energie widmete. Für sie war ein Kleid ebenso gut wie das andere. Und man hatte ihr gesagt, dass ihre Garderobe jetzt vorbildlich wäre, nachdem Mama Cornelia dazu bestimmt hatte, ihre Aussteuer zusammenzustellen.

Nur eine Angelegenheit war noch eilig, während sie ihre Abreise nach Spanien vorbereitete. Sie musste Cornelia sagen, dass sie nicht in der Lage sein würde, sie zu den Geldverleihern zu begleiten. In ihrer Nachricht drängte sie die Herzogin, Virginia ins Vertrauen zu ziehen und schlug vor, dass die beiden Schwestern zusammen hingehen sollten. „Tut mir leid, Liebes, dass ich abreisen muss", schrieb sie am Ende. „Wenn du dieses Problem nicht gelöst hast, bis ich wieder zurück bin, verspreche ich dir, dass ich dir helfen werde."

Lord Sidworth bestand darauf, dass das Brautpaar seine eigene, luxuriöse Kutsche für die Fahrt nach Portsmouth benutzen sollte.

„Ich weiß nicht, wie ich es ertragen werde, dass mein erstes, kleines Mädchen übers Meer fährt." Lady Sidworth rang die Hände vor ihrer Brust. „Was, wenn das Schiff sinkt?"

Daphnes pragmatischer Vater schritt ein und legte beruhigend eine Hand auf die Schulter seiner Frau. „Sie wird nur ein paar Wochen fort sein, und die königliche Marine hat eine der besten Fregatten zur Verfügung gestellt, um unseren hochgeachteten Sohn zu Wellington zu bringen."

Daphnes Herz schmolz, als ihr Vater Jack als seinen Sohn bezeichnete.

Als der Hauptmann mit der neuen Mrs. Dryden abfuhr, drückte Papa Jack eine Flasche seines Lieblingsportweins in die Hand. Mama hatte die Köchin einen randvollen Korb mit Esswaren für die Reise vorbereite lassen.

Daphne, die nie weiter nördlich als bis Derbyshire oder weiter südlich als Brighton gekommen war, war begeistert darüber, ins sonnige Spanien zu reisen. Und auf einem Hochseeschiff! Was für ein großes Abenteuer auf sie wartete.

Sie lehnte sich neben ihrem Mann in die Sitze zurück und verabschiedete sich fröhlich von ihrer Familie, als sie in die Dämmerung Londons hinausfuhren.

Als ihre Familie nicht mehr zu sehen war, zog Jack sie an sich und sie küssten sich zärtlich.

„Liebster?", fragte sie.

„Ja, mein Liebling?"

„Wann werden wir in Portsmouth ankommen?"

Er runzelte die Stirn. „Morgen früh. Gerade rechtzeitig, um an Bord zu gehen, bevor das Schiff segelt."

„Wann werden wir unsere Hochzeitsnacht haben?"

Seine glühenden Augen senkten sich in ihre. Einen Moment lang antwortete er nicht. „Ich habe darum gebeten, dass wir auf dem Schiff ein eigenes Zimmer bekommen. Morgen Nacht."

Sie wusste, wie schwer es für ihn war zu warten. Schließlich war er ein Mann. Und Männer hatten fleischliche ... Bedürfnisse. „Meinst du, dass das etwas ist, was man in ... einer Kutsche tun könnte?" Sie hasste es, zuzugeben, wie unwissend sie in solchen Dingen war.

Einen Moment lang antwortete er nicht. Sie dachte, dass vielleicht dieses Teil der männlichen Anatomie sich regte. „Könnte man", sagte er schließlich. „Aber wir werden das nicht."

„Warum? Ich bin deine Frau!"

„Meine liebste Frau, das ist zwar etwas, das ein erfahrenes Paar schaffen könnte, aber es ist nicht so, wie ich meine eigene, geliebte Frau zum ersten Mal lieben möchte."

Jack dachte immer zuerst an andere. Das war eines der Dinge, die sie an dem ehrenwerten Mann, den sie geheiratet hatte, liebte.

Sie kuschelte sich an ihn, legte ihren Kopf an seine Brust und sonnte sich in der tröstlichen Wärme ihrer Liebe und dem Gefühl seines muskulösen Arms, mit dem er sie an sich drückte. Bald lag die Umgebung Londons hinter ihnen und es wurde dunkel in der Kutsche. Die einzigen Lichter kamen vom goldgelben Glühen der Laternen an vorbeifahrenden Kutschen.

„Bist du jetzt bereit, mir zu sagen, warum du wieder nach Spanien musst?", fragte sie schließlich.

Er erzählte ihr von Heffingtons Auftrag und dem späteren Tod des Mannes, bevor er die Informationen zu Lord Castlereagh bringen konnte.

„War Heffington verheiratet?", fragte sie.

„Was spielt das für eine Rolle?"

„Dummchen. Er könnte die Informationen an seine Frau geschickt haben."

„Kein Spion würde *jemals* eine Frau ins Vertrauen ziehen - es sei denn, natürlich, dass die Frau Lady Daphne ist. Außerdem war Heffington Junggeselle."

„Wie gut du dich aus der Affäre ziehst, Hauptmann! Ich bin froh zu hören, dass es keine Mrs. Heffington gab, denn ich wäre viel zu traurig geworden, wenn ich an den großen Verlust für seine Frau hätte denken müssen."

Ihr Mann drückte ihre Schulter und pflanzte zarte Küsse in ihr Haar.

„Also musst du dich jetzt persönlich mit anderen Offizieren unterhalten, die an seinem Todestag mit Hauptmann Heffington dienten?"

„Das ist meine einzige Hoffnung, und eine sehr geringe. Angenommen, Heffington hat die Informationen *wirklich* weitergegeben, warum sollte die Person, die sich in ihrem Besitz befindet, sie bis jetzt noch nicht ans Außenministerium weitergeleitet haben?"

„Offensichtlich würde er das, wenn er die Bedeutung der Liste kennt."

„Es ist möglich, dass der Mann, an den er sie übergeben hat, ihre Wichtigkeit nicht kennt. Heffington könnte seinen letzten Atemzug getan haben, bevor er es dem anderen Mann erklären konnte."

„Mir scheint", sagte sie, „dass das einer Suche nach der Nadel im Heuhaufen ähnelt."

„Allerdings." Jack hielt sie fest, war aber beunruhigend still.

Dann hörte sie ein leises Schnarchen.

Ihr fiel ein, dass er in der vergangenen Nacht

nicht geschlafen hatte, da er nach London geeilt war, um sie zu sehen, bevor er nach Spanien reiste.

Sie lächelte in sich hinein. Eines Tages könnten sie ihren Enkeln über diese aufregende Hochzeitsreise an Bord eines Schiffs der Königlichen Marine, das eiligst zur Halbinsel segelte, erzählen.

* * *

Aufregung durchströmte sie, als sie und Jack auf die Fregatte, die HMS Avalon, stiegen. Der Kapitän begrüßte sie, als wäre Jack der Prinzregent persönlich. „Unser Auslaufen wurde verschoben", sagte dieser zu ihnen. „Lord Castlereaghs Befehl lautete, dass nichts wichtiger wäre, als Hauptmann Dryden und seine Frau so schnell wie möglich nach Spanien zu bringen."

Jacks Blick flog über die Flotte und die dreimastige Fregatte. „Ich bedauere, Ihr Auslaufen verzögert zu haben. Ein schönes Schiff haben Sie hier. Wie viele Kanonen?"

„Vierundzwanzig. Ich führe Sie herum, wenn wir erst ausgelaufen sind. Erlauben Sie mir, Ihnen beiden ihre Unterkunft zu zeigen."

„Wie steht der Wind?", fragte Jack.

Kapitän St. James lächelte. „Sehr günstig."

Er nahm sie mit unter Deck zum Bug des Schiffes, wo die eigene Kajüte des Kapitäns sich befand. „Es ist eine so kurze Reise, ich werde einfach bei meinem ersten Offizier schlafen. Lord Castlereagh bestand hartnäckig darauf, dass Sie und Ihre Braut den besten Raum im Schiff haben müssten."

„Ich bin Ihnen sehr verbunden", sagte Jack und schüttelte dem Mann die Hand, als er sie verließ.

Daphne war überrascht, dass ihr Gepäck

bereits in der Kajüte stand. „Oh, sieh nur, Liebster, wir haben unser eigenes Fenster! Was für eine wundervolle Kabine!"

Er kam und stellte sich hinter sie, seine Hand berührte ihre Taille, sein Kopf ruhte auf ihrer Schulter. Sie spürte seine Wärme und sog seinen männlichen Moschusduft ein. Sie schauten in wohligem Schweigen zu, als das Schiff Segel setzte und aus dem Hafen rauschte, der die Heimat der britischen Flotte war. Am Land, auf einer Klippe, die den fast runden Hafen überragte, wachte Portchester Castle, dessen abgerundeten, grauen Ziegelsteine seit Jahrhunderten unverändert standen, über Englands Stolz zur See. Durch den andauernden Krieg wirkte der fast leere Hafen jetzt seltsam verschlafen.

Sie staunte über die Weite des faszinierenden Wassers, das sich vor dem Hafen erstreckte, dann schaute sie zurück. Die Gebäude an der Küste wurden kleiner, als das Schiff aufs offene Meer hinaussegelte. Wie wundervoll war es, auf einem Schiff zu sein! Ihre erste Seereise.

Ihr Blick fiel auf das schmale Bett.

Und ihr Herz schlug schneller.

Die Intimität ihres Aufenthalts in diesem kleinen Raum, zusammen mit einem Mann, wurde ihr wieder bewusst. Mit einem Mann, der jetzt ihr Ehemann war. Sie dachte an die Worte, die der Pfarrer bei ihrer Hochzeitszeremonie gesprochen hatte, *und ihr werdet ein Fleisch sein.* Sie atmete mühsam. Ihr Puls ging schneller. „Liebster?"

Jack legte seine großen, festen Hände auf ihre Schultern. „Ja?"

„Muss eine Hochzeitsnacht in der Nacht stattfinden?"

Er brach in Gelächter aus, wurde dann aber ernst. Seine Stimme war heiser, seine Augen glühten, als er sagte: „Nicht unbedingt."

Er zog sie in seine Arme und küsste sie voll Verlangen.

Sie wusste, dass sie es wundervoll finden würde, verheiratet zu sein. Sie erhob keinerlei Einwände, als sie spürte, wie seine Handfläche sich um die kleine Schwellung der Brust, die sie besaß, legte. Ihr Atem schien aus ihren Lungen zu strömen und der Raum wurde viel zu heiß. Was immer er mit ihr machte, sie wollte nicht, dass er aufhörte.

Dann hob sich das Schiff und senkte sich wieder und warf sie gegen die Holzwand. Jack löste seinen festen Griff um sie nicht. Das Schiff schwankte weiter, als ob sie ein Korken wären, der auf den Wellen tanzte. Jack hob sie auf seine Arme und trug sie zu Bett.

Plötzlich fühlte sie, wie ihr Mageninhalt sich regte. Dann nach oben drängte. Schweiß nässte ihre Stirn. *Oh weh.* Sie würde sich erbrechen müssen.

„Geht es dir gut?", murmelte Jack und musterte besorgt ihr Gesicht.

„Das ... glaube ... ich ... nicht."

„Brauchst du einen Nachttopf?"

Genau das war es, was sie brauchte! Sie konnte nur nicken. Aus ihrem Magen stieg eine Woge herauf.

Er hatte kaum Zeit, den Topf vor sie zu stellen, als sie schon begann, heftig zu würgen. Während ihr Gehirn feststellte, wie grässlich sie sich fühlte, wurde ihr Elend durch ihre Verlegenheit verdoppelt, dass ihr ihr abstoßendes Verhalten direkt vor Jacks Augen so peinlich war. Wie konnte irgendein Mann sich von einer Frau angezogen fühlen, die sich praktisch in seinen Schoß erbrochen hatte? Sie fühlte sich gedemütigt.

Und sie konnte sich nicht erinnern, dass sie sich je schlechter gefühlt hatte.

Ihre Stirn war nass. Ihre Haare feucht. Und Schüttelfrost ließ ihren Körper zittern.

Obwohl Jack bei ihrem Anblick angeekelt sein musste, zeigte er kein Zeichen davon. Er strich über ihre Stirn und fragte leise: „Geht es dir jetzt besser?"

Sie schüttelte den Kopf. „Gibt es irgendetwas, das man tun kann, um dieses Schiff ... gerade zu halten?"

Er schüttelte den Kopf. „Ich fürchte, nein. Es scheint, dass meine arme Frau unter Seekrankheit leidet."

Es war ihr niemals - auch nicht, als sie sich erbrach - in den Sinn gekommen, dass sie seekrank sein könnte. Es war eine kleine Erleichterung zu wissen, dass sie sich nicht mit einer tödlichen Krankheit angesteckt hatte. So elend, wie sie sich fühlte, hatte sie gedacht, dass sie vielleicht sterben würde. „Wie lange wird das dauern?"

Er zuckte die Achseln. „Manchmal dauert es die ganze Fahrt über."

Eine einzelne Träne lief über ihr Gesicht.

„Es tut mir so leid, Liebes", murmelte er.

Wie konnte er es ertragen, in ihrer Nähe zu sein? Sie war vollends gedemütigt. „Es ist mir so peinlich."

Er zog sie in seine Arme und hielt sie fest an sich gedrückt. „Da gibt es nichts, was dir peinlich sein müsste. Wenn ich auch nur eine Ahnung gehabt hätte, dass du so krank werden würdest, hätte ich dir nie erlaubt, mitzukommen."

„Geht dieses scheußliche Gefühl weg, wenn man wieder an Land ist?"

„Aber ja."

„Wie lange noch, bevor wir Spanien erreichen?"

„Das weiß man nie. Das hängt vom Wind ab. Mit etwas Glück sind wir morgen dort. Manchmal jedoch kann der Wind ein Schiff tagelang an einer Stelle auf See festhalten."

„Dann muss ich mich umbringen."

„Nicht, solange ich noch atme."

Sie hätte lieber in Einsamkeit gelitten, aber er weigerte sich, von ihrer Seite zu weichen. Zuerst war sie zu verlegen, um nach ihrem heftigen Erbrechen in sein besorgtes Gesicht zu schauen, aber als die qualvollen Stunden vergingen, wurde ihre Verlegenheit durch Gleichgültigkeit abgelöst. Sie fühlte sich so furchtbar elend, dass sie flüchtig dachte, der Tod wäre der weiteren Fahrt auf diesem Schiff vorzuziehen.

Sie verlor jedes Zeitgefühl. Das Einzige, dessen sie sich - außer ihrem riesigen Elend - sicher war, war, dass Jack nie aufgehört hatte, sich um sie zu kümmern, tröstliche Worte zu murmeln und ihre schweißnasse Stirn mit in kühles Wasser getauchten Tüchern abzuwischen.

* * *

Er weigerte sich, während der scheußlichen Überfahrt von ihrer Seite zu weichen. Er dankte Gott, dass die Briten während der letzten Jahre die Franzosen fast zurück in ihr Heimatland getrieben hatten, was bedeutete, dass die britischen Truppen nicht länger die ganze Strecke nach Portugal hinab zurücklegen mussten, wie damals, als sie zuerst auf der Halbinsel landeten.

Jetzt konnten sie über den Golf von Biskaya nach Spanien gelangen - eine viel kürzere Strecke. Er betete um eine schnelle Fahrt.

Immer wieder wachte sie auf und würgte, sagte, wie peinlich ihr das wäre und brach wieder auf dem Bett zusammen. „Bist du sicher, dass ich nicht sterbe?", krächzte sie.

Jedes Mal tröstete er sie, während er ihre nasse Stirn abwischte, sie zudeckte und dann ihre Wange küsste.

„Es tut mir so leid, dass ich deine Hochzeitsnacht verderbe."

„Wir haben ein Leben voller gemeinsamer Nächte vor uns. Ein oder zwei Nächte machen da nichts aus."

In der Morgendämmerung des nächsten Tages lief die Fregatte in den winzigen Hafen im nördlichen Spanien ein.

„Du wirst dich wohler fühlen, wenn ich dich von diesem verflixten Schiff herunterbringe", sagte Jack. Er stand neben ihr in dem dunklen Raum und streichelte ihr Gesicht zärtlich mit einem Finger. Dann beugte er sich vor, um sie hochzuheben, als ob sie nicht mehr wöge als ein Laib Brot.

„Was machst du?", fragte sie.

„Ich trage dich von diesem verdammten Schiff herunter. Du bist zu schwach zum Gehen." Seine Stimme wurde sanfter. „Ich könnte mich rädern und vierteilen dafür, dass ich dich hierhergebracht habe."

Sie legte sanft eine Hand an seine Wange. „Mach dir keine Vorwürfe, Liebster. Ich war diejenige, die darauf bestand, mitzukommen. Ich wage zu behaupten, dass ich völlig in Ordnung sein werde, sobald ich festen Boden unter den

Füßen habe."

„Das hoffe ich."

Kapitän St. James sagte zu Jack, er möchte sich mit seinem Auftrag beeilen, da er Anweisung hätte, das Schiff im Hafen zu lassen, bis sie wiederkämen. „Und so wichtig Ihr Auftrag auch ist, wie man mir sagte", erklärte St. James, „würde ich lieber Franzosen jagen."

Daphne schaute ihn aus matten Augen an. „Mir wäre es auch lieber, wenn Sie das täten."

Jack wusste, dass die Königliche Marine jedes Schiff brauchte. Er schwor sich insgeheim, mit größter Geschwindigkeit zu arbeiten.

„Liebster?", fragte Daphne.

„Ja?"

„Es ist nicht möglich, über Land nach England zurückzukehren, nicht wahr?"

Er drückte ihre Hand und lächelte. „Leider nein."

Als sie ausgeschifft wurden, flog sein Blick über den Kai, wo braungebrannte Basken in weißen Hemden Kisten voller Orangen auf das britische Schiff luden. Esel trabten über die schmalen Straßen der geschäftigen, kleinen Hafenstadt heran, beladen mit Waren. Und über die kleineren Einheimischen hinweg, die ihren täglichen Geschäften nachgingen, konnte Jack einen großgewachsenen Mann, gekleidet in die deutlich erkennbare Uniform eines britischen Offiziers, ausmachen. Er war zu weit weg, um ihn erkennen zu können, aber Jack konnte feststellen, dass er sie beobachtete.

Zu seiner tiefen Erleichterung erholte sich Daphne, kaum, dass sie festen Boden unter den Füßen hatte, merklich. Er verwünschte die Tatsache, dass sie keine Zeit hatte, sich auszuruhen und ihre Kräfte - und ihren Appetit - zu sammeln, aber der Adjutant des Herzogs von Wellington, Oberstleutnant John Freemantle, stellte sich ihnen vor, sobald sie vom Schiff kamen und teilte ihnen mit, dass sie sofort abreisen würden.

Es hatte Jack eine Sekunde gekostet, sich zu erinnern, wer zum Donner der Herzog von Wellington war. Denn zu lange schon hatte Jack den General als Lord Wellesley, Oberbefehlshaber der Streitkräfte auf der Halbinsel, gekannt. Aber jetzt, nach dem spektakulären Sieg in Vittoria, war ihr fähiger Kommandant zum Herzog von Wellington erhoben worden.

Das war eines der Dinge, die Jack an Titeln am wenigsten mochte. Leute gaben ständig völlig akzeptable, gut erkennbare Namen auf, um einen neuen anzunehmen, an den einige Zeit lang niemand sich so einfach erinnern würde.

Lord Sidworth hatte Jack vorgeschlagen, er möge dem Prinzregenten erlauben, Jack den Titel eines Viscount Lindon zu verleihen. Jack konnte sich keinen Grund vorstellen, der ihn dazu bewegen könnte, an solche unsinnigen Namensspielchen mitzumachen. Er war Jack Dryden seit dem Tag, an dem er geboren wurde. Er war stolz darauf, als Jack Dryden bekannt zu sein. Es gefiel ihm zu denken, dass der Name Jack Dryden sich einen gewissen Respekt verdient hatte. Warum also sollte er ihn ändern wollen?

„Es wird einige Stunden dauern, bis wir das britische Lager erreichen können", sagte Freemantle. „Ich habe mir die Freiheit genommen, zwei Pferde für Sie zu besorgen. Sie sehen aus, als wären sie gute Tiere."

Das Paar Hengste war nur wenige Yards weiter

angebunden, direkt neben Freemantles - das offensichtlich einem hochrangigen Offizier gehörte. Nachdem sie aufgesessen waren, musterte Jack seine Braut und war stolz darauf, dass Daphne so gut zu Pferd saß wie nur irgendein Mann.

Als sie die Hafenstadt Gijon verließen, huschten Jacks Gedanken zu den vergangenen Jahren, seit die Engländer diese südeuropäische Halbinsel zu besetzen begonnen hatten. Wie viel sich verändert hatte, seit er zum ersten Mal 1808 in Portugal an Land gegangen war, da noch alle nördlichen spanischen Häfen sich in den Händen der Franzosen befunden hatten.

Er hasste es, sich an all diese glühend heißen, kahlen spanischen Schlachtfelder zu erinnern, auf denen die Briten so tapfer gefochten hatten. Jetzt waren die britischen Truppen so weit vorgestoßen, dass sie die Pyrenäen erreicht hatten und die stinkenden Franzosen in ihr Heimatland zurücktrieben.

Wie auch das Gelände sich in diesen fünf Jahren geändert hatte, dachte Jack, als sie zu dritt über eine viel grünere Landschaft ritten, als Jack sie jemals mit Spanien in Verbindung gebracht hätte. Ihr heutiger Weg wurde von Pinienwäldern, zwischen denen hohe Zypressen herausragten, gesäumt. Ihr Weg schlängelte sich ständig am schönen Fluss Bidassoa entlang.

Und wie immer war Jack angespannt vor Furcht, dass sein Erzfeind, der Duc d'Arblier, ihn aus den umliegenden Hügeln beobachtete und darauf wartete, ihn zu ermorden, so, wie er Jacks besten Freund ermordet hatte. Verdammt, Jack vermisste Edwards. Während der fünf Kriegsjahre hatte Jack oft den Tod gesehen, aber nie hatte er ihn so berührt wie bei Edwards.

Zu viele Male war Jack inzwischen d'Arbliers Todesfallen ausgewichen, zu viele Male war er dem Tod gerade noch von der Schippe gesprungen. Gott mochte ihm helfen, er wollte leben. Jetzt, seit er verheiratet war, mehr denn je.

Für Daphne.

Später an diesem Nachmittag, außerhalb des Dorfes Lesaca, fanden sie den Herzog von Wellington, wie er auf dem malerischen kleinen, von Bäumen überschatteten Friedhof neben einer hübschen katholischen Kirche auf und ab schritt.

„Sind unsere Männer hier begraben?", fragte Jack Freemantle, bevor die drei abstiegen.

„Oh nein. Es ist nur so, dass unser Hauptquartier genau auf der anderen Seite des Friedhofs liegt und seine Gnaden findet, dass der Friedhof ein friedlicher Ort ist, wo er nachdenken kann."

Jack sah Freemantle in die Augen. „Ich habe einen Brief des Prinzregenten an den Herzog in meinen Händen. Er wurde geschrieben, um seine Gnaden zu informieren, dass meine Frau, die die Diskretion in Person ist, an dieser Untersuchung beteiligt ist."

Der andere Offizier zuckte mit den Schultern. „Dann denke ich, dass Sie beide besser mitkommen, um mit dem Herzog zu reden."

Als die drei näherkamen, blieb Wellington stehen und betrachtete sie. Wegen seiner beeindruckenden Persönlichkeit schien er ein viel größerer Mann zu sein, als er tatsächlich war. Es überraschte Jack immer, dass sein Befehlshaber mindestens einen halben Fuß kleiner als Jacks sechs Fuß, zwei Zoll war. Der Herzog trug Uniform, hatte aber Hut und Orden weggelassen.

Obwohl er über vierzig war, zeigte sich noch kein Grau in seinem Haar und seine Taille war frei von Fett. Jack hoffte, er würde ein Jahrzehnt später so ausschauen, wenn er in diesem Alter wäre.

„Gut, dass Sie gekommen sind, Hauptmann Dryden", sagte Wellington und zog eine Braue hoch, als er Daphne musterte.

„Erlauben Sie mir, Ihnen meine Frau vorzustellen, Euer Gnaden. Lady Daphne." Als Daphne knickste und etwas Höfliches gesagt hatte, übergab Jack dem Herzog den Brief, der das Siegel des Prinzregenten trug. „Dieser Brief seiner Königlichen Hoheit wird erklären, dass meine Frau in alle Aspekte dieser Untersuchung einbezogen werden soll."

Der Herzog erbrach das Siegel und überflog dann nickend den Brief. Als er geendet hatte, bot er Daphne ein schwaches Lächeln, bevor er sich an seinen Adjutanten wandte. „Sie dürfen sich entfernen, Freemantle."

Nachdem der Adjutant sich verabschiedet hatte, sagte der Herzog: „Bitte, Hauptmann Dryden und Lady Daphne, gehen Sie ein Stück mit mir."

Sie schlossen sich Wellington an; Jack war geschmeichelt, dass der Oberbefehlshaber der gesamten Armee auf der Halbinsel sich noch immer an ihn erinnerte.

„Ich habe erfahren, dass Sie jetzt bei der Garde sind", sagte Wellington zu ihm.

„Ja, Euer Gnaden. Es war keine Versetzung, die ich für mich gewählt hätte." Es war ein hübsches, sicheres Kommando zum Regiment des Prinzregenten in der Hauptstadt, ein Kommando, das der Prinzregent befohlen hatte, um Daphne einen Gefallen zu tun.

Wellington nickte. „Aber leider hat man keine Wahl, wenn der Herrscher selbst Befehl erteilt."

„Genau, Euer Gnaden."

„Ich weiß sehr gut, wovon ich spreche. Ich wollte Sie zurück in Spanien haben, aber es scheint, dass der Regent entschieden hat, dass er Sie in Rufweite behalten möchte."

„Er hat mir gestattet, hierher zu kommen."

„Weil er wusste, dass er Sie wiederbekommen würde, sobald Sie diesen Auftrag erledigt haben! Aber das reicht zu diesem Thema. Jetzt, was diese hässliche Angelegenheit mit Heffington angeht ... mir fehlen die Worte, um meinen Zorn zu beschreiben, als ich herausfand, dass er ins Lager gekommen und mir nicht die von ihm beschafften Informationen überbracht hatte. Dann war dieser Narr von einem Offizier auch noch so dumm, sich töten zu lassen! Was für einen schlechten Dienst er Britannien damit erwiesen hat!"

Jack war sicher, dass das nicht Heffs Absicht gewesen war, aber er hatte nicht vor, dem Herzog zu widersprechen. „Eine scheußliche Sache, das steht fest."

„Sie müssen mir mitteilen, wie ich Ihnen behilflich sein kann." Wellington wandte sich an Daphne. „Und Lady Daphne."

„Der Grund, warum ich hier bin", sagte Jack, „ist, dass ich die Männer, die in Heffingtons Nähe an seinem Todestag gekämpft haben, befragen muss. Ich habe die schwache Hoffnung, dass Hauptmann Heffington seine Liste weitergegeben hat, bevor er starb. Leider ist das derzeit unsere einzige Hoffnung."

„Dann hoffe ich sehr, dass Sie Erfolg haben werden."

„Ich danke Ihnen, dass Sie dafür gesorgt

haben, dass so gute Aufstellungen über die Stellung der Truppen geführt wurden. Ich weiß die Namen jedes Offiziers und jedes Infanteristen, der bei Sorauren zu der Zeit, als Heffington getroffen wurde, sich in einem Umkreis von hundert Yard befand, auswendig."

Der Herzog nickte. „Dann muss ich nur dafür sorgen, dass die betreffenden Männer bei allen ihren Fragen mit Ihnen zusammenarbeiten?"

„Ja, Euer Gnaden."

„Wenn Sie nichts dagegen einzuwenden haben, werde ich Sie wieder an Freemantle übergeben. Er wird unschätzbar hilfreich sein. Und", sagte er mit einem Blick auf Daphne, „ich bitte darum, dass Sie beide mit mir zu Abend essen."

„Es wird uns ein Vergnügen sein, Euer Gnaden", sagte sie.

„Es gäbe noch etwas, worum ich bitten möchte", sagte Jack.

Wellington hob eine Braue.

„Meine Frau war krank. Ich hätte gerne einen stillen Ort, wo sie sich ausruhen kann, während ich meine Befragungen durchführe."

„Den sollen Sie haben."

* * *

Daphne hatte sich vorgestellt, dass sie im (allerdings luxuriösen) Zelt des Herzogs ein einfaches Essen zu sich nehmen würden. Nichts hätte der Wahrheit ferner liegen können. Das Offizierskasino war ein dauerhaftes Steingebäude im Dorf von Lesaca. Es gab mehrere hölzerne Tische und Stühle und der Koch hatte ein Mahl vorbereitet, das dem vergleichbar war, das in irgendeinem englischen Haus auf dem Lande serviert werden könnte. Ein Lamm war geschlachtet worden und das Lammfleisch wurde mit einer reichhaltigen Auswahl einheimischer Gemüse serviert und mit hervorragenden spanischen Weinen hinuntergespült.

Der Herzog erzählte ihnen, dass jede Region in Spanien, durch die seine Armeen gezogen waren, ihren eigenen Wein besaß. Sein persönlicher Favorit war der Douro-Wein, der aus Trauben gekeltert wurde, die nahe dem Fluss Douro wuchsen.

„Das ist auch mein Lieblingswein", sagte Jack.

Daphne dachte ständig darüber nach, dass die arme Frau des Herzogs monate- und jahrelang die Gesellschaft ihres Gatten entbehren musste. „Wie lange ist es her, seit sie Lady ..., äh, die Herzogin zuletzt gesehen haben?", fragte sie.

Die Augen des Herzogs wurden kalt. „Das ist unwichtig."

Was für eine herzlose Bemerkung! Es klang, als hätte er wenig Respekt - oder Liebe - für seine Frau übrig.

„Haben Sie sie nie auf einen Feldzug mitgenommen?", fragte Daphne.

„Ich kann mir nichts vorstellen, was mir mehr missfallen würde."

Liebe Güte.

Jack beeilte sich, die Unterhaltung von dem offensichtlich unerfreulichen Thema der Herzogin von Wellington abzulenken. „Nachdem Lady Daphne das recht luxuriöse Zelt gesehen hat, das Sie ihr und mir zur Verfügung gestellt haben, wird sie nie glauben, dass ich normalerweise kein solches Quartier vorfinde."

Lachend musterte der Herzog Lady Daphne. „Ich hoffe, Ihnen gefällt Ihre Unterkunft. Es war das Beste, was ich in dieser Eile arrangieren konnte."

„Ich versichere Ihnen, es könnte mir nicht besser gefallen." Sie hatte nicht erwartet, dass ihr Zelt mit richtigen Möbeln ausgestattet sein würde - was es aber war.

Direkt nach dem Essen, als Jack seine Befragungen fortsetzte, schlief Daphne ein und schlief die ganze Nacht durch.

Als sie am nächsten Morgen aufwachte, war Jack nicht mehr als fünf Fuß von ihr entfernt und schnarchte kräftig. Er musste eingeschlafen sein, während er an dem Klapptisch in ihrem Zelt schrieb. Seine Wange war in dem Haufen von Papieren begraben, die die Oberfläche des Schreibtischs bedeckten, und die Feder, die er in der Hand gehalten haben musste, war zu Boden gefallen.

Ihr zweiter Morgen zusammen als verheiratetes Paar und sie war noch immer keine richtige Ehefrau! Sie saß da und beobachtete ihren Mann im Schlaf. Wie glücklich sie war! Die frühere Lady Daphne Chalmers hatte nie gedacht, dass sie je einen so wunderbaren Ehemann haben oder gar nach Spanien reisen würde. Noch einmal hatte sie dasselbe Gefühl des Wohlbefindens, das sie in der Kutsche nach Portsmouth empfunden hatte. Nur sie beide an einem ruhigen Ort.

Dann dachte sie an einen anderen ruhigen Ort - die Kajüte auf dem Schiff - und die Vorstellung allein schlug ihr auf den Magen. Das war ein ruhiger Ort, den sie nie wieder zu sehen wünschte.

Sie genoss es unmäßig, ihren Mann aufwachen zu sehen. Er richtete sich mühsam auf, seinen langen Rücken, seine breiten Schultern. Seine Augen öffneten sich. Im Moment, als er sich seiner Umgebung wieder bewusst wurde, fuhr er zu ihr herum.

Sein Blick aus dunklen Augen traf auf den ihren und ein Lächeln erhellte sein schönes Gesicht. „Wie fühlst du dich?", fragte er.

Sie sprang aus dem Bett und ging zu ihm, um sich hinter ihn zu stellen und ihre Arme um seinen Oberkörper zu legen, während ihr Gesicht seines zärtliche berührte. „Wunderbar."

Die ganze Zeit versuchte sie, die Notizen zu lesen, die Jack aufgeschrieben hatte, bevor er einschlief. „Hast du Fortschritte gemacht?"

Er fuhr sich mit der Hand durch sein zerzaustes Haar und schüttelte den Kopf.

Als sie weiterlas, sprang ihr ein Name so unerwartet ins Auge, als ob ihr eigener Name in die Liste der Soldaten geraten wäre: *Major Styles*.

Sie erstarrte. Es war ihr nie eingefallen, dass Cornelias Major in Sorauren gewesen sein könnte! „Ich weiß etwas über Major Styles", sagte sie, fast mit Ehrfurcht, als sie an die traurige Witwe des Mannes dachte.

„Er starb am Tag nach Heffington, also werde ich ihn nicht befragen können."

Daphne richtete sich auf. „Pack ein! Wir reiten zum Schiff zurück!"

„Bist du von allen guten Geistern verlassen?"

„Nein, aber ich bin fast sicher, dass der Schlüssel zu unserem Rätsel in London liegt."

Jack verschränkte die Arme vor der Brust. „Ich gehe nirgendwohin, bevor du mir nicht diesen Wahnsinn erklärst."

Kapitel 6

Sie hätte ihrem Mann lieber nichts über die Untreue ihrer Schwester erzählt. Jack hatte die moralische Einstellung eines Methodistenpredigers. Sie ließ sich auf das Bett fallen. „Jemand hat die persönlichen Papiere des Majors in die Finger bekommen. Jemand sehr Gemeines."

„Und das weißt du, weil?

„Weil meine Schwester Cornelia leidenschaftliche Liebesbriefe an Major Styles geschrieben hat."

Jack wartete einen Moment, dass seine Frau das weiter ausführen sollte, und als sie es nicht tat, nickte er schließlich wissend. „Und jemand erpresst die Herzogin jetzt."

„Ich wusste, dass mein brillanter Ehemann die richtige Schlussfolgerung ziehen würde."

Jacks Augen verengten sich. „Ist *brillant* nicht eines der Wörter, dass ich dir zu benutzen verbot, wenn du über mich sprichst?"

Sie war erleichtert, dass er so über ihr Lob verärgert war, dass er sich nicht über die lockere Moral ihrer Schwester aufregte. „Verzeih mir, schließlich sind ja nur wir beide hier."

„Erzähle mir alles." Seine Stimme klang energisch.

Sie erzählte ihm alles, was Cornelia ihr mitgeteilt hatte und erklärte voller Stolz, wie sie in der Lage gewesen war, Mrs. Styles von der Liste der Verdächtigen zu streichen.

Der Gesichtsausdruck ihres Mannes verfinsterte sich, während sie sprach, aber er nickte, als sie geendet hatte. „Aus den Befragungen, die ich bis weit nach Mitternacht durchgeführt habe, ergab sich für mich schon die Überzeugung, *dass* Heffington die Informationen an den Major weitergeleitet hatte, bevor er seinen letzten Atemzug tat. Ich habe mit mehr als einem Soldaten gesprochen, der Styles neben dem sterbenden Heffington knien sah."

„Ich bin nicht sicher, dass der üble Erpresser nicht schon während unserer Abwesenheit erwischt wurde. Ich habe Cornelia geholfen, einen Plan zu entwickeln, um ihm eine Falle zu stellen, aber ich bin nicht sicher, ob sie ihn in meiner Abwesenheit ausgeführt hat." Sie erklärte ihrem Ehemann den Plan.

Seine Brauen zogen sich zusammen, während er einen Moment gedankenverloren dastand. „Meinst du, dass die Herzogin deinen Plan, ihren Diener mit der Postkutsche mitzuschicken, ausgeführt hat?"

„Das kann ich nicht sagen. Es wäre zwar wundervoll, wenn sie es geschafft hätte, diese elende Angelegenheit in unserer Abwesenheit zu erledigen, aber wir müssen auch andere Möglichkeiten berücksichtigen."

„Wie den Burschen des Majors?"

„Würde er nicht die Besitztümer des Majors in Händen haben?"

Jack nickte. „Ich habe letzte Nacht Fragen in diese Richtung gestellt. Der Bursche - ein Kerl namens Prufoy - kehrte nach Sorauren nach London zurück."

„Hast du jemanden gefunden, der vielleicht das

Vertrauen des Burschen hatte?"

„Nein, der Mann, der ihm am nächsten stand, starb am selben Tag wie Major Styles."

„Dir ist klar, dass wir sofort nach London zurückkehren müssen?"

Er schaute sie liebevoll an. „So leid es mir wegen deiner Seekrankheit tut, dich mit mir hier zu haben, hat sich als unschätzbar erwiesen."

Dann begann er, seine Papiere zusammenzusuchen.

* * *

Fünfzehn Stunden nach ihrer Ankunft verließen sie Wellingtons Hauptquartier wieder. Sie ritten wie der Wind, erreichten die wartende HMS Avalon, als die Sonne unterging, und die Fregatte setzte Segel, sobald sie an Bord waren.

Sie hatte es nicht für möglich gehalten, aber diese Überfahrt war noch viel schlimmer als die vorige. Jack, der den Nachttopf leerte, der den Beweis für ihre Qualen enthielt und ihre nasse Stirn mit kühlen Tüchern abwischte, flüsterte ihr zärtliche Worte zu. „Ich habe viele erfahrene Seeleute bei so starkem Sturm wie diesem üblem Brechreiz erliegen sehen."

Sie konnte gut glauben, dass die Wildheit des Sturmes, mit seinem starken Wind und prasselndem Regen für ihr noch größeres Leiden verantwortlich war.

Noch als er zu ihr sprach, neigte sich das Schiff so schräg, dass Daphne befürchtete, sie würden zum Meeresgrund stürzen. In ihrem großen Elend hoffte sie beinahe darauf, um von ihrem Leiden erlöst zu werden.

Wegen des Sturms dauerte die Rückfahrt mehr als zweimal so lange wie ihre erste Reise. Lange nachdem ihr Magen sich von seinem gesamten

Inhalt befreit hatte, überfiel sie immer noch scheußlicher, trockener Brechreiz.

Jack weigerte sich, sie allein zu lassen. Jede Scham, die sie noch auf der ersten Überfahrt besessen hatte, war verschwunden. Es ging ihr zu schlecht, als dass sie viel mitbekommen hätte, aber in den nebligen Tiefen ihres Gehirns war ihr klar, wie sehr er um sie besorgt war. In jedem Ton seiner Stimme lag Zärtlichkeit. Seine unermüdlichen Versuche, ihr etwas zu trinken einzuflößen, zeigten seine Sorge. Und die rührenden, zärtlichen Worte, die über seine Lippen kamen, sprachen von seiner Liebe.

Seine Sorge hörte nicht auf, als sie Portsmouth erreicht hatten. Er bestand darauf, dass sie ein herzhaftes Mahl zu sich nahm, nachdem sie an Land waren, obwohl es fünf Uhr morgens war, als sie sich von dem freundlichen Kapitän St. James verabschiedeten und von der HMS Avalon ausgeschifft wurden. Jack weckte einen schlafenden Gastwirt und erklärte ihm, dass er dafür sorgen würde, dass es sich für den Mann lohnte, wenn er eine Mahlzeit für sie auf den Tisch bringen könnte.

Er ließ Daphne dort in einem privaten Salon, während er eine Reisekutsche besorgte - wieder, indem er den Besitzer des Geschäfts aufweckte.

„Es ist doch noch dunkel", sagte der schläfrige Besitzer. „Sind Sie sicher, dass Sie zu dieser Stunde ein Pferd brauchen?"

Jack schüttelte den Kopf. „Kein Pferd. Ich will eine Kutsche mieten, die mich und meine Frau heute Morgen nach London bringt."

Der Mann steckte seinen Arm in einen Rockärmel. „Alle meine Kutschen sind fort."

„Ist das keine, da im Hof des Gasthauses? Man

hat mir gesagt, dass sie Ihnen gehöre."

Der Mann schnappte sich seine Laterne und ging mit Jack zum Innenhof des Gasthauses, und im Licht der Laterne konnte Jack sich die Kutsche anschauen. „Ich schätze, mein Andy hat es geschafft, das neue Rad aufzuziehen."

„Dann ist sie abfahrbereit?"

„Wenn ich einen Kutscher hätte."

„Wer ist Andy?"

„Mein Sohn."

„Kann er eine Kutsche lenken?"

„So gut wie jeder andere, aber er ist er sechzehn. Er ist nie so weit wie bis nach London gekommen, obwohl er ein ungewöhnliches Interesse am Kartenlesen hat. Ich wage zu behaupten, dass er ebenso viel über die Londoner Straßen weiß wie ein Londoner Mietkutscher."

Ein dünner Jüngling, der größer war als der Besitzer des Stalls, steckte seine Kopf durch die Tür. „Bitte, Papa, erlaube mir doch, nach London zu fahren. Ich bin sicher, dass ich mich nicht verirren werde."

„Ich bin die Strecke schon viele Male gefahren", sagte Jack. „Wenn du Rat brauchst, stehe ich zur Verfügung."

Der Vater des Jungen schüttelte den Kopf, ein Grübchen zeigte sich unter seinem Lächeln in der Wange. „Geh, weck deine Mama auf und lass sie etwas zu essen für dich einpacken."

Jack trat auf den Jungen zu. „Ich werde zusehen, dass du ordentlich gefüttert wirst, Andy."

Der Junge lächelte Jack an.

„Komm mit zu dem Gasthof auf der anderen Straßenseite, wo meine Frau und ich essen. Du musst dich uns anschließen."

„Erlauben Sie mir, meine Karten zu holen."

„Er sammelt sie." Es war dem Vater unmöglich, seinen Stolz zu verbergen.

Während ihres Frühstücks - bei dem Andy sehr herzhaft zulangte - zeigte der Junge stolz seinen dicken Stapel zerknitterter, fettfleckiger Karten vor. „Die hier von Canterbury hat einem Bischof gehört, der eine der Kutschen meines Vaters gemietet hatte."

Es schien Jack so, als hätte Andy gerade die Kathedrale dieser Stadt mit einem Klecks flüssigen Eigelbs verziert.

„Schon jemals einen Bow-Street-Mann gesehen?", fragte Andy Jack.

„Könnte ich nicht behaupten."

„Ich schon", warf Daphne ein. „Man erkennt sie an ihren ..."

„Roten Westen", ergänzte Andy. „Ein Bow-Street-Mann muss alle Straßen der Hauptstadt kennen."

„Dein Vater sagte mir, dass du sie kennst, obwohl du noch nie in London gewesen bist", sagte Jack.

Andy zuckte mit seinen mageren Schultern. „Ich versuche, mich darauf vorzubereiten, ein Bow-Street-Mann zu werden."

Daphne schenkte dem Jungen ein strahlendes Lächeln. „Ich bin sicher, dass du das sehr gewissenhaft machen wirst. Sag mir, Andy, warum möchtest du ein Bow-Street-Mann werden?"

„Ich möchte Jungfern in Nöten helfen", sagte er zwinkernd. „Und es würde mich sehr befriedigen zu sehen, wie Bösewichte ihre gerechte Strafe bekommen."

Daphne wandte sich an ihren Mann. „Meinst

du nicht, dass Andy das großartig machen wird?"
„Allerdings.

* * *

Viele Stunden später kam die glänzende Kuppel von St. Paul in London in Sicht. „Ich glaube, wir sollten zuerst zu Lankersham House fahren", sagte Jack, als sie die Westminster-Brücke überquerten.

Es war bemerkenswert, wie ihre Gedanken in die gleiche Richtung liefen. Sie hatte genau dasselbe gedacht. Wenn Daphnes Plan, die Diener des Herzogs in der Kutsche nach Penzance mitfahren zu lassen, Erfolg gehabt hatte, war es möglich, dass der Erpresser - der auch im Besitz von Hauptmann Heffingtons Liste sein musste - bereits entlarvt worden war.

Daphnes Intuition nach war sie jedoch nicht der Meinung, dass der Plan gelungen war. Sie konnte nicht einmal sicher sein, dass er in ihrer Abwesenheit überhaupt ausgeführt worden war. Cornelia war die trägste Frau, die man sich vorstellen konnte. Ohne das Drängen ihrer älteren Schwester neigte sie dazu, Dinge lange Zeit vor sich herzuschieben, anscheinend dachte sie, dass unangenehme Situationen, wenn sie sie aus ihren Gedanken verdrängte, sich von allein lösen würden.

Daphne erinnerte sich an die Zeit, als Cornelia einen ihrer Liebhaber unter ihrem Himmelbett versteckt hatte und der Herzog unerwartet früh aus seinem Jagdhaus in Schottland zurückgekehrt war. Da Cornelia zwei volle Tage lang nicht in der Lage gewesen war, sich um das Problem zu kümmern, wie sie einen (sehr hungrigen) Liebhaber aus dem Haus bringen könnte, wartete der verzweifelte Mann schließlich, bis Herzog und Herzogin über ihm fest eingeschlafen waren und schlich sich dann heimlich in die Nacht hinaus, nur, um von einem übereifrigen Diener erwischt zu werden.

Zum Glück hatte der Liebhaber den Diener bestechen können, und alles - außer Cornelias kleinem *Flirt* - ging gut aus.

Als Daphne und Jack vor dem großen, eisernen Tor von Lankersham House aus der Kutsche steigen wollten, sah Daphne, wie Virginia das barocke Herrenhaus verließ. „Oh, oh. Ich will Virginia gerade jetzt nicht treffen. Lass den Kutscher noch eine Runde um den Platz drehen."

Jack tat, was sie ihm sagte. „Warum möchtest du die Zwillingsschwester der Herzogin nicht treffen?"

„Weil sie nichts über die Erpressung weiß und Cornelia mir verboten hat, ihr etwas davon zu erzählen."

„Ich dachte, du hättest gesagt, dass die Zwillinge alles miteinander teilen."

„Nicht alles. Virginia billigt Cornelias ... *Flirts*, wie Cornelia es nennt, nicht.

„Wie erfrischend. Eine Aristokratin, die ihre Ehegelübde ernst nimmt."

„Du würdest Virginia lieben, wenn du mehr von ihr sehen würdest. Sie ist nicht nur völlig vernarrt in ihren Sir Ronald, sie ist auch die reizendste Person aller drei Königreiche. Sie war von Geburt an fürsorglich."

„Wie du."

Sie schüttelte den Kopf. „Nein, ich befürchte, ich bin nur die herrschsüchtige Erstgeborene."

Die Kutsche blieb erneut vor Lankersham House stehen. Als sie aussteigen wollten, wandte Jack sich an sie. „Ich weiß, dass du überaus diskret bist, aber ich muss dich warnen. Du darfst die Untreue der Herzogin nicht erwähnen. Niemandem gegenüber. Niemals."

„Das würde ich natürlich nicht."

„Wird sie ungehalten sein, dass du mir von den Briefen erzählt hast?"

„Unter normalen Umständen würde sie das. Aber sie scheint zu glauben, dass du ein außergewöhnlicher Spion bist, der der einzige Mensch im Königreich ist, der sie aus dieser Klemme herausholen kann." Daphne hob die Hände. „Ich schwöre, dass ich ihr nicht erzählt habe, dass du ein außergewöhnlicher Spion bist! *Außergewöhnlich* ist zu verdächtig nahe an einem der Worte, die du mir zu benutzen verboten hast - wenn ich von dir spreche."

Er musterte sie aus schmalen Augen.

Als er einen Moment später der Herzogin von Lankersham gegenüberstand, lächelte er übers ganze Gesicht. Obwohl sie heute keine Besucher empfing, begrüßte sie die Drydens doch in ihrem eigenen Wohnzimmer. Daphne konnte nicht verstehen, warum jemand sich die Mühe machen sollte, sich frisieren zu lassen, den Busen in ein Korsett zu zwängen und ein so hübsches Kleid anzuziehen, wenn man keine Besucher erwartete. In ihrem goldenen Kleid - das für Daphnes Geschmack zu viel ihrer Brüste zeigte - war die Herzogin unglaublich schön. Kein Wunder, dass sie es geschafft hatte, einen Herzog einzufangen.

„Du bist zurück!", sagte eine entzückte Cornelia. „Ich muss schon sagen, das ist die kürzeste Reise zur Halbinsel, von der ich je gehört habe." Ihre Brauen zogen sich zusammen. „Hast du Mama besucht? Sie war außer sich vor Sorge wegen dir."

„Nein", sagte Daphne. „Wir sind zuerst zu dir gekommen. Hast du deine Diener in der Postkutsche nach Penzance mitgeschickt?"

Cornelia ließ sich auf einem Sofa aus scharlachroter Seide nieder und faltete die Hände in ihrem Schoß. „Du wirst dich freuen zu hören, dass ich das getan habe. Ich wollte dir zeigen, dass ich nicht träge bin."

„Dann hast du die Identität deines Erpressers herausfinden können?"

Cornelias Gesicht verzog sich, ihre großen, schokoladenbraunen Augen sahen zu Jack. „Er weiß es?"

„Natürlich", erwiderte Daphne. „Du sagtest mir, dass du dächtest, er wäre der einzige Mensch im Königreich, der dir helfen könnte."

„Er weiß alles?"

„Daphne runzelte die Stirn. „Alles."

Die langen Wimpern der Herzogin senkten sich, dann wurde sie lebhafter. „Nun, ich habe zwei sehr kräftige - und ich muss sagen, sehr gutaussehende – Diener mitgeschickt und habe eine Geschichte erfunden, um Lankersham in die Irre zu führen. Meine Zofe sah, dass die Diener, die natürlich in Postuniformen gekleidet waren, es auf die Kutsche schafften, und sie hat meine Tasche mit dem Geld persönlich zu den anderen Taschen gelegt. Die Lankershamer Diener konnten sie die ganze Zeit beobachten, und sie hatten Anweisung, wenn jemand versuchen sollte, sie mitzunehmen, sollten sie den Schuft festhalten."

Jack runzelte die Stirn. „Ihrem Gesichtsausdruck entnehme ich, dass der Plan fehlschlug."

Cornelia nickte. „Als die Kutsche Camberley

erreichte, war das Geld einfach verschwunden. Die Diener gaben zu, einen Moment nicht aufgepasst zu haben, und das war wohl alles, was nötig war."

„Waren Passagiere so bald aus der Kutsche ausgestiegen?", fragte Jack.

„Ja, ich habe daran gedacht, diese Frage zu stellen", sagte Cornelia. „Einer. Eine französische Dame."

„Diese französische Dame muss es gewesen sein", sagte Daphne.

„D'Arblier könnte seine Finger da drin haben", murmelte Jack.

„Liebster, du bist von diesem verdammten Herzog zu sehr besessen."

Jacks presste seinen Mund zu einem grimmigen Strich zusammen.

* * *

Auf dem Weg zu der wartenden Kutsche fragte Jack Daphne, ob sie nach Sidworth House fahren wollte. Sie blieb ruckartig stehen, wandte ihm ihr Gesicht zu - das nur zollbreit entfernt war - und funkelte ihn an. „Ich bin jetzt seit sechs Tagen verheiratet und habe noch nicht die Schwelle zu unserem Heim an deiner Seite überschritten." Während Jack sich in Brighton herumtrieb, hatte Daphne ihre Hochzeitsgeschenke dort eingeräumt und ihr Hochzeitsgeschenk für ihn, das Porträt von Warrior, dort aufgehängt - besser gesagt, das Aufhängen beaufsichtigt.

„Du weißt, dass ich ins Kriegsministerium gehen muss, um zu erfahren, wo der Offiziersbursche von Styles sich aufhält?", fragte Jack.

„Natürlich."

„Ich werde nur die Kutsche wegschicken und

dann losgehen, um Warrior zu holen."

„Da wir unsere Ermittlungen gemeinsam weiterführen werden, dachte ich, wir könnten die Kutsche noch für einen Tag oder so behalten. Es sollte nicht so viel mehr kosten ... Was meinst du?" Sie hatte beschlossen, dass sie, im Gegensatz zu dem, was Cornelia erwartete, sie keine herrschsüchtige Ehefrau sein wollte. Jack würde es überhaupt nicht gefallen, wenn sie anfinge, ihn herumzukommandieren.

Seine dunklen Augen blitzten vor Heiterkeit. „Sehr wohl, Mylady. Die Kutsche zu behalten, scheint sinnvoll zu sein."

Als die Kutsche zu ihrem schmalen, dreistöckigen Haus kam, fragte er: „Möchtest du, dass ich dich über die Schwelle trage?"

„Gar nicht. Du musst nach Whitehall fahren, solange noch jemand dort ist, der dir weiterhelfen kann! Es wird bald dunkel." Sie küsste ihn auf die Wange, bevor sie aus der Kutsche stieg.

Während Jack Andy mitteilte, dass sie die Kutsche noch einen Tag brauchen würden, fiel Daphne auf, dass einer der Stiefel des Jungen ein Loch in der Sohle hatte. „Mir ist eingefallen, dass deine Mutter sich um dich Sorgen machen könnte, wenn du morgen nicht nach Hause kommst", sagte sie zu dem Jungen. „Möchtest du vielleicht, dass ich ihr einen Brief schicke, um ihr mitzuteilen, dass wir deine Dienste noch etwas länger benötigen?"

„Dafür wäre ich Ihnen sehr dankbar." Er gab Daphne den Namen und die Adresse seiner Mutter.

Daphne war von Stolz erfüllt, als sie ihr bescheidenes Haus erblickte. Das Backsteingebäude war lange vor Daphnes Geburt weiß gestrichen worden. Trotz seiner geringen Größe unterschied das Haus sich durch seine weiße Farbe doch von seinen Nachbarn, fand sie. Und obwohl sie kein so gutes Gespür für solche Dinge hatte wie ihre Schwestern, fand sie, dass ihr Heim von einem guten Geschmack zeugte.

Sie taufte es sofort Dryden House. Es hatte ihrer Großmutter in den Jahren ihres Lebens als Witwe gehört. Wenn Daphne und Jack eine Tochter hätten, sollte es eines Tages ihr gehören.

Der bloße Gedanke daran, eine Tochter zu haben, Jacks Kind zu bekommen, ließ etwas in ihr aufblühen. Sie fühlte sich, als hätte sie eine ganze Flasche Champagner getrunken, als sie über den Bürgersteig schlenderte, um die Stufen zu der glänzenden, schwarzen Tür hinaufzusteigen und sich selbst die Tür zu öffnen. Es gab nur einen einzigen Dienstboten, was an der Unsicherheit lag, die über die Rückkehr der Drydens bestanden hatte.

Ohne sich gewahr zu werden, was sie tat, kletterte sie die Stufen zum obersten Stockwerk hinauf, wo die Schlafzimmer lagen, und blieb vor Jacks großem Bett stehen. Mit Cornelias Hilfe hatte Daphne ein männliches Rot für die Samtvorhänge ausgesucht, die rund um das Bett hingen und die beiden hohen Fenster des Zimmers schmückten.

Sie fuhr mit der Hand über den scharlachroten Samt, der das Bett bedeckte, das Bett, wo sie endlich neben ihrem Ehemann schlafen sollte. In nur ein paar Stunden würde sie ihm in jeder Weise angehören. Ihr Herz schlug laut und ihr Atem ging hastig.

Sie wusste, dass sie das Zimmer verlassen musste. Sie warf noch einen schnellen Blick auf das Porträt von Warrior, das über dem Kaminsims hing, bevor sie in das nächste Zimmer ging: ihr Schlafzimmer. Ihr einsames Zimmermädchen hatte die meisten ihrer Kleider aufgehängt oder in den Wäscheschrank geräumt.

Da es in London viel kühler war als in Spanien, beschloss sie, eine Samtpelisse zu holen. Sie wollte bereit sein, sich Jack anzuschließen, sobald er zurückkehrte. Je schneller sie den Offiziersburschen fanden, desto besser.

* * *

Jack war tatsächlich erfreut, dass seine Frau vorgeschlagen hatte, die Kutsche noch einen Tag zu behalten. Er wollte nicht, dass sie in der Nacht auf einem Pferd in London herumritt, und er wusste, dass sie darauf bestanden haben würde. Es war so verdammt kalt. Sie brauchte den Schutz, der die Kutsche bieten konnte.

Er war viel zu besorgt um sie, obwohl er versucht hatte, seine Sorgen für sich zu behalten. Die beiden scheußlichen Überfahrten hatten ihren Körper so mitgenommen, sie hatte viel Gewicht verloren - etwas, das sie sich kaum leisten konnte.

Lord Palmerston war im Kriegsministerium sehr hilfreich gewesen. In nur Minuten hatte der fleißige Mann die Adresse des Offiziersburschen von Major Styles, Eli Prufoy, ausfindig gemacht. „Ich glaube, das ist nicht weit von hier", hatte Palmerston gesagt, „zweigt direkt vom Strand ab."

„Danke, Mylord. Sie waren sehr hilfreich." Als Jack das Gebäude verließ, dachte er an das Empfehlungsschreiben, mit dem Lord Castlereagh ihn ausgestattet hatte. Lord Castlereagh und der Prinzregent hatten dafür gesorgt, dass Jack behandelt wurde, als wäre er ein königlicher

Herzog.

Er war aber noch nicht dazu gekommen, die Schwelle seines eigenen Hauses zu überschreiten.

In dem Moment, als die Kutsche vor dem Haus vorfuhr, riss seine ungestüme Frau die Vordertür auf und kam auf die Kutsche zu gerannt.

Zuerst sprach sie mit dem Kutscher. „Du wirst dich freuen zu hören, dass ich den Brief an deine Mutter abgeschickt und die Auskunft bekommen habe, dass er sie am Morgen erreichen wird."

Andy dankte ihr, während er ihr in die Kutsche half.

Inzwischen war es dunkel geworden und die Straßen waren voll mit Fahrzeugen, die den Strand entlangrumpelten und das Tempo bremsten. Er allein wäre auf dem Rücken eines Pferdes viel schneller vorangekommen, aber er wusste, dass Daphne aktiv an diesen Ermittlungen teilhaben wollte.

„Wie heißt die Straße?", fragte sie, als sie aus dem Fenster schielte, wo die Laternen vor den Geschäften angezündet wurden, als sie vorbeifuhren.

„Woher weißt du, dass ich die Adresse des Burschen bekommen habe?"

„Ich weiß es einfach."

„Cotton Lane. Lord Palmerston sagte, sie ginge direkt vom Strand ab."

„Wie um alles in der Welt kann Cupid das wissen?"

„Cupid?"

„So nennt Lady Cowper Lord Palmerston. Er ist ihr Liebhaber, weißt du."

Jack verdrehte nur die Augen. Aber insgeheim war er auf die Frau, die er geheiratet hatte, stolz. Sie kannte *jeden* in der feinen Gesellschaft und war überaus beliebt.

Bald kam die Kutsche am Eingang zu einer Gasse, die für die sie nicht breit genug war, zum Stehen. „Ich glaube, wir sind in der Cotton Lane angekommen. Möchten Sie sich mir anschließen, Mylady?"
Nach einem Blick in die dunkle, enge Gasse jedoch bedauerte er, dass er Daphne mitgebracht hatte. Hinter jeder Ecke konnte ein Halsabschneider lauern und sie würden ihn nicht bemerken. Dummerweise war Jack ohne Waffe ausgegangen - etwas, das er *nie wieder* zu tun sich geschworen hatte. Zumindest nicht nachts, wenn Daphne bei ihm war. Nachdem sie ungefähr achtzig Yard gegangen waren, mündete die Gasse in einen großen Hof, der von schmalen Holzhäusern umringt wurde. Diese schiefen, alten Häuser schienen in den Hof stürzen zu drohen.

„Welche Hausnummer, sagtest du?", fragte sie.

„Zwölf."

„Es ist so dunkel, dass ich die Nummern nicht lesen kann."

„Wenn jemand an diesen gottverlassenen Ort käme, könnten wir fragen."

Kaum hatte er diese Worte ausgesprochen, kamen zwei Jungen auf den Platz gerannt. „Verzeihung", sagte Jack zu ihnen, „könntet ihr mir sagen, welches die Nummer 12 ist?"

Sie hielten an. „Se stehn' direkt davor", sagte der größere der beiden.

Jack und Daphne drehten sich beide um und sahen das stille Haus an, das völlig im Dunklen lag. „Wir wollten den Gentleman finden, der hier wohnt. Einen Mr. Prufoy", erklärte Daphne.

„Den finnen Se hier nich' mehr." Wieder war es der größere der Jungen, der sprach.

„Also ist er umgezogen?", fragte Jack.
„Nein. Er is' gestorben."

Kapitel 7

„Ach du meine Güte", sagte Daphne.

„Es stand im *Morning Chronicle*." Hätte der Junge eilig Hamlets Monolog auswendig hergesagt, könnte er nicht mit größerem Stolz gesprochen haben.

„Seine Todesanzeige?", fragte Jack.

Die Jungen sahen einander an und hoben dann gleichzeitig ihre Schultern. „Mehr wie die Geschichte von einer Kneipenschlägerei", sagte der größere.

Daphnes Mund blieb offen stehen. „Er wurde in einer Kneipenschlägerei getötet?"

Beide Jungen nickten. „Gleich um die Ecke im Wirtshaus *Cock & Stalk*."

„Dann wohnt hier niemand mehr? Hatte der Mann keine Familie?", fragte Daphne.

„Nich', dass ich was weiß."

Jack holte Münzen aus der Tasche und gab jedem der Jungen eine. „Danke. Ihr habt uns sehr geholfen."

„Danke *Ihnen*, Chef!"

Wie zum Teufel überlebte ein Soldat diese ganzen Schlachten auf der Halbinsel, nur, um nach Hause zu kommen und wenige Schritte von seinem Heim entfernt in einer Kneipenschlägerei zu sterben? Als er und Daphne dieselbe gepflasterte Gasse zurückgingen, durch die sie gekommen waren, warnte Jack seine Frau. „Das hier ist nach Einbruch der Dunkelheit kein guter

Ort für eine Dame. Du musst in der Kutsche bleiben, während ich mich in dem Wirtshaus umhöre."

Seine anstrengende Frau richtete sich auf und ihre Stimme wurde herb. „Ich werde ganz bestimmt nicht sicher in der Kutsche bleiben, während du die Leute in dem Wirtshaus befragst. So hochintelligent wie du bist - und streite nicht mit mir darüber - bist du doch ein Mann, und Männer denken nicht immer daran, die richtigen Fragen zu stellen. Ihnen fehlt die notwendige Neugier für solche Befragungen."

„Damen haben in Wirtshäusern nichts zu suchen."

Sie schnaubte geradezu. „Als ob jemand es wagen würde, dies in Frage zu stellen, wenn ich mit einem Offizier des Leibregiments des Prinzregenten hineingehe!"

Sie hatte vermutlich recht. Und er hatte das Empfehlungsschreiben von Lord Castlereagh in der Hand, das besser war als Goldstücke. Er seufzte. „Ich *werde* mich wohler fühlen, wenn du bei mir bist."

„Hast du vor diesen Männern im Wirtshaus Angst?"

„Natürlich nicht! Was ich meine, ist, dass ich mir weniger Sorgen um *dich* machen werde, wenn du bei mir bist."

Sie drückte seine Hand. „Ich weiß deine Sorge um mein Wohlergehen zu schätzen, Liebster. Ich habe dir noch nicht richtig für deine wundervolle Pflege auf dem Schiff gedankt."

Er war erleichtert, dass jetzt Licht aus einigen neuen Gaslaternen auf dem Strand in die Cotton Lane drang. Bald, nachdem sie in den Strand eingebogen waren, sah er das Schild des *Cock &*

Stalk an seinen Ketten schwingen. Es zeigte einen knallroten Hahn, der auf einem Haufen Selleriestangen saß. Er hielt Daphne noch an der Hand, die ihre Röcke hob, um nicht mit verstreuten Häufchen von Pferdemist in Kontakt zu kommen, als sie die Straße überquerten.

„Du hast an meiner Seite zu bleiben. Verstanden?"

Sie grüßte spöttisch in militärischer Manier. „Jawohl, Herr Hauptmann."

Es war noch zu früh, als dass sich bereits eine Menschenmenge im Wirtshaus angesammelt haben konnte. Der Nachteil war, dass sie keine Augenzeugen befragen konnten; der Vorteil, dass sie besseren Zugriff auf den Eigentümer haben würden.

Als Daphne und er eintraten, wandten sich mehrere Männer um und gafften Daphne an. So sehr er seine Frau liebte, Jack wusste, dass sie keine Schönheit war. Ihr Geschlecht und die Tatsache, dass sie offensichtlich zur besseren Gesellschaft gehörte, hatten das Interesse der Männer erweckt. Sie gingen gemeinsam zu der langen Bar, ihre Finger bohrten sich in seinen Unterarm. Während leicht mehr als zwanzig Männer an der langen, hölzernen Theke Platz hätten finden können, standen dort um diese Zeit nicht mehr als acht. Die doppelte Anzahl, mit Krügen in der Hand, stand in Gruppen in dem schwach beleuchteten Raum herum, in dem sich Stille ausgebreitet hatte, sobald Daphne hereingekommen war.

Ein Mann mit roten, zotteligen Haaren in mittlerem Alter sprach sie von der anderen Seite der Bar aus an. „Was darf ich Ihnen bringen?" Sein Blick schweifte zu Daphne.

„Ich möchte etwas über die letzten Minuten von Eli Prufoy wissen", sagte Jack.

„Ah! Sie müssten mit dem feinen Herrn in der Armee gedient haben!"

„So ist es."

„Es ist eine Schande, dass ausgerechnet bei mir im *Cock & Stalk* einer unserer Soldaten sein Ende finden muss." Der Rotschopf schüttelte bedauernd den Kopf. „Sie können alles darüber im *Morning Chronicle* nachlesen. Ich habe den Zeitungsbericht gleich hier." Er zückte eine vergilbte, vielgelesene Zeitung und reichte sie Jack. „Sie und die Missus können sie hier drüben unter der Lampe lesen." Er deutete auf eine Öllampe hinter der Bar.

Sie nahmen die Zeitung mit ans Ende der Theke und traten gerade hinter das gebogene Ende, um dichter an die Lampe zu kommen, die außer Reichweite möglicherweise übermütiger Gäste gestellt war. Die Geschichte von Eli Prufoys Tod stand auf der ersten Seite. Ein Jammer, dass ein Mann sterben musste, um solche Aufmerksamkeit zu erfahren.

Zurückgekehrter Soldat findet sein Ende bei einer Wirtshausschlägerei nur Schritte von seinem Heim entfernt.

Ein äußerst übler Vorfall ereignete sich in der Nacht vom 11. April, als ein gewisser Eli Prufoy von der Leibgarde, der erst vor kurzem nach vielen in Spanien verbrachten Dienstjahren nach Hause zurückgekehrt war, sein Leben infolge einer Schlägerei in einem Wirtshaus nahe seiner Wohnung verlor.

*Angus MacKenzie, der Besitzer des Cock &
Stalk, das am Strand in London liegt, sagte, Mr.
Prufoy wäre ein regelmäßiger Kunde seines Hauses
gewesen, seit er im letzten Monat aus Spanien
zurückgekommen wäre, und der frühere Soldat
hätte nie zuvor irgendwelche Schwierigkeiten
verursacht.*

*„Er war immer freundlich, ein bisschen still",
sagte Mr. MacKenzie. „Ich war überrascht, als ich
ihn sah, wie er aus heiterem Himmel mit zwei
Männern rang."*

*Der Eigentümer des Wirtshauses sagte, er hätte
die beiden Männer, die mit Mr. Prufoy kämpften, nie
zuvor gesehen. Sie ließen den tapferen Soldaten auf
dem Boden des Cock & Stalk sterbend zurück.*

*Mr. MacKenzie berichtete, wie schockiert er war,
als Mr. Prufoys nicht mehr antwortete. „Ich habe
schon früher einen guten Teil Schlägereien erlebt,
aber die Männer konnten immer auf eigenen Füßen
weggehen."*

*Ein Chirurg, Mr. Billingsley, wurde gerufen. Er
versuchte, Mr. Prufoy in dessen letzten Minuten
noch beizustehen.*

Sobald Jack den Bericht fertiggelesen hatte,
war ihm klar, dass das keine Kneipenschlägerei
gewesen war.

Sondern Mord.

Daphne schlenderte hinter der Bar auf den
Besitzer zu. „Mr. MacKenzie?"

Er reichte gerade einem ungepflegten Gast in
ziemlich verschmutzter Kleidung einen Krug Ale.
„Aye, Mylady?"

Jack war herangekommen und hatte sich
hinter seine Braut gestellt. Woher zum Teufel

wusste der rothaarige Mann, dass Daphne eine Lady war?

„Können Sie die beiden Männer beschreiben, die mit Mr. Prufoy gekämpft haben?", fragte sie lieb.

MacKenzie zuckte mit den Schultern. „Ging alles so schnell. Und es war in der Nacht unglaublich voll hier - was bedeutet, dass ich alle Hände voll zu tun hatte. Als ich den Aufruhr hörte, habe ich mich umgedreht, um zu gucken und zu versuchen, ob ich erkennen könnte, welcher meine Stammgäste daran beteiligt war. Ich habe fast nur Prufoy gesehen. Habe auf die anderen Männer nicht so geachtet."

„Haarfarbe? Kleidung? Waren sie vielleicht wie Männer der feinen Gesellschaft angezogen?", fragte sie.

MacKenzie schüttelte den Kopf. „Nee, keine feinen Pinkel wie Sie. Die hatten dunkle Sachen an und ihr Haar war auch irgendwie dunkel. Wenigstens war es braun."

„Alter?", fragte Daphne.

Er zuckte erneut die Schultern. „Mittelalt. Vielleicht dreißig. Mittlere Größe. Alles an ihnen war nur gewöhnlich."

Einschließlich ihrer braunen Haare, dachte Jack. Genau, wie er es hätte erwarten können. „Haben Sie sie zufällig sprechen hören?" Jack hätte es besonders interessiert, ob sie vielleicht mit französischem Akzent gesprochen hatten.

„Kann mich nich' erinnern, dass ich gehört habe, wie sie sprachen."

Jack trat vor. „Können Sie uns die Adresse des Chirurgen sagen?"

„Direkt hier auf dem Strand. Sie finden ihn über dem Zahnarzt, rechts runter."

Jack gab dem Mann einen Shilling. „Vielen Dank."

Als sie sich zum Gehen wandten, sagte MacKenzie: „Hauptmann?"

Jack wirbelte herum, um ihn anzusehen.

„Ich möchte, dass Sie wissen, dass das Cock & Stalk ein sicherer Ort ist."

„Ich glaube Ihnen."

* * *

Die ziemlich große Familie des Chirurgen lebte in einer engen Wohnung über der Ordination des Zahnarztes, die noch geöffnet war, obwohl es schon neun Uhr abends war. Daphne empfand Mitleid mit diesen Leuten, die sechs Tage pro Woche jeden Tag zwölf und mehr Stunden arbeiten mussten.

In fast völliger Dunkelheit kletterten sie und Jack die Stufen der engen Treppe hinauf und klopften an die einzige Tür dieses Stockwerks. Eine junge Frau, die nicht viel älter sein konnte als Daphne, die aber ein Baby auf ihrer Hüfte sitzen und ein Kleinkind am Rock hängen hatte, öffnete die Tür.

„Ist Mr. Billingsley zu Hause?", fragte Jack.

Sie schüttelte den Kopf.

„Aber hier sind wir doch richtig beim Chirurgen Mr. Billingsley?", erkundigte sich Daphne.

Als die Frau die kultivierten Stimmen hörte, strich sie sich die losen Strähnen goldblonden Haares zurück, die ihr ins Gesicht gefallen waren, und schenkte ihnen ein Lächeln. „Ja. Ich bin Mrs. Billingsley." Ihre Stimme klang wohlerzogen, aber ihr fehlte die für die Aristokratie typische lässige Trägheit. Die Frau erinnerte Daphne an ihre Gouvernante, Miss Queensbury, was Daphne auch daran erinnerte, dass sie mit neun oder zehn Jahren eine Frau von vierundzwanzig furchtbar alt gefunden hatte.

„Wissen Sie, wo wir Ihren Mann finden können?", fragte Daphne.

Mrs. Billingsleys blaue Augen funkelten. „Das ist eine sehr gute Frage. Ich halt seit mehr als drei Stunden sein Abendessen warm."

„Ich wage zu behaupten, dass das Leben eines Chirurgen sehr geschäftig ist", sagte Jack. „Wäre es annehmbar, wenn wir in, sagen wir, einer Stunde wiederkämen?"

„Sie dürfen gerne hier drinnen warten. Es ist nicht sehr ordentlich, wie es halt ist mit fünf Kleinen, die herumrennen, aber Sie sind herzlich willkommen, wenn Sie eintreten möchten."

Bevor Jack ablehnen konnte, hatte Daphne schon angenommen. „Das ist sehr freundlich von Ihnen."

Ihre Gastgeberin öffnete ihre Türe weit.

„Erlauben Sie mir, mich selbst vorzustellen. Ich bin Lady Daphne und dies ist mein Ehemann, Hauptmann Dryden." Wie natürlich es klang, Jack ihren Ehemann zu nennen! Wie wahnsinnig aufregend! Obwohl sie schon seit sechs Tagen verheiratet waren, hatte sie zuvor noch keine Gelegenheit gehabt, sich als Jacks Frau vorzustellen. Sie würde mehr Gelegenheiten finden müssen, das zu tun.

Als sie in die Wohnung der Billingsleys traten, vorsichtig, um nicht auf Spielzeugsoldaten und Lumpenpuppen zu treten, die auf dem ansonsten sauberen Boden herumlagen, zählte Daphne die Möglichkeiten auf, wo sie üben konnte zu sagen, dass sie Jacks Frau war. Sie würde nach einer Haushälterin suchen. *Darf ich meinen Mann vorstellen, Hauptmann Dryden ...*

Sie kamen an einem Holztisch vorbei, wo ein Junge von acht oder neun Jahren saß und eifrig schrieb. Sie ging langsamer, um zu erkennen, was er schrieb, und sah, dass er eine Seite mit mathematischen Aufgaben gefüllt hatte. „Ein sehr fleißiger Junge."

„Ich fürchte, mein Mann ist zu streng mit ihm."

Daphne drehte sich um und sah die Frau an. „Er muss der Älteste sein."

„Das ist er tatsächlich."

„Ich bin auch die Älteste", sagte Daphne achselzuckend, „und ich war erheblich fleißiger als die Schwestern, die später geboren wurden. Jedes Kind war weniger fleißig als das etwas ältere. Ein Wunder, dass das jüngste kein völliger Dummkopf ist."

Mrs. Billingsley und Jack lachten auf.

Mrs. Billingsley legte ihr Baby auf eine wollene Decke, während sie einen Stapel gefalteter Wäsche vom Sofa nahm, damit Jack und Daphne sich hinsetzen konnten.

Die Außentür schwang auf und ein großer, hagerer Mann mit einer schwarzen Arzttasche betrat das Zimmer.

„Das ist mein Mann", sagte Mrs. Billingsley. Sie konnte ihren Stolz nicht verbergen.

Der Mann, der etwa zehn Jahre älter wirkte als seine Frau, warf den Besuchern einen Blick zu.

Jack stand auf. „Erlauben Sie mir, mich selbst vorzustellen. Ich bin Hauptmann Jack Dryden, und das hier ist meine Frau, Lady Daphne." Die beiden Männer schüttelten sich die Hände.

Obwohl Daphne es wirklich liebte zu hören, wenn Jack sie als seine Frau vorstellte, bedauerte sie, dass sie nicht wieder die Gelegenheit bekommen hatte, Jack als *meinen Ehemann* vorzustellen.

„Wie kann ich Ihnen behilflich sein?", fragte der Chirurg Jack.

„Ich möchte mich über den Tod von Eli Prufoy erkundigen."

Der Mann nickte. „Ach ja. Im *Cock & Stalk*." Er ließ seinen Blick über Jacks Uniform gleiten. „Sie müssen mit dem Mann gedient haben. Ich habe erfahren, dass er unter dem Kommando von Lord Wellesley stand."

Daphne musste sich förmlich auf die Zunge beißen, um sich davon abzuhalten, ihm mitzuteilen, dass Lord Wellesley jetzt der Herzog von Wellington war - ein Mann, den sie bereits kennengelernt hatte! Sie konnte noch immer kaum glauben, dass sie mit dem Feldmarschall zu Abend gespeist hatte, dass sie tatsächlich in Spanien gewesen war! Sie hätte fast die elende Seereise vergessen können, die sie dorthin gebracht hatte.

Fast.

„Ja", sagte Jack.

„Möchten Sie sich nicht setzen?", fragte der Chirurg. Mrs. Billingsley hatte inzwischen die saubere Wäsche vom Sofa geräumt, bevor sie das Baby hochnahm, das zu weinen begonnen hatte.

„Ich bringe jetzt die Kinder ins Bett", sagte sie.

Daphne dankte der Frau für ihre Gastfreundschaft. Sie war erleichtert, dass die Kinder weggebracht wurden. Kinder sollten Daphnes Meinung nach nichts von sterbenden Männern und Wirtshausschlägereien hören.

„Können Sie mir erklären, welche Art von Wunden Mr. Prufoy erlitten hatte?", fragte Jack.

„Platzwunden. Am ganzen Körper des armen Mannes."

Jack zog die Brauen zusammen. „Entspricht das Verletzungen von Faustschlägen - vor allem von betrunkenen Männern?"

Der Chirurg schürzte seine Lippen. „Ich hatte keinen Grund, etwas anderes zu vermuten. Es war eine Reihe von Augenzeugen anwesend, die den Kampf beobachtet hatten."

„War die Taverne gut beleuchtet?"

Wenn es am 11. April so ausgesehen hatte wie heute etwas früher am Abend, dachte Daphne, musste es dort ziemlich dunkel gewesen sein.

„Nein", sagte der Chirurg.

„Meinen Sie, es wäre möglich, dass Mr. Prufoy mit einem Messer getötet wurde?", erkundigte sich Jack.

„Mit Sicherheit. Das hatte ich eigentlich angenommen, als ich die Verletzungen des Mannes zuerst begutachtete. Er schien Stichwunden in Bauch und Brust zu haben. Dazu kam ein großer Blutverlust. Aber als ich die Zuschauer fragte, wollte niemand ein Messer gesehen haben."

„Was erklärbar wäre, wenn man den Mangel an Licht in dem Haus bedenkt", sagte Daphne.

„In der Tat."

„Hatte der Mann oder hatten die Männer, die mit Prufoy gekämpft hatten, die Räumlichkeiten verlassen, bevor Sie eintrafen?"

„Das ist das, was die Anwesenden sagten. Ich glaube, Mr. Prufoy war von zwei Männern überwältigt worden, und soweit ich verstanden habe, waren diese Männer nie zuvor im *Cock & Stalk* gewesen."

Liebe Güte. Das musste bedeuten, dass der arme Eli Prufoy ermordet worden war - was ihr Ehemann anscheinend schon daraus gefolgert hatte.

Jack stand auf. „Ich muss mich bei Ihnen für Ihre Antworten auf meine Fragen bedanken."

Daphne blieb sitzen. Sie hatte noch nicht die Absicht zu gehen, nicht, wenn sie noch so viel erfahren wollte. „Ich glaube, der Besitzer des Cock & Stalk erzählte uns, dass sie bei dem unglücklichen Mr. Prufoy waren, als er seinen letzten Atemzug tat."

„Das ist richtig."

„Versuchte er zu sprechen?"

Der Chirurg nickte.

Jack wirkte skeptisch. „Aber sicher konnten Sie ihn nicht hören."

„Sie hätten an dem Abend in dem Raum eine Stecknadel fallen hören können, als Dutzende ernüchterter Männer sich um den armen Mann sammelten, der in einer Lache seines eigenen Bluts lag.

Daphnes Puls raste. „Können Sie uns mitteilen, was er sagte?"

„Er rief nach seiner Frau."

„Ich glaube nicht, dass er verheiratet war", sagte Daphne.

Jack nickte. „Laut den Nachbarn lebte er allein, und das Kriegsministerium hat keine Unterlagen, dass jemals Zahlungen an eine Mrs. Prufoy geleistet worden wären. Ich habe gerade heute nachgeschaut."

„Dann muss es sein Flittchen gewesen sein." Mr. Billingsley warf Daphne einen um Verzeihung heischenden Blick zu. „Verzeihen Sie mir, Madam, dass ich über solche Dinge spreche."

„Denken Sie sich nichts dabei. Ich *bin* eine verheiratete Frau." Sie genoss es geradezu, das zu sagen, selbst wenn sie erst noch wirklich erfahren musste, was in einem Ehebett vor sich ging. Ihr Herz schlug schneller. Bis morgen früh würde sie alles gelernt haben, was es über dieses so überaus interessante Thema zu wissen gab.

Sie beugte sich vor. „Hat er ihren Namen genannt?"

„Ja. Ihr Name war Fanny."

Daphne selbst kannte mindestens zwei Dutzend Damen namens Fanny. „Hat er zufällig auch einen Nachnamen erwähnt?"

Der Chirurg spitzte den Mund und nickte. „Ich glaube, ja. Ich dachte, er bäte um Ale. Er sagte mehrfach *Fanny. Ale*. Schließlich wurde mir klar, dass ihr Name Fanny Hale sein musste, und mit seinem letzten Atemzug bestätigte er mir das."

Daphnes glänzende Augen trafen auf Jacks. „Oh, Mr. Billingsley, sie haben uns sehr geholfen!"

Sie verabschiedeten sich von dem Chirurgen, und als sie die dunkle Treppe zum Bürgersteig hinabstiegen, sagte sie: „Warum hast du mir nicht gesagt, dass du wusstest, dass Mr. Prufoy ermordet wurde?"

„Ich wusste es nicht wirklich."

„Aber jetzt schon."

„Es sieht so aus."

Dieses besondere Stück des Strands war in der Nacht zum Leben erwacht. Die meisten der Ladenfenster waren noch beleuchtet und ein ständiger Strom von Männern floss ins *Cork & Stalk*. „Liebster?" Sie blickte flüchtig in das Fenster eines Weißwarenhändlers, wo ein paar ältere Frauen suchten, um etwas auszuwählen, was aussah wie vernünftige Wollstoffe.

„Ja?"

„Wo in London würde ein einsamer Soldat hingehen, um eine Frau zu finden, die ..."

„*Du* gehst nicht dorthin."

„Aber wir müssen. Die Zukunft Englands könnte davon abhängen."

Sie beäugte eine Schlange von Männern vor einem Geschäft und fragte sich, was dort verkauft werden könnte, das so viele Kunden anzog. Sie und Jack schlängelten sich um die Reihe der Wartenden herum und sie warf einen Blick in das Schaufenster des Geschäfts. Eine Druckerei. Sie hielt an, um auf die Drucke zu schauen, die ganz vorne im Fenster ausgestellt waren. Dann wandte sie ihren Blick schnell von dem unanständigen Druckwerk ab, ihre Wangen glühten. „Eine schockierende Verschwendung von Pennys, wie mir scheint."

Als sie bei ihrer wartenden Kutsche in der Nähe der Abzweigung in die Cotton Lane ankamen, wies Jack Andy widerwillig an, sie nach Covent Garden zu bringen.

Kapitel 8

Es war nicht so, dass sie nie zuvor nachts in Covent Garden gewesen wäre. Theater und Oper waren in der Nähe des riesigen Blumenmarktes. Sie war jedoch noch nie nachts dort den Bürgersteig entlanggegangen. Lord und Lady Sidworth achteten darauf, dass ihre Töchter sofort nach dem Verlassen des Theaters durch eine wartende Kutsche fortgebracht wurden.

Jetzt, als sie mit Jack dort entlangging, der sein Bestes tat, um die Dutzenden von Angeboten, Sträußchen zu kaufen, abzulehnen, erblickte sie zum ersten Mal die Dinge, die sie noch nie gesehen hatte. Dass diese Blumenverkäufer ein zerrissenes Kleidungsstück über dem anderen trugen, ließ Daphne schließen, dass sie alles trugen, was sie besaßen, wahrscheinlich, weil sie kein festes Zuhause hatten.

Sie bemerkte auch die Vielzahl von Badestuben entlang der beiden Seiten der Straße und konnte ungewöhnlich unanständig aussehende Frauen beobachten, die lasziv diese fragwürdigen Etablissements betraten, viel zu vertraulich am Arm von Männern hängend, die sie vermutlich gerade erst kennengelernt hatten.

Jack war keineswegs guter Laune. „Es gefällt mir nicht, dass du hier bist", brummte er.

„Ich muss dich daran erinnern, dass ich eine verheiratete Frau *bin*." Was sie nur zu gerne vom Turm der Westminster Abbey hinabgerufen hätte.

„Du bist eine völlige Unschuld."

Sie blieb direkt dort auf dem Bürgersteig unter dem mondhellen Himmel stehen, schaute in seine glühenden schwarzen Augen auf und senkte ihre Stimme zu einem heiseren Schnurren. „Morgen werde ich das nicht mehr sein."

Jack holte tief Atem und drängte weiter, ohne etwas zu antworten. Obwohl er es nicht aussprechen würde, wusste sie, dass er sie begehrte.

Eine Frau kam ihnen entgegen, die genau so aussah, als würde sie einem einsamen Soldaten mit ihrem Körper Trost spenden. Als sie näherkamen, erkannte Daphne, dass die dunkelhaarige Frau noch jung war. Sie konnte kaum älter als achtzehn sein. Wenn sie so alt war. Das rosenwangige Mädchen stand an der Ecke, wo Chandos und eine andere Straße, deren Namen Daphne nicht wusste, zusammenstießen. Das Mieder ihres scharlachroten Kleids konnte die beiden großen Kugeln ihrer Brüste kaum halten.

Daphne ging auf das Mädchen zu, obwohl Jack versuchte, seine Frau in die entgegengesetzte Richtung zu ziehen. „Verzeihen Sie mir, aber ich fragte mich, ob Sie eine Dame mit dem Namen Fanny Hale kennen." Daphne konnte im Licht der Laternen sehen, dass die weichen Wangen des Mädchens von einer dicken Schicht Schminke bedeckt waren. Aus dieser Nähe war auch offensichtlich, dass dieses Mädchen viel jünger als achtzehn war.

Ihre blassblauen Augen wanderten über Daphne hinweg, vom Kragen ihrer Samtpelisse bis zu den Spitzen ihrer teuren Satinschuhe. „Was is' die Antwort wert?"

Daphne schoss Jack einen fragenden Blick zu.

„Fünf Pence", sagte er.

„Lassen Se mir das Geld sehen."

Jack zog die Münzen heraus.

Das Mädchen schnappte sie sich, ließ sie in das enge Mieder ihres verblichenen, braunen Kleids fallen und sah dann Daphne an. „Also Se fragen mir, ob ich eine Frau kenne, die sich Fanny 'ale nennt? Nu, meine Antwort is' *nein!*" Sie wirbelte herum und rannte in Richtung des Strand hinunter, als stünden ihre Röcke in Flammen.

Jack grinste. „Ein sehr einfallsreiches Mädchen."

„Wohl wahr. Mein Trost ist, dass sie das Geld gebrauchen kann."

„Darf ich vorschlagen, dass ich die nächste Befragung übernehme?"

„Du darfst alles vorschlagen, was du möchtest, aber meine Antwort ist *nein.*"

Ihre Blicke trafen sich und sie beide brachen in Gelächter aus.

„Ich weiß, wie man Fragen stellt, Madam. Ich war nur der Lady gegenüber, mit der ich verheiratet bin, höflich."

„Ich liebe diesen Klang: *mit der ich verheiratet bin.* Es wird so schön sein, mit dir verheiratet zu sein." Sie schob ihren Arm durch seinen. „Siehst du, wenn ich nicht mit dir verheiratet wäre, könnte ich jetzt nicht hier sein."

„Erleuchte mich bitte, warum es etwas Gutes ist, dass Lady Daphne Dryden jetzt hier zwischen den Prostituierten von Covent Garden herumspaziert."

„Daphne Dryden! So habe ich bis jetzt noch nie an mich gedacht. Es ist eine so schöne Alliteration, nicht wahr?"

„Das ist es, aber ich möchte unsere Kinder

nicht mit Namen wie Dorcus Dryden belasten. Das klingt viel zu gezwungen."

Unsere Kinder. Bei diesem Gedanken hätte sie auf dem Bürgersteig schmelzen können. Sie presste die Hand ihres Mannes, aber, um seine Worte länger in der Luft hängen zu lassen, sagte sie nichts.

„Da Eli Prufoy in den Vierzigern war, dachte ich, dass seine Fanny Hale vielleicht keine junge Frau wäre, vielleicht eine Frau, die er seit Jahren kennt."

Daphne sah verwirrt aus. „Dann glaubst du nicht, dass sie in dieser Gegen ist?"

„Das habe ich nicht gesagt. Schau dich doch um. Es gibt hier Frauen in jedem Alter."

Sie nickte nachdenklich. Es fiel ihr auf, dass die meisten Fußgänger, an denen sie vorbeikamen, Männer waren. Sie ertappte sich bei dem Gedanken, ob Jack je auf der Suche nach einer Frau, die seinen männlichen Hunger stillen könnte, hierhergekommen war. So neugierig, wie sie normalerweise war und so sehr sie möglichst *alles* über Jacks Leben, bevor er sie traf, wissen wollte, dieses besonders intime Detail war etwas, worüber sie nichts wissen wollte.

Hatte sie Angst zu erfahren, dass er schon früher verliebt gewesen war? Wenn es so wäre, musste die Frau eine Schönheit gewesen sein, und Daphne wollte davon keinesfalls etwas hören. Besser, sich in dem Glauben zu wiegen, dass ihrer beider Leben an dem Tag begonnen hatte, als sie sich kennenlernten.

Er knirschte mit den Zähnen. „Das hier wäre einfacher, wenn du nicht bei mir wärest."

„Einerseits ja, ich kann sehen, wo es das sein würde. Aber was, wenn du Fanny Hale findest?

Ich muss bei deiner *Befragung*, wie du es nennst, dabei sein. Mir fallen Dinge ein, die ich fragen möchte, auf die du nicht kommst. Erinnere dich, bei Mr. Billingsley wolltest du schon gehen, nachdem du nach den Wunden gefragt hattest. Mir kam der Einfall, nach seinen letzten Worten zu fragen."

„Das muss ich zugeben. Die Frau zu finden, der Prufoy vertraute, ist unsere größte Hoffnung, um herauszufinden, was mit Heffingtons Liste geschehen ist."

„Wenn es eine Liste gab."

Sie beide verstummten.

Während der nächsten halben Stunde fragte Jack einige der älteren Damen der Nacht höflich, ob sie Fanny Hale kennten. Keine der Frauen kannte eine Frau dieses Namens, noch hatte eine einen Vorschlag für einen anderen Ort, wo Jack oder Daphne suchen könnten.

Trotz des entmutigenden Mangels an Fortschritt wurde Daphne fröhlicher. „Wenn wir die Frau heute Nacht nicht finden, können wir eine Annonce in die Zeitungen setzten mit der Bitte, sie möge sich melden."

„Sie heute Nacht zu finden wäre ein ebenso großer Zufall, wie eine Nadel im Heuhaufen zu entdecken. Der Vorschlag mit den Zeitungen hört sich gut an", sagte er, „abgesehen von zwei Nachteilen."

Sie schaute zu ihm auf. „Was für Nachteile?"

„Erstens lesen nicht viele Frauen, die sich in dieser Gegend anbieten, eine Zeitung. Ich wage zu behaupten, dass die meisten von ihnen nicht einmal lesen können. Und, ... wenn sie lesen können und die Gelegenheit haben, eine Zeitung für sieben Pence in die Finger zu bekommen - was höchst unwahrscheinlich ist - würde noch mehr wertvolle Zeit verstreichen."

Sie erkannte die Weisheit der Worte ihres Ehemannes. Noch ernüchternder war die plötzliche Erkenntnis, dass sie völlig falsch liegen könnte mit der Annahme, dass Fanny Hale eine Prostituierte war. „Ist dir der Gedanke gekommen, dass unsere Fanny eine völlig respektable Person sein könnte?"

„Bedauerlicherweise, ja."

Aber er fuhr fort, völlig unrespektable Frauen in äußert respektvoller Manier auszufragen.

Lange, nachdem die fein gekleideten Gönner die Theater bereits verlassen hatten und Mitternacht vorbei war, bekam er endlich einen Hinweis.

In einer viel ruhigeren Straße, einige Blocks nördlich von Covent Garden, näherte sich Jack einer Frau, die einen Korb mit frischem Gemüse trug. Obwohl Daphne die ganze Nacht Halbweltdamen betrachtet hatte, besaß sie doch noch kein ausreichendes Urteilsvermögen, um zu entscheiden, ob eine Frau eine … war - oder nicht. Diese hier war anständiger gekleidet, denn sie trug nur ein Kleid - aus vernünftigem, dunklen Bombasin - und der Ausschnitt war nicht furchtbar tief. Sie musste auch tatsächlich eine Wohnung haben und jetzt auf dem Weg dorthin sein.

Jack vertrat der Frau leicht den Weg. „Ich bitte um Verzeihung, Madam. Ich suche nach einer Frau namens Fanny Hale und fragte mich, ob Sie vielleicht mit ihr bekannt wären."

Die Frau, die Ende Dreißig zu sein schien, ließ ihren Blick zu Daphne, dann wieder zurück zu Jack huschen. Daphne ertappte sich dabei, wie sie sich fragte, ob diese Frau zu einem Mann oder Kindern nach Hause ginge. „Ja. Sie ist meine Nachbarin."

„Ich wäre ihnen sehr verbunden", sagte Jack, „wenn Sie uns sagen könnten, wo wir sie finden."

Sie nickte ernst. „Das arme Ding, sie ist nicht mehr sie selbst, seit …"

„Seit ihr Soldat getötet wurde", beendete Jack den Satz.

Die Augen der Frau wurden rund, dann flog ihr Blick über Jacks Uniformjacke. „Sie müssen mit Prufoy gedient haben."

Jack neigte den Kopf. „Wir haben beide viele Jahre auf der Halbinsel gedient."

Daphne bemerkte, wie ihr Mann die Frage der Frau beantwortet hatte, ohne direkt eine Unwahrheit zu erzählen. Er hasste es, wenn der Codex für Ehre und Aufrichtigkeit, der sein Leben bestimmte, manchmal im Laufe seiner geheimen Pflichten verletzt werden musste.

„Mrs. 'ale, sie wohnt direkt auf der anderen Seite des Flurs von meiner Wohnung."

Daphne trat vor und stellte sich neben Jack. „Mein Mann und ich wären Ihnen sehr dankbar, wenn Sie uns den Weg zu Mrs. Hale erklären würden." Daphne dachte, dass die Tatsache, dass sie Mann und Frau waren, ihnen eine gewisse Glaubwürdigkeit, sogar Vertrauenswürdigkeit verleihen würde.

„Ich kann mehr als das. Sie können mit mir nach Hause gehen."

„Wie freundlich von Ihnen", sagte Jack. „Hier, erlauben Sie mir, Ihren Korb zu tragen."

„Ich muss Ihnen warnen", sagte sie, als sie Jack den Korb übergab und senkte dabei die Stimme. „Die Frau, der was unser Haus gehört, mag es nicht, wenn spät in der Nacht im Treppenhaus Lärm gemacht wird."

„Wir werden mucksmäuschenstill sein", versprach Daphne.

„Erlauben Sie mir, mich vorzustellen," sagte Jack. „Ich bin Hauptmann Jack Dryden und das ist meine Frau, Lady Daphne."

Der Kopf der Frau flog herum, weil sie Daphne anschauen wollte. „Eine richtige Lady?"

„In der Tat", antwortete Jack.

„Wird das Fanny nicht aus den Socken hauen? Ich wünschte, unsere Vermieterin wäre wach, damit wir Sie unserer Freundin vorstellen könnten, Lady Daphne." Während sie sprach, begann sie, die Treppe eines hohen, schmalen Gebäudes hinaufzusteigen. „Ich heiße Bess. Ich werde Mrs. Johnson genannt."

Obwohl Daphnes Kenntnis der Halbwelt minimal war, wusste sie doch, dass Frauen, die davon lebten, ihren Körper zu verkaufen, sich gewöhnlich *Mrs.* nannten, obwohl viele von ihnen nie geheiratet hatten. Sie vermutete, dass diese Praxis damit begonnen hatte, um einer unverheirateten Mutter einen Anschein von Seriosität zu verleihen.

„Es ist uns eine Freude, Sie kennenzulernen, Mrs. Johnson", sagte Jack. Er und Daphne folgten ihr die Stufen hinauf in das dunkle Gebäude. Dort machten sie sich daran, schweigend die unbeleuchtete Treppe hinaufzugehen. Im obersten Stockwerk hielt Mrs. Johnson an, legte ihren Zeigefinger auf die Lippen und flüsterte: „Das da is' mein Zimmer." Sie warf einen Blick in den dunklen Flur. „Un' Fanny is' da drüben."

Jack gab ihr einen Schilling. „Wir sind Ihnen zutiefst verpflichtet, Madam."

„Oh, danke, Hauptmann!" In ihrer Aufregung hatte sie versehentlich ihre Stimme gehoben.

Daphne hatte schon begonnen, leise an Fannys Tür zu klopfen. Als eine Minute vergangen war und noch keine Antwort kam, zuckte sie die Achseln und begann, lauter zu pochen.

Noch eine Minute verging und Daphnes Klopfen wurde schärfer. Diesmal hatte es eine Bewegung hinter der Tür zufolge.

Die Tür öffnete sich leicht und das Gesicht einer Frau erschien in dem schmalen Spalt. „Ja?"

„Hallo", sagte Daphne freundlich. „Ich bin Lady Daphne Dryden und mein Mann und ich suchen Mrs. Fanny Hale."

„Das bin ich."

„Es tut uns furchtbar leid, sie zu so später Stunde zu stören", sagte Daphne, „aber wir möchten mit Ihnen über Eli Prufoy sprechen."

Die verschlafene Frau sagte einen Moment lang nichts. Dann bemerkte sie: „Ich bin nicht anständig angezogen."

„Oh", sagte Daphne, „es macht uns nichts aus zu warten, während Sie sich etwas überziehen. Wir können einfach hier im Flur bleiben."

Ein paar Minuten später erschien Mrs. Hale, eine Kerze in der Hand, öffnete die Tür und bat sie hinein. Selbst nachdem Daphne und Jack ihr in die Wohnung gefolgt waren, sprach sie leise.

Der rostrote Schopf eines schlafenden Jungen auf einem Strohsack direkt in dem angrenzenden Zimmer zeigte Daphne, dass dort Kinder schliefen. „Bitte nehmen Sie Platz, Mylady." Mrs. Hale deutete auf ein Sofa. Dann fanden ihre Augen Jacks. „Sie müssen mit meinem Mr. Prufoy gedient haben."

„Das habe ich in der Tat."

„Er war einer der besten Männer, die je gelebt haben", sagte Mrs. Hale und tupfte mit dem Ärmel ihres Wollkleids ihr Gesicht trocken. „Ich glaube nicht, dass er je eine Kneipenschlägerei angefangen haben könnte. Er war der netteste und sanfteste Mensch." Sie schüttelte den Kopf. „Und er hatte das Kämpfen und Töten satt."

Daphne schätzte die Frau auf Ende zwanzig oder vielleicht Anfang dreißig. An ihrer leicht sommersprossigen Erscheinung war etwas Frisches, dass es schwer machte zu glauben, dass diese Frau mit ihrer warmen, braunen Haarfarbe je eine Prostituierte gewesen sein könnte. Vielleicht lag es an ihrem bescheidenen Wollkleid, dass sie respektabel erschien, oder vielleicht waren es die Kinder, die im Nachbarzimmer schliefen. Es könnte sogar die Art gewesen sein, wie sie dazu neigte, schüchtern zu lächeln, obwohl alles in ihrem Gesicht ihre Trauer ausdrückte. Sie sah irgendwie aus, wie eine rundliche Lieblingstante.

„Wir haben guten Grund anzunehmen, dass Mr. Prufoy von den Männern ins *Cock & Stalk* verfolgt wurde, die die Absicht hatten, ihn zu töten", sagte Jack.

Mrs. Hales Mund klappte auf und ihre Augen füllten sich mit Tränen. „Wer könnte einem freundlichen Mann wie ihm den Tod wünschen?"

Jack zuckte mit den Schultern. „Wir glauben, er könnte vielleicht wegen einiger Papiere, die sich in seinem Besitz befanden, getötet worden sein."

Sie nickte. „Ich erinnere mich daran, dass er mir sagte, er hätte wichtige Papiere, die er zu einem wichtigen Mann bringen müsste."

„Hat er zufällig Lord Castlereagh erwähnt?", fragte Jack.

Sie schüttelte den Kopf. „Um die Wahrheit zu sagen, ich kann mich an den Namen des Mannes nicht erinnern. Vielleicht würde ich ihn erkennen, wenn ich ihn höre, und ich weiß noch, dass es ein Lord war. Wenn es Lord Castlereagh gewesen wäre, hätte ich mich daran erinnert, weil ich weiß, dass er Außenminister ist."

„Hat Mr. Prufoy Ihnen gesagt, was die Papiere enthielten?", fragte Jack.

„Nicht richtig. Er sagte, sein Major - Sie wissen, dass mein Eli Offiziersbursche bei Major Styles war - wäre in der Schlacht getötet worden, und vor seinem Tod bat er Eli, diese wichtigen Papiere zu einem Lord Soundso zu bringen."

Daphnes Herzschlag raste. Es hatte eine Liste gegeben! Und sie war nach England zurückgelangt!

Aber jetzt war sie in die falschen Hände geraten und es war zwingend notwendig, sie zurückzuholen.

„Hat Ihr Mr. Prufoy je erwähnt, dass er Liebesbriefe, die eine andere Frau als seine Ehefrau an ihn geschrieben hatte, in seinem Besitz wären?"

Sie nickte. „Er hatte den Rest der Sachen des Majors an die Witwe ausgehändigt, aber mein Eli hatte nicht das Herz, sie diese Briefe sehen zu lassen. Mein Eli konnte sehr diskret sein. Er sagte mir, die Liebesbriefe wären von einer sehr mächtigen Herzogin geschrieben worden, aber Eli war zu sehr Gentleman, als dass er auch nur mir gegenüber ihren Namen genannt hätte."

„Dann bezweifle ich, dass ein solcher Gentleman je in Betracht gezogen haben könnte, diese *mächtige* Herzogin zu erpressen?", murmelte Daphne.

„Sie können sicher sein, dass Eli nicht so etwas Unrechtes tun würde! Wie denn, er war ein so feiner Mann, er wollte nicht einmal zu mir hierher ziehen, obwohl ich ihn darum anflehte. Sagte, es wäre für meine Kinder nicht anständig, das zu sehen." Sie schaute Daphne an, ihre Augen wurden feucht. „Ich weiß, was Sie denken müssen. Warum hat er mich nicht geheiratet? Nun, die Wahrheit ist, ich bin nicht frei zu heiraten, weil mein Mann, der mich und die Kleinen verlassen hat, noch lebt, obwohl ich ihn seit mehr als sechs Jahren nicht gesehen habe."

Die arme Frau. „Ihr Verlust tut mir so leid", sagte Daphne. „Mr. Prufoy muss ein wunderbarer Mensch gewesen sein."

„Ja, das war er."

„Und es tut mir leid, dass wir Sie so spät nachts stören mussten", fügte Jack hinzu, „aber es ist sehr wichtig. Wenn Sie sich je an den Namen dieses Lords erinnern sollten, kommen Sie bitte zu uns. Ich schreibe Ihnen unsere Adresse auf." Sein Blick huschte zu Daphne.

„Oh, Liebster, ich habe Karten mit unserer neuen Adresse, die ich habe drucken lassen." Sie griff in ihr Reticule, holte eine aus ihrem Perlmuttetui heraus und reichte sie Mrs. Hale, wobei sie der Frau auch gleich eine Guinee in die Hand drückte.

* * *

Sie stapften sechs Blocks von Mrs. Hales Wohnung bis zu ihrer wartenden Kutsche. Sie wollte Jack gegenüber nicht zugeben, wie müde sie war, als sie fast in die Kutsche fiel. Seit sie auf dem Schiff so furchtbar krank gewesen war - lieber Gott, konnte das am selben Tag gewesen sein? - hatte er sich ungeheuer um sie besorgt gezeigt.

Es war in der Tat ein ereignisreicher Tag gewesen, seit sie früh am Morgen vor fast vierundzwanzig Stunden die HMS Avalon verlassen hatten. Kein Wunder, dass sie so erschöpft war.

Um diese Zeit am frühen Morgen waren die Straßen nicht so überfüllt. Ihre Kutsche brachte sie in nur wenigen Minuten rasch nach Dryden House.

„Ich muss dir dein Hochzeitsgeschenk zeigen", teilte sie Jack mit, als sie das Haus betraten. „Es ist in deinem Schlafzimmer."

Sie zündeten eine Kerze an und gingen die Stufen hinauf. Im obersten Stockwerk führte sie ihn durch den Flur zum letzten, seinem Schlafzimmer. Es war völlig in rotem Samt ausgestattet. „Ich weiß, dass es bei Dunkelheit nicht gut zu sehen ist." Sie ging zum Kaminsims und hielt die Kerze hoch, um das Portrait von Warrior zu beleuchten.

„Bei Jupiter! Das ist mein Pferd!" Mit einem anerkennenden Lächeln auf dem Gesicht ging er zu dem Gemälde hinüber. „Das ist mein Hochzeitsgeschenk?"

Sie nickte.

„Es gibt nichts, das du mir hättest schenken können, was mir lieber gewesen wäre - außer vielleicht, ein Bild von dir. Ich hätte nie gedacht, dass ich es mir je leisten könnte, Warrior von einem so guten Künstler malen zu lassen - und ich muss dir sagen, ich habe oft daran gedacht." Er kam zu ihr und legte seinen Arm um sie. „Vor dir war er mein wertvollster Besitz."

„Denkst du wirklich, ich hätte einen teuren Maler bestellt, um ihn malen zu lassen?"

„Natürlich. Sieh dir doch die realistische Qualität des Gemäldes an."

Sie konnte ein Lächeln nicht unterdrücken. „Danke, dass du das sagst. Ich fand, es sei meine beste Arbeit aller Zeiten."

„Das hast nicht du gemalt!"

„Doch!"

„Ich hatte keine Ahnung, dass du ein solches Talent hast."

Sie zuckte die Achseln. „Wie ich sagte, es ist mein bester Versuch. Seit je."

Er nahm die Kerze aus ihrer Hand, stellte sie auf das Kaminsims und zog sie in seine Arme. Sie küssten sich zärtlich. Und als die Zärtlichkeit leidenschaftlicher wurde, konnte sie ihre Erregung kaum beherrschen. Zitternd zog sie sich zurück und betrachtete ihn. „Dies ist unsere wirkliche Hochzeitsnacht, mein Liebster. Ich muss gehen und mich zurechtmachen."

Seine Hand streichelte sanft ihr Gesicht. „Ich vermute, du willst ein rüschenverziertes Nachthemd anziehen?"

„Natürlich! Ich habe ein besonders teures für unsere Hochzeitsnacht aufgehoben."

„Und du wirst dich wahrscheinlich mit Minze übergießen."

„Natürlich."

„Sehr gut. Ich muss erst Feuer machen. Ich möchte nicht, dass du dich in deinem ohnehin geschwächten Zustand erkältest."

Sie zündete seine Kerze an und ging dann in ihr Schlafzimmer, das direkt neben seinem lag. Unter Cornelias Anleitung war dieses Zimmer in Himmelblau und Weiß eingerichtet worden.

Als sie vor ihrem Frisiertisch saß, bürstete sie ihren Schopf dichten Haares aus und beklagte,

dass es nicht weich und schön war. Zum ersten
Mal bedauerte sie auch, dass sie keine Zofe hatte.
Sie hätte gerne ein warmes Bad gehabt.
Wenigstens hatte das Zimmermädchen sich
darum gekümmert, dass in ihrem Krug Wasser
war, so konnte sie sich ordentlich waschen.

Nachdem sie ihr Haar ausgebürstet hatte,
begann sie, ihre Kleider abzulegen, dann
schrubbte sie zuerst ihr Gesicht und wusch sich
dann bis zu den Zehenspitzen. Eine gute Dosis
Minze verlieh ihr einen netten, sauberen Duft. Sie
mochte die schweren Blumendüfte nicht, die ihre
Schwestern liebten.

Ihre letzte Handlung war es, das fast
unanständige Nachthemd anzuziehen, von dem
Cornelia gesagt hatte, es sei genau das richtige,
um Jacks Leidenschaft zu entfachen.

Sie hatte sich zurückgehalten und Cornelia
nicht gesagt, dass sie in der Lage war, Jacks
Leidenschaft auch ohne irgendwelche Kunstgriffe
zu entfachen.

Nachdem sie das Gewand angezogen hatte,
musterte sie sich im Spiegel unter dem weichen
Licht ihrer Kerze. Wie sie wünschte, eine
Schönheit zu sein. Leider war das nicht der Fall.

Zum Glück liebte Jack sie genau so, wie sie
war.

Ihr Puls begann in Erwartung dessen, was als
nächstes geschehen würde, zu rasen. Sie war im
Begriff, in jeder Hinsicht Jacks Frau zu werden.
Sie holte tief Atem, nahm den Kerzenhalter,
verließ ihr Zimmer und ging zu dem ihres Mannes
zurück.

Sie öffnete sacht die Tür und glitt leise in den
Raum. Das Feuer in seinem Schlafzimmer tauchte
es in ein warmes Licht.

Dann hörte sie das unverkennbare Geräusch seines schweren, gleichmäßigen Atems. Ihr Mann war eingeschlafen!

Sie konnte ihm das nicht verdenken. Sie waren vierundzwanzig Stunden wach gewesen. Sie kletterte auf sein hohes Himmelbett und vergrub sich unter den Decken, wo auch sie bald in tiefen Schlaf fiel.

Kapitel 9

Das erste, was Daphne am nächsten Morgen beim Erwachen sah, war der schwere, scharlachrote Samtvorhang um das Bett. Das Bett ihres Mannes. Die Erinnerung daran, dass sie in Jacks Bett lag, durchfuhr sie wie ein Blitz, was sie schnell vollends erwachen ließ. Sie warf einen Blick neben sich, fand aber nur das zerknitterte Laken, wo er gelegen hatte. Wo war ihr Mann? Sollte sie durch einen Blick auf ihren unvergleichlichen Hauptmann beim Ankleiden belohnt werden?

Sie sprang aus dem Bett, ihr Blick wanderte durch den Raum, der jetzt mit hellem Sonnenlicht erfüllt und in dem das Feuer ausgegangen war. Jack war nicht da. Die Standuhr auf dem Kaminsims zeigte auf vier Uhr. Es *konnte* nicht vier Uhr nachmittags sein! In ihrem ganzen Leben hatte Daphne nie bis vier Uhr nachmittags geschlafen. Sie sprang aus dem Bett.

Dann sah sie es. Auf seinem Tisch war ein Blatt Papier aufgestellt. Sie ging durch das Zimmer und hob es auf. Es war eine Nachricht von ihrem Mann.

Meine Liebste, ich habe einige Zeit gewartet, dass du aufwachst, aber du schliefest so tief, dass ich dich nicht wecken wollte. Gestern war ein körperlich sehr anstrengender Tag, vor allem für jemanden, der kurz zuvor so krank war. Du brauchst deine Ruhe, um deine Kräfte wieder zu sammeln.

Ich muss Lord Castlereagh einen Bericht über unsere Fortschritte geben. Seit ich erfahren habe, dass es eine Liste gab, habe ich erneut Hoffnung, dass wir sie finden werden.

Dein J.

Seine Nachricht machte sie unglaublich traurig. Vielleicht war es nicht die Nachricht. Sie konnte nicht leugnen, dass sie enttäuscht darüber war, dass ihre Ehe erst noch vollzogen werden musste. Sie konnte nicht leugnen, dass sie enttäuscht war, weil er sie in ihrem unanständigen Nachthemd nicht einmal gesehen hatte. Sie konnte auch nicht leugnen, dass sie enttäuscht war, weil ihr der Anblick des unvergleichlichen Hauptmanns beim Auskleiden entgangen war. Er war ein solch prachtvolles Geschöpf!

Niedergeschlagen kehrte sie in ihr eigenes Schlafzimmer zurück, zog ihr unanständiges Nachtgewand aus und faltete es sorgfältig für eine andere Nacht zusammen, dann zog sie sich schnell an. Während Jack aus dem Weg war, würde es eine gute Gelegenheit für sie sein, ihren eigenen kleinen Plan in Angriff zu nehmen - einen, von dem sie Jack nichts wissen lassen wollte.

Es war nicht so, dass sie absichtlich etwas vor ihm verbarg. Es war nur so, dass sie ihn in keiner Weise irgendwie kränken wollte. Und dieser kleine Plan, den sie sich auf der Kutschfahrt nach Hause am letzten Morgen ausgedacht hatte, sollte besser ohne Jacks Wissen durchgeführt werden.

Sie eilte aus dem Haus und konnte, nachdem sie ein paar Blocks weit gelaufen war, eine

Droschke mieten. Sie wies den Fahrer an, sie nach Whitehall zu bringen. Ihren Vater würde der Schlag treffen, wenn er wüsste, dass seine Tochter mit einer Mietdroschke durch London fuhr, aber nur ein einziger Mensch musste je erfahren, was sie an diesem Nachmittag tat.

Als sie dorthin fuhr, wo die britische Regierung untergebracht war, dachte sie an den Ehemann ihrer Schwester, Sir Ronald. Er war genau der richtige, um ihr zu helfen, aber beide würden äußerst diskret sein müssen. Weder Virginia noch Jack durften je erfahren, dass Daphne ihre Informationen Sir Ronald mitteilte.

Tatsächlich war Sir Ronald Johnson absolut vertrauenswürdig. Er war Unterstaatssekretär in Lord Castlereaghs Ministerium, und die meisten Männer in der Regierung waren sicher, dass er Lord Castlereagh als Außenminister ablösen würde, wenn dieser Mann zum Premierminister erhoben würde, woran niemand Zweifel hatte, dass das irgendwann eintreten würde.

Sir Ronald war fast so gutaussehend wie Jack, aber Daphnes Meinung nach konnte er ihrem Mann nicht das Wasser reichen. Beide Männer waren hochgewachsen, und wenn sie jetzt darüber nachdachte, erkannte sie, dass sie erstaunlich ähnlich gebaut waren.

Anders als ihr Jack stammte Sir Ronald jedoch aus einer alten, wohlhabenden englischen Familie. Er war auf die besten Schulen gegangen und gehörte den besten Clubs an.

Was genau der Grund war, aus dem Daphne ihn brauchte und warum Jack nicht wissen durfte, dass sie Sir Ronald brauchte.

Der Trick bestand darin, sich von Jack nicht sehen zu lassen, da er auch in Whitehall war, und sich genau mit dem einzigen Mann (außer dem König und dem Regenten) traf, dem Sir Ronald unterstellt war. Während ihre Mietdroschke in gutem Tempo über die geschäftigen Straßen der Hauptstadt fuhr, schaffte sie es – nicht, ohne ihre Handschuhe böse mit Tinte zu beflecken - eine Nachricht für Sir Ronald zu kritzeln.

Als sie an dem Gebäude ankamen, in dem sich das Außenministerium befand, wies sie ihren Kutscher an, diese Nachricht Sir Ronald Johnson zu überbringen. Die nichtssagende Nachricht bat den Baronet nur, sie vor dem Gebäude zu treffen, und teilte ihm mit, dass sie in einer Mietdroschke wartete.

Wenige Minuten später öffnete Sir Ronald, sein Gesicht von Verwirrung umwölkt, die Tür zu Daphnes Gefährt. „Lady Daphne? Wie kann ich Ihnen helfen? Geht es Ihnen auch gut?"

„Oh ja. Sehr gut. Bitte, lieber Freund, steigen Sie doch zu mir in die Kutsche."

Er betrachtete sie unter zusammengezogenen Brauen, als er hineinkletterte. „Wann sind Sie aus Spanien zurückgekommen?"

„Gestern."

„Erstaunlich schnelle Reise." Er faltete seine langen Beine in die Kutsche und nahm ihr gegenüber Platz, seine Stirn lag noch in Falten.

„In der Tat, das war es."

„Und wo ist Hauptmann Dryden?"

„Tatsächlich glaube ich, dass er in dem Gebäude ist, aus dem Sie gerade gekommen sind. Er musste mit Lord Castlereagh sprechen. Ich möchte vor allem nicht, dass er mich mit Ihnen sprechen sieht."

„Warum das, Mylady?"

„Das werden Sie verstehen, denke ich, wenn ich

Ihnen sage, warum ich mit Ihnen sprechen muss."
Sie holte zu ihrer Stärkung tief Luft. „Zuerst muss
ich Ihnen einiges mitteilen, das Sie nie jemandem
weitersagen dürfen. Eines davon hat mit der
Sicherheit Englands zu tun, das andere mit dem
guten Ruf der Zwillingsschwestern ihrer Frau."

Seine Augen wurden groß.

„Erlauben Sie mir, Ihnen zuerst von der
Bedrohung Englands zu erzählen. Sie sind sich
vielleicht über die Tatsache im Klaren - oder auch
nicht   -,   dass   mein   Mann   in   einer
Spionageangelegenheit mit Ihrem Vorgesetzten,
Lord Castlereagh, zusammenarbeitet."

„Ich bin in einiges davon eingeweiht, ja. Sie
müssen verstehen, dass ich nicht berechtigt bin,
über diese Dinge mit Ihnen oder anderen zu
sprechen."

„An diesem Nachmittag wird mein Mann den
Außenminister darüber informieren, dass wir
feststellen konnten, dass Hauptmann Heffington
tatsächlich eine Liste weitergegeben hat und wir
diese bis nach London verfolgt haben." Sie
erzählte ihm alles, was sie und Jack in der vorigen
Nacht entdeckt hatten. „Also sehen Sie, wir sind
fast sicher, dass der unglückliche Mr. Prufoy von
jemandem getötet wurde, der jetzt diese Liste hat.
Für uns ist aber das Interessanteste daran, dass
der Mörder vielleicht die Bedeutung der Liste gar
nicht kennt - das heißt, falls es sein Ziel war, die
Briefe zu bekommen, die er für seine Erpressung
benutzt."

„Ein nettes Stück deduktiver Arbeit, das Sie
und der Hauptmann verrichtet haben, aber Sie
müssen   mich   noch   über   die   Erpressung
aufklären."

„Dazu   wollte   ich   in   der   Tat   tatsächlich

kommen. Ich möchte, dass Sie ein bisschen für uns nachforschen."

Er warf ihr einen fragenden Blick zu. „Was auch immer Sie wünschen, Mylady."

„Da Sie so gut mit den Gentlemen der feinen Gesellschaft bekannt sind, dachte ich, Sie wären genau der richtige, um uns zu helfen herauszubekommen, welcher Mann plötzlich zu Geld gekommen ist. Ich glaube, er ist ein feiner Herr, der ein bisschen glücklos war, aber plötzlich ziemlich flüssig ist."

„Ich befürchte, ich kann Ihnen nicht folgen. Warum ist der Mann mit der Liste plötzlich flüssig? Haben Sie Informationen, dass er sie an die Franzosen verkauft hat?"

„Nein." Sie sammelte ihre Gedanken einen Moment, bevor sie fortfuhr. „Das ist die andere geheime Angelegenheit, die andere Sache, die Sie nie jemandem verraten dürfen."

„Worum geht es?" Er wirkte verwirrt.

„Der Mann, der die Liste in den Händen hat, hat auch Liebesbriefe, die Major Styles zum Zeitpunkt seines Todes besaß."

Er nickte und in seinen Augen blitzte Verständnis auf. „Ich verstehe. Diese Briefe müssen von der Zwillingsschwester meiner Frau geschrieben worden sein."

„Genau. Und Cornelia wollte auf keinen Fall, dass Virginia von ihrer Existenz erfährt."

„Da meine liebe Frau Untreue nicht billigt."

„So ist es."

„Und ich muss also daraus schließen, dass die Zwillingsschwester meiner Frau exorbitante Summen an einen Erpresser gezahlt hat, der diese Briefe im Besitz hat?"

„Sie sind brillant!"

„Daher möchten Sie, dass ich mich häufig in den Clubs herumtreibe, denen ich angehöre, meine Augen und Ohren offenhalte, um zu erfahren, ob ein anderes Mitglied plötzlich zu Geld gekommen ist."

„Das ist genau das, was ich möchte!"

Er nickte nachdenklich. „Jetzt verstehe ich, warum Sie nicht wollen, dass Ihr Hauptmann von unserem Treffen erfährt."

Sie nickte. „Er gehört keinen Clubs an, hat auch nicht den Wunsch, es zu tun. Bei solchen Dingen wird der Unterschied unserer Herkunft auffällig, und das belastet ihn." Sie schwieg einen Moment. „Was die Sache mit Cornelias Briefen angeht, bitte, erwähnen Sie das Virginia gegenüber nie. Cornelia wollte unbedingt vermeiden, dass sie das erfährt. Und ich nehme an, ich muss nicht betonen, dass mein Mann nichts über unser Treffen hier wissen muss?"

* * *

Als Jack von seinem sehr erfreulichen Besuch bei Lord Castlereagh kam, konnte er das Bild, wie seine Frau an diesem Morgen neben ihm in seinem Bett gelegen hatte, nicht aus seinem Kopf verdrängen. Er hatte sich erlaubt, ihre nackte Haut zu betrachten, bis er ungewöhnlich erhitzt wurde. Wo zum Teufel hatte sie ein derart unanständiges Nachtgewand gefunden? Die Herzogin musste ihre Hand in der Auswahl dieses winzigen Dings aus hauchzarter Spitze gehabt haben.

Dies war das eine Mal, wo er nichts gegen die Einmischung der Herzogin hatte.

Er fand, er hätte nie etwas Lieblicheres gesehen, als seine Braut, deren blonde Schlankheit in das weiche Licht der Morgensonne getaucht war. Ihr ungewöhnlich dickes Haar lag wie ein Fächer über den Kissen und ihr Nachtgewand bot ihm einen verlockenden Blick auf ihre kleinen Brüste, was es ihm überaus schwer machte, sie weiterschlafen zu lassen.

Aber als er sich daran erinnerte, wie elend krank sie auf dem Schiff gewesen war, wusste er, dass keine Macht der Welt ihn dazu bringen konnte, sie aufzuwecken. Sie musste ihre Gesundheit wiedererlangen - obwohl sie sich sträubte, auch nur das kleinste Unwohlsein zuzugeben.

Spät an diesem Nachmittag, als er die Stufen des Außenministeriums zum Strand hinuntereilte, erhaschte er einen Blick auf Sir Ronald. Es war nicht überraschend, seinen Schwager im Außenministerium zu sehen. Schließlich war er Unterstaatssekretär bei Lord Castlereagh. Überraschend war jedoch die Tatsache, dass sein wohlhabender Verwandter in eine gewöhnliche Mietdroschke stieg.

Während er Sir Ronald beobachtete, konnte Jack einen Blick auf die Frau in der Mietdroschke werfen. Eine Frau, die nicht Sir Ronalds Ehefrau war. Eine Frau mit wild aufgebauschten, goldbraunen Locken. Eine Frau, die verdächtig wie Jacks eigene Frau aussah.

Was zur Hölle machte Daphne in einer Mietdroschke? Und warum zum Teufel traf sie sich so heimlich mit Sir Ronald?

* * *

Trotz seiner Überzeugung, dass es seine Frau war, die sich in der Mietdroschke heimlich mit Sir Ronald getroffen hatte, erlaubte Jack sich zu hoffen, dass er sich geirrt hätte. Aber als er Daphne eine halbe Stunde später in der

Mietdroschke zu ihrem Haus zurückkehren sah, sank sein Herz.

Er riss die Vordertür auf und begrüßte sie mit einem finsteren Blick. „Ich wusste nicht, dass Lady Daphne gewöhnlich Mietdroschken benutzt."

Sie hob ihre Röcke, rannte die Stufen der Vordertreppe hinauf und gab ihm einen flüchtigen Kuss auf die Wange. „Aber mein Liebling, du warst in unserer Kutsche weggefahren - was mich daran erinnert, meinst du nicht, wir sollten sie für einen weiteren Tag mieten?"

Er zuckte die Achseln. „Zusammen mit der Miete für den Stall kostet uns das viel Geld."

Sie schlenderten ins Wohnzimmer.

„Ich hatte keine Ahnung, wie teuer es ist, eine Droschke zu nehmen."

Obwohl er fragen wollte, was es nötig gemacht hatte, dass sie dieses öffentliche Transportmittel mietete, fasste er sich in Geduld und wartete darauf, dass sie seine Neugier befriedigen würde. „Vielleicht sollten wir noch einmal darüber nachdenken, eine eigene Kutsche anzuschaffen."

Sie schürzte die Lippen. „Es ist schade, dass wir nicht näher bei meinen Eltern leben. Dann könnten wir ihre Stallungen und Stallburschen benutzen."

„Und deine Eltern auch Andy füttern lassen?" Er runzelte die Stirn. „Es ist wesentlich billiger, den Mietstall zu zahlen, als ein Haus näher bei deinen Eltern zu kaufen."

„Wir haben Glück, dass Mama uns dieses Haus gab." Sie schob ihren Arm in seinen. „Magst du das Haus?"

Er schaute ihr ins Gesicht. Er konnte sein Spiegelbild in ihren Brillengläsern sehen. „Es ist ein wunderschönes Haus und wir haben wirklich

Glück. Aber du wirst dich nicht freuen zu hören, dass unsere einzige Angestellte abgerufen wurde."

Daphne zog ihre Brauen zusammen. „Ich hoffe, es ist nichts Schlimmes."

„Ich fürchte, ihre Mutter ist schwer krank."

„Die Arme." Sie sah zu ihm auf. „Wir haben es so gut. Du und ich."

Wann würde sie ihm von ihrem Treffen mit Sir Ronald erzählen?

„Komm, setz dich neben mich aufs Sofa und erzähle mir von deiner Besprechung mit Lord Castlereagh."

Das mit verblasster grüner Seide bezogene Sofa stand nahe am Kamin, aber es brannte kein Feuer. „Seine Lordschaft war froh, dass wir solche Fortschritte gemacht haben, und er war dankbar, dass wir feststellen konnten, dass Heffingtons Liste in London sein dürfte."

„Bislang waren unsere Vermutungen ziemlich brillant."

Er runzelte die Stirn.

„Ich darf das Wort nicht einmal benutzen, wenn wir beide allein sind?"

„Die Leistungen eines Mannes sollten für sich sprechen."

„Ich nehme an, eine Frau sollte nicht mit dem Erfolg ihres Mannes angeben, aber wenn andere dich loben wollen, finde ich nichts dagegen einzuwenden." Sie zuckte mit den Schultern. „Erlaube mir, das Thema unserer Unterhaltung zu wechseln. Es fiel mir erst heute Morgen ein, aber ich dachte, vielleicht könnte es von Bedeutung sein."

„Was könnte von Bedeutung sein?"

„Wir wissen, dass Mr. Prufoy - der ein bemerkenswert edelmütiger Mensch gewesen zu sein scheint - die Sachen des Majors seiner Witwe ausgehändigt hat."

Er nickte mit hochgezogenen Brauen.

„Da wir erfahren haben, dass Mr. Prufoy so unglaublich bewundernswert war, dass er den Namen meiner Schwester nicht in den Schmutz ziehen wollte - und Gott weiß, dass sie es verdiente - ist es unwahrscheinlich, dass er anderen Männern erzählt hätte, dass er Cornelias heiße Briefe in seinem Besitz hatte."

„Dem stimme ich zu, aber sehe nicht, worauf du hinaus willst?"

„Worauf ich hinaus will, ist, dass zu dem Zeitpunkt, als Mr. Prufoy die Sachen des toten Majors der Witwe zurückbrachte, vielleicht gerade jemand anders zu einem Kondolenzbesuch dort war - jemand, der vom Ehebruch des Majors mit meiner Schwester wusste - und dass diese gemeine Person, die in Geldnot gewesen sein muss, feststellte, dass Mr. Prufoy sich im Besitz dieser Briefe befand, die viel Geld wert sein würden."

Jetzt war *sie* wirklich brillant! „Es gibt nur einen Weg, wie wir das herausfinden können."

Ihr Gesicht hellte sich auf. „Ich kann Mrs. Styles fragen!"

„Vielleicht sollte ich das tun."

„Weil du angeblich mit ihrem Ehemann gedient hast?"

„Ich würde nicht wirklich lügen."

Sie legte ihre Hand an seine Wange. „Ich weiß, dass du das nicht tun würdest."

Warum konnte seine Frau nicht so ehrlich sein wie er? Ihre kleinen Ausreden schadeten niemandem je, aber sie konnten äußerst verdrießlich sein. Er erinnerte sich daran, wie sie ihrem Vater erzählt hatte, dass Jack Hottentottisch spräche, aber vergessen hatte, Jack das zu sagen.

Warum hatte sie ihm nicht verraten, dass sie sich heimlich mit Sir Ronald getroffen hatte?

„Nun, Lady Daphne", sagte er mit strenger Stimme, „ich möchte wissen, wohin du mit der Mietkutsche gefahren bist." *Und was zum Teufel du mit Sir Ronald zu tun hattest.*

Sie antwortete einige Sekunden lang nicht. „Ich bin zum Verwalter meines Vaters gefahren. Er ist unglaublich gut darin, das bestmögliche Hauspersonal aufzutreiben."

Seine Hoffnung wurde zunichte gemacht. Würde sie ihr Treffen mit Sir Ronald nicht gestehen? „Dann werden wir bald Diener haben, die uns Feuer machen und die Tür öffnen?"

Sie zuckte die Achseln. „Ich weiß nicht, wie bald. Diese Dinge brauchen Zeit. Ich denke, du warst einverstanden, dass wir warten mussten, bis wir aus Spanien zurückkommen, um Personal einzustellen?"

„Natürlich. Wir konnten nicht wissen, dass wir so schnell zurückkehren würden." Er fragte sich, ob er sie einfach geradeheraus fragen sollte, was sie in der Kutsche mit Sir Ronald gemacht hatte. Nun, wenn Sir Ronald dem kleinen, behäbigen, kahlköpfigen Herzog ihrer Schwester geähnelt hätte, würden Jack sich nicht die Nackenhaare aufgestellt haben, aber Sir Ronald war als der bestaussehende Mann der guten Gesellschaft bekannt.

Und Jack gefiel es nicht, dass seine Frau in der intimen Atmosphäre einer Mietdroschke mit dem verdammten Baronet saß!

„Und wohin bist du noch gefahren?", fragte er.

„Ich wollte so schnell wie möglich zu meinem Mann zurück."

Ihm war übel. Sie log. Er stand auf.

„Was machst du?"

Er war so wütend, dass er sie hätte schütteln mögen. Sie waren kaum eine Woche verheiratet, und schon log sie ihn an. Was für eine Grundlage gab das, um eine gute Ehe darauf aufzubauen? Aber wenn er sie ausfragte und beschuldigte, wäre es seine Schuld, wenn er das Vertrauen zerstörte, das das Rückgrat einer guten Ehe darstellen sollte. „Ich gehe Styles' Witwe besuchen."

„Lass mich dir wenigstens die Adresse geben." In ihrer Stimme lag Ungeduld und noch etwas anderes - versteckter Ärger?

Er sollte besser zusehen, dass er das Haus verließ, bevor er explodierte.

* * *

Die Beschreibung, die ihm seine Frau von der Witwe gegeben hatte, war äußerst zutreffend. Womit er nicht gerechnet hatte, war sein eigenes Schamgefühl. Gott, er hasste es, zu lügen! Und obwohl er Mrs. Styles nicht direkt gesagt hatte, er hätte ihren Mann gekannt, hatte er zugelassen, dass sie annahm, dass sie miteinander bekannt gewesen wären.

Sie hatten zusammen in ihrem Wohnzimmer gesessen, die Läden vor ihren Fenstern waren geschlossen, als sie über ihren toten Ehemann sprachen. „Es ist jammerschade, dass jetzt auch sein Bursche tot ist", sagte Jack.

„Allerdings ist es das! Ich hatte ihn noch am Tag, bevor er starb, gesehen."

„War das, als er die Ihnen Sachen Ihres Mannes brachte?"

Sie nickte ernst und betupfte dabei ihre Augen

mit dem Taschentuch, das sie in der Hand hielt. „Prufoy war meinem Mann treu ergeben."

„Nach allem, was ich höre, war er ein sehr guter Offiziersbursche."

„Mein Mann sagte oft, Prufoy wäre der beste Bursche, der je im Dienst war."

„Es ist sehr schwierig, einen guten Burschen zu finden. Ihr Mann hatte Glück dabei."

„Das ist genau das, was Lord Lambeth an jenem Tag zu Prufoy sagte."

Jacks Herz schlug schneller. Daphnes Ahnung war richtig gewesen! Der Schuldige *hatte* die Witwe an dem Tag, als Prufoy die Sachen des Majors dessen Witwe zurückbrachte, besucht. Fanny Hale hatte ihnen gesagt, dass Prufoy die Liste einem Lord übergeben sollte. Lord Lambeth musste Prufoys Mörder und der Erpresser der Herzogin sein!

Er hob die Brauen. „An dem Tag, als Prufoy die Sachen ihres Mannes brachte?"

„Ja. Lord Lambeth war der engste Freund meines Mannes." Sie hob die Schultern. „Er war so freundlich, als er kam, mir sein Bedauern auszudrücken. Es ließ mich bereuen, dass ich den Viscount nicht immer sehr geschätzt habe. Ich habe ihm oft die Schuld dafür gegeben, dass er meinen Ehemann von mir fernhielt, dass er ihn in den Clubs festhielt, wo beide mehr Geld beim Spiel verloren, als sie sich leisten konnten."

Volltreffer! Er konnte kaum glauben, dass Daphne und er erst einen Tag in London zurück waren und schon festgestellt hatten, wer im Besitz der Liste war. Nicht wirklich *sie beide*. Daphne hatte bei den Überlegungen verdammt gute Arbeit geleistet.

Und, verdammt, war er wütend auf sie!

Er dankte der Witwe, dass sie ihn empfangen hatte und verabschiedete sich. Jede Minute, die er von Daphne fort war, steigerte seinen Zorn. Warum täuschte sie ihn absichtlich? In seiner derzeitigen Laune hätte er einen fürchterlichen Streit mit ihr anfangen können.

Nicht weit von Mrs. Styles Wohnung sah er das schwingende, rot-weiße Zeichen des Gasthauses zum Weißen Löwen. Er war wütend genug, um sich bis zur Bewusstlosigkeit zu betrinken, aber das würde er natürlich nicht tun. Ein Krug Ale würde ihm vielleicht helfen, sich zu beruhigen.

Als er den Weißen Löwen betrat, spürte er, dass er verfolgt wurde. Er ging zur Bar und als er gerade sprechen wollte, schlenderte ein ungepflegter Mann etwa seines Alters heran und stellte sich neben ihn. „Ich habe etwas für Sie, von einem alten Freund."

Jack wirbelte herum und sah, dass dem Mann ein Zahn fehlte - gerade noch, bevor die Faust des Mannes in Jacks Gesicht krachte. Das kam so unerwartet, dass Jack sich nicht verteidigen konnte, sondern nach hinten fiel.

Dann wurde Jack von zwei weitere Männer gleichen Alters, gleicher Gestalt und ebenso schäbig gekleidet, umringt, die begannen, mit ihren Fäusten auf ihn einzuschlagen. Drei gegen einen.

Und einer der Männer hatte ein Messer.

Kapitel 10

Der Lichtstrahl, der in seine Finsternis drang, wurde heller, bis ihm langsam klar wurde, dass er doch nicht tot war. Er begann, Stimmen wahrzunehmen. Daphnes Stimme. Was ihn glücklich machte. Dann aber tönte Sir Ronalds tiefe Stimme mit dem Missklang einer kreischenden Katze in einem Harfenkonzert dazwischen und machte ihm zweifach bewusst, wie verdammt schlecht es ihm ging. Er begriff, wie es sich anfühlte, Kanonenfutter zu sein.

Es war sich ziemlich sicher, dass seine Rippen gebrochen waren, denn sein schwacher Versuch, sich zu bewegen, ließ einen stechenden Schmerz durch seinen Oberkörper reißen und jeder Atemzug, den er machte, fühlte sich an wie ein Messerstich. Sein dröhnender Kopf machte den Eindruck, als hätte er den doppelten Umfang wie normal. Und seine Hände! Gott, aber er hatte um sein Leben gekämpft. Es war ihm ein kleiner Trost in seinem Elend, dass er ebenso gut ausgeteilt wie eingesteckt hatte.

Oder so schlecht. Wäre es ein ehrlicher Kampf gewesen, wusste Jack, dass er jetzt noch auf den Beinen wäre, statt wie eine hilflose Frau hier zu liegen.

Bevor Jack sich bemühen konnte, wieder am Rest seiner Welt teilzunehmen, wollte er sich erinnern. An was erinnern? Was war seine letzte Erinnerung? Zorn. Daphne hatte ihn angelogen.

Er war weggegangen. Dann war da eine andere Frau ... oh ja. Er hatte die Witwe von Major Styles besucht. Und dann? Das Gasthaus!

Seine letzte Erinnerung war, wie diese drei Männer sich um ihn herumdrängten, so bedrohlich wie eine sich zuziehende Schlinge. Bei dieser Erinnerung ballten sich seine Hände zu Fäusten. Wie bei Prufoy war das keine Wirtshausschlägerei gewesen. Es war ein vorsätzlicher Mordversuch gewesen.

„Oh, sehen Sie nur, Ronnie! Er hat sich bewegt."

Das war die aufgeregte Stimme seiner Frau. Und sie hatte diesen schürzenjagenden Schuft *Ronnie* genannt! Jack wünschte flüchtig, dass es Sir Ronalds schönes Gesicht wäre, das in einem verdammten Wirtshaus zu Brei geschlagen worden war.

Solange der Mann da war, wo immer das auch sein mochte, hatte Jack nicht den Wunsch, mit einem von beiden zu sprechen. Oder seine Augen zu öffnen. Dann geschah etwas, das seine Entschlossenheit so schnell zerstörte, wie Simsons Haar abgeschnitten wurde.

Er hörte Daphne weinen.

Alles, woran er denken konnte, war, sie zu trösten.

Seine Augen öffneten sich ganz. Kein Anblick war ihm je schöner erschienen als der, wie Daphne dort stand, ihre Augen rot vom Weinen. Seinetwegen. Als er sie anschaute, bemerkte er plötzlich, dass sie ihre Brille nicht trug. Wollte sie für Sir Ronald hübscher aussehen? „Wo ist deine Brille, Madam?", fragte Jack mit eisiger Stimme. Sie ‚Madam' zu nennen, verschaffte ihm ein berauschendes Gefühl von Besitz. Und es erinnerte den verdammten Baronet daran, dass sie eine verheiratete Frau war.

Sie zog die Brille aus einer Tasche ihres Rocks, setzte sie auf und lächelte ihn schwach an. Dann setzte sie sich auf den Rand des Bettes und streichelte sanft sein Gesicht, ihre Tränen sammelten sich immer noch in den Augen, bevor sie ihr die Wangen hinabliefen. „Wie geht es dir, mein Liebster?"

„Verdammt übel."

„Wir hatten den Arzt hier. Er scheint der Meinung zu sein, dass du keine tödlichen Verletzungen an Lunge oder Herz erlitten hast. Sag mir, was dir wehtut."

„Es wäre einfacher zu sagen, was nicht wehtut." Er weigerte sich noch immer, diesen Lüstling anzusehen, der mit der Schwester seiner Frau verheiratet war.

„Bist du dir im Klaren, dass es fast vierundzwanzig Stunden her ist, seit ich dich zuletzt gesehen habe?", fragte Daphne.

Großer Gott! Wie lange war er bewusstlos gewesen? Er schüttelte den Kopf ... und wünschte, er hätte das nicht getan. Selbst die leiseste Bewegung schmerzte.

„Das war die schlimmste Nacht meiner ganzen vierundzwanzig Jahre."

Es geschah ihr recht. Es war allein ihre Schuld. Er hätte nie in diesem Gasthaus Halt gemacht, wenn sie ihn nicht mit ihren Lügen so zornig gemacht hätte. Sie hätte es verdammt noch mal verdient, wenn er einfach getötet worden wäre!

„Als Cornelia und Virginia noch klein waren, wusste die eine von ihnen immer, wenn der anderen etwas zugestoßen war, selbst, wenn sie nicht dicht beieinander waren. Jetzt verstehe ich das. Ich wusste, als du gestern Abend nicht rechtzeitig nach Hause kamst, dass dir etwas Schreckliches passiert sein musste." Ihre Stimme brach und sie begann zu schluchzen.

Wie konnte er ihr länger böse sein? Er griff nach ihrer Hand ... obwohl ihm das erhebliche Schmerzen bereitete. „Schon gut, schon gut. Jetzt bin ich ja hier und das ist alles, worauf es ankommt."

„Würde es dir Schmerzen bereiten, wenn ich versuchte, dich zu umarmen?" Ihre Stimme hörte sich wie die eines kleinen Mädchens an.

„Versuchen wir es." Sie würden es Sir Ronald zeigen!

Sie rutschte näher zu ihm, ganz vorsichtig, und brachte ihn nicht einmal zum Zucken. Als er aber versuchte, einen Arm um sie zu legen, entdeckte er, dass er das nicht konnte.

„Tut es weh?", fragte sie.

Er nickte.

Sie drückte ihre Lippen auf seine Stirn.

„Wie bin ich hierhergekommen?"

„Sir Ronald hat dich gebracht."

In Jacks Schlafzimmer im obersten Stock ihres Stadthauses? Es dürfte nicht ganz einfach gewesen sein, einen Mann, der über zweihundert Pfund wog, zwei Treppen hoch zu schaffen. Jack reckte sich und gestattete es sich widerwillig, dem viel zu männlich aussehenden, großen Mann ins Auge zu schauen. Jack neigte den Kopf. „Ich bin Ihnen sehr verbunden." Das war das Äußerste, was er dem verdammten Wüstling sagen wollte.

„Als du nicht wiederkamst, wurde ich fast verrückt", sagte Daphne. „Ich konnte das Haus nicht verlassen, weil ich hier sein wollte, wenn du zurückkamst, falls du mich brauchen würdest."

Sie zuckte mit den Schultern, ihre Stimme bebte. „Schließlich kam ich genügend zu Verstand, dass ich einen Straßenjungen dazu bringen konnte, Sir Ronald eine Nachricht zu überbringen."

Der Baronet kam dichter an Jacks samtbehangenes Bett heran. „Ich bin gleich gekommen. Lady Daphne hat mir Mrs. Styles' Adresse gegeben, daher bin ich hingefahren, um sie zu befragen. Sie sagte mir, dass Sie vor Einbruch der Dunkelheit gegangen wären."

„Er kam zurück und sagte mir das", erzählte Daphne und strich über das Haar ihres Mannes. „Ich konnte Sir Ronald überzeugen, dass dir zwischen hier und Mrs. Styles' Haus etwas Übles zugestoßen sein musste. Er tat mir den Gefallen, jede Möglichkeit zu untersuchen."

„Es war fast Mitternacht, als ich Sie im Weißen Löwen fand."

„Waren die Männer, die mich angegriffen hatten, noch dort?"

Sir Ronald schüttelte bedauernd den Kopf. „Der Besitzer sagte, er hätte sie noch nie gesehen. Anscheinend schafften er und einige der Gäste es, sie von Ihnen wegzuziehen, bevor es ihnen gelang, Sie zu töten. Die drei sind dann geflohen." Sir Ronald machte eine Pause. „Die Männer im Weißen Löwen sagten, Sie hätten ihnen den heftigsten Kampf geliefert, den sie je gesehen hätten. Sie haben Ihre drei Angreifer halb zusammengeschlagen aus dem Lokal hinken lassen."

Obwohl Jack normalerweise ein bescheidener Mann war, der es nicht mochte, wenn man seine Fähigkeiten erwähnte, genoss er diesmal jedoch einen solchen Bericht vor den Ohren seiner Frau.

„Was mich nicht überrascht hat." Daphne

strahlte Jack an. Dann wurde ihre Stimme ernst. „Weißt du, Liebster, du könntest recht damit gehabt haben, dass der Duc d'Arblier in London ist."

Ihre Worte waren wie ein Schlag in sein Gesicht. Natürlich hatte er recht gehabt! Der Herzog wollte Jack aus dem Weg räumen. Hieß das, der Herzog wollte sichergehen, dass er die Liste vor Jack finden würde? Sollte das der Fall sein, war es noch nicht zu spät.

So elend er sich fühlte, seine Frau tat etwas, das ihn seine irrsinnigen Schmerzen vergessen ließ. Sie hob seine Hand und drückte knabbernd Küsse in seine Handfläche.

Ihre Augen trafen sich und senkten sich ineinander. Und ihm wurde klar, wie tief sie ihn liebte.

„Kannst du mir sagen, was du erfahren hast?", fragte sie lieb, dann huschte ihr Blick zu ihrem Schwager. „Da Sir Ronald der erste Unterstaatssekretär Lord Castlereaghs ist, weiß er von unserem Auftrag und ich musste ihn darüber informieren, was wir getan haben."

Jack sah den fragenden Blick seiner Frau und nickte. „Du hattest recht."

Ihre (noch immer geröteten) Augen weiteten sich. „Dass Mr. Prufoy im Haus der Witwe einen der Freunde des Majors getroffen hat?"

„Ja."

Sie wartete einen Moment. „Und, wer war es?"

Er wollte ihr das keinesfalls sagen, solange Sir Ronald im Zimmer war.

Das musste man dem Mann jedoch lassen. Sir Ronald war so gut, sich zu räuspern und zu sagen: „Liebe Güte, ich sollte mich auf den Weg machen. Sonst wird meine Frau so hysterisch, wie

Sie es letzte Nacht waren, Lady Daphne. Scheint bei den Sidworths in der Familie zu liegen."

Hysterisch? Seine Daphne? Seinetwegen? Normalerweise wäre die Nachricht, wie sehr seine Frau wegen ihm gelitten hatte, kein Balsam auf seine Wunden gewesen, aber diesmal schon.

Sie drehte sich um und sah den Baronet an. „Mir fehlen die Worte, um Ihnen für alles zu danken, was Sie für uns getan haben."

„Nicht der Rede wert."

Einen Mann, der mehr als zweihundert Pfund wog, zwei Treppen nach oben zu schleppen, war schon etwas! Der arrogante Mann angelte bei Daphne nach Komplimenten, und Jack betete, sie würde seiner Eitelkeit nicht noch in die Hände spielen.

„Oh doch, Sie haben meinen Mann ohne Hilfe in dieses Zimmer heraufgetragen. Sie waren wundervoll!"

Jack fehlten ebenfalls die Worte für diesen Mann. Hatte der großspurige Sir Ronald Johnson Jack ganz allein ins Haus schaffen müssen? Zweifellos nur ein Trick, um seine ungewöhnliche Stärke vorzuführen. Der Mann war bereits als begabter Faustkämpfer und als erfahrener Fechter bekannt. War er ein solcher Angeber?

Jack hätte wetten können, dass er geschwankt hatte, als er ihn bis in den dritten Stock trug!

Der Anstand erforderte jedoch, dass auch Jack seinen Dank ausdrückte. „Nett von Ihnen, mich nach Hause zu bringen."

„Das ist doch nichts, lieber Freund. Ich werde mit Lord Castlereagh sprechen, um zu erfahren, ob er Berichte hat, dass d'Arblier sich in London aufhalten könnte."

Nachdem Daphne Sir Ronald zur Tür gebracht

hatte, kam sie zurück, setzte sich auf sein Bett und zog seine Hand in ihre. „Kenne ich den Mann?"

Sie war entschieden zu neugierig. „Welchen Mann?"

„Du weißt sehr wohl, welchen Mann! Den, der in Mrs. Styles' Haus war, als Mr. Prufoy die Sachen ihres Mannes brachte."

„Ach, dieser Mann. Wie soll ich wissen, ob du ihn kennst?"

„Wie ist sein Name?"

„Anscheinend ist er irgendein Adliger, denn er ist ein Lord Soundso." Er liebte es, sie zu reizen.

Ihre Brauen hoben sich. „Lord WER?" Sie machte keinen Versuch, ihre Ungeduld zu verbergen.

Er erinnerte sich sehr wohl an den Namen des Mannes - trotz allem, was er seit dem Moment, in dem er sich den Namen in sein Gedächtnis eingeprägt hatte, durchmachen musste - aber er wollte sie noch ein bisschen mehr necken.

Das verdiente sie. Und noch mehr. Warum zum Teufel hatte sie ihn angelogen? Und warum zur Hölle traf sie sich mit diesem Schurken Sir Ronald in einer Mietdroschke?

„Lass mich überlegen", sagte er. „Der Name des Mannes erinnerte mich an einen Ort."

„Russel? Wie in Russel Square?"

Er spitzte die Lippen. „Nein. Nicht Russel."

„Ich nehme an, du bist dem Mann nie begegnet?"

„Nein. Nie von dem Kerl gehört."

„Was ist mit Kent?"

„Nein, keine Grafschaft. Da bin ich mir sicher."

Sie lehnte sich zurück und betrachtete ihn aus leicht zusammengekniffenen Augen. „Hauptmann

Jack Dryden, ich glaube, du führst mich an der Nase herum! Ich weiß, wie scharf dein Verstand ist, trotz der vielen Wunden. Du würdest nie etwas so Wichtiges vergessen wie den Namen eines ... eines Mörders."

Seine Frau kannte ihn viel zu gut. Er war nicht imstande, ein leichtes Lächeln zu unterdrücken, das an seinen Mundwinkeln zupfte. „Lambeth."

Sie schnappte nach Luft. „Lord Lambeth?"

Er wollte nicken, dann fiel ihm aber ein, dass das viel zu weh tun würde. „In der Tat. Kennst du ihn?"

„Ich habe ihn noch nie getroffen. Ich glaube, er liegt altersmäßig zwischen mir und meinen Eltern."

„Ich nehme nicht an, dass er eine Stellung in der Regierung hat?"

„Nicht, dass ich wüsste."

Jack schürzte seine Lippen, aber diese Bewegung führte dazu, dass ein Riss sich wieder öffnete und teuflisch schmerzte. „Ich würde wetten, dass der Mann ein Mörder ist."

„Ja, es scheint so auszusehen." Sie runzelte die Stirn. „Aber warum sagtest du, dass sein Name ein Ort wäre? Ich kenne keine Stadt oder keinen Platz ... oh, ja! Du dachtest an Lambeth Palace."

„Eine der wichtigsten Residenzen in London."

„Ich schätze, der Erzbischof von Canterbury würde dir völlig zustimmen."

Einen Moment lang war sie in Gedanken versunken, dann teilte sie ihm ihre Meinung über Lord Lambeth mit. „Wie ich es sehe, muss Lord Lambeth, als er Mr. Prufoy bei der Witwe traf - wohin er gekommen war, um ihr sein Beileid auszusprechen - erkannt haben, dass der Bursche die Sachen des Majors hatte, und da

Lord Lambeth dem Major nahestand - die beiden dürften im gleichen Alter gewesen sein - wusste er von der Affäre mit meiner Schwester und vermutlich auch von den Briefen."

„Mrs. Styles erzählte mir, dass ihr Mann und Lord Lambeth die besten Freunde waren. Wenn der Lord Geld brauchte - die Witwe deutete an, dass er ihren Mann zum Spielen verleitet hätte - musste er wissen, dass die Briefe einer Herzogin äußerst wertvoll sein könnten."

„Was sie ja auch waren. Ich verstehe jedoch nicht, warum er auch den armen Offiziersburschen umbringen musste. Warum konnte er nicht einfach in die Wohnung des Mannes gehen, solange der nicht da war?"

„Ich habe nie verstanden, wie der Verstand eines Mörders funktioniert."

„Ich frage mich, ob er die Bedeutung von Hauptmann Heffingtons Liste kennt?"

„Ein Jammer, dass wir keinen einzigen der Namen kennen, die darauf stehen."

Er kniff die Augen zusammen. Diese kleine Bewegung tat schon teuflisch weh. „Du hast dem verdammten Sir Ronald nicht von den Briefen der Herzogin erzählt, oder?"

„Wie könnte ich das? Du hast mir extra aufgetragen, keiner Menschenseele etwas zu erzählen. Und warum sagst du *verdammt*, wenn du von dem netten Mann redest?"

„Netter Mann, dass ich nicht lache", murmelte er. Jack würde nicht zugeben, dass der Baronet groß und gutaussehend war. Vor allem nicht seiner Frau gegenüber. „Er ist ein schürzenjagender Wüstling."

Sie stemmte ihre Hände in die Taille, richtete sich auf und schaute ihn schräg an. „Nur diese eine Indiskretion, soweit ich weiß. Er und Virginia sind recht glücklich verheiratet, und wie Cornelia - nicht ohne Eifersucht - sagt, *ekelhaft ineinander vernarrt.*"

„Genug Gerede über den Kerl. Was kommt als Nächster, meine ränkeschmiedende Dame?"

„Wir pflegen dich gesund."

„Nach drei Tagen werde ich so gut wie neu sein." Er glaubte seinen eigenen Worten nicht. „Was denkst du wirklich über die drei Männer, die versucht haben, mich zu töten?"

„Ich glaube, der Duc d'Arblier ist wieder in London. Du musst zugeben, gerade die Art des Angriffs auf dich klingt wie die hinterhältige, gemeine Vorgehensweise, die nur er sich ausdenken könnte. Er hat offensichtlich die schlimmste Art von Halsabschneidern angeheuert, um dich umzubringen - um dich aus dem Weg zu schaffen, da er weiß, dass du seine üblen Pläne vereiteln könntest."

„Es scheint plausibel, dass d'Arblier zurück ist, aber meine Angreifer sprachen nicht Französisch."

„Der Herzog hat die Mittel, solche gedungenen Mörder zu bezahlen. Vielleicht weiß ja Lord Castlereagh, ob der Duc es geschafft hat, sich wieder ins Land zu schleichen."

Eine Glocke ertönte.

Ihr Blick traf den seinen. „Oh, liebe Güte, das ist an der Vordertür."

„In Abwesenheit von Personal, darf ich vorschlagen, dass du die Tür öffnest? Mir ist bewusst, dass die Tochter eines Earls an eine solche Tätigkeit nicht gewöhnt ist."

„Ich vergesse ständig, dass wir keine Diener haben!" Sie eilte aus dem Zimmer und rannte die Treppen hinunter.

Einen Moment später kam sie mit Fanny Hale zurück.

„Oh, mein Liebster", rief Daphne aus, „ihr ist der Name des Adligen wieder eingefallen, an den Mr. Prufoy sich wenden wollte!"

Kapitel 11

„Meine liebe Mrs. Hale!", hatte Daphne ausgerufen, als sie der Frau die Tür geöffnet hatte. „Kommen Sie doch herein. Wo sind Ihre Kinder? Ich versichere Ihnen, dass sie hier durchaus willkommen gewesen wären."

„Vielen Dank, Mylady. Mein ältester Junge ist schon in der Lage, auf die jüngeren Kinder aufzupassen", sagte die Frau, als sie das Haus betrat, „aber ich danke Ihnen dafür, dass Sie so freundlich sind, die Einladung auch auf sie auszudehnen."

„Verzeihen Sie das Chaos hier. Mein Mann und ich sind gerade aus Spanien zurückgekommen und hatten noch keine Gelegenheit, das notwendige Personal einzustellen." Sie ließ ihren Blick über die noch junge Mutter gleiten. Fanny Hale hatte sich offensichtlich jede Mühe gegeben, für den Besuch im Hause einer Adeligen ihren besten Sonntagsstaat anzulegen. Sie trug ein praktisches Kleid aus dunkelgrauem Bombasin mit schneeweißen Handschuhen und einem weißen Kragen. Sie sah nicht nur makellos aus, sie duftete auch wie eine Rose. Daphne schämte sich, dass sie je den Verdacht gehegt hatte, Fanny Hale könnte eine Prostituierte sein.

An der engen Treppe legte Daphne ihre Hand auf das Geländer und wandte sich dann zu Mrs. Hale um. „Ihr Besuch wird meinen Mann aufmuntern. Ich muss Ihnen leider mitteilen, dass er einen ziemlich unglücklichen Unfall erlitten hat. Nun, eigentlich war es kein Unfall. Ich glaube, jemand - möglicherweise dieselbe Person, die Ihren Mr. Prufoy ermorden ließ - wollte meinen Mann umbringen lassen."

Mrs. Hales Hand flog zu ihrem Mund und sie stieß einen leisen Schrei aus. „Wie schrecklich!"

„Nicht annähernd so schrecklich wie das, was Sie zu ertragen haben", sagte Daphne und legte zart ihre Hand auf den Unterarm der Frau. „Ich bin so gesegnet, meinen Jack noch zu haben."

Die Augen der anderen Frau wurden feucht.

„Ist Ihnen der Name des Lords wieder eingefallen?", fragte Daphne.

„Ja."

„Kommen Sie, erzählen wir das meinem Mann. Ich weiß, dass Ihr Besuch seine Genesung beschleunigen wird." Obwohl Daphne unglaublich neugierig darauf war, den Namen des geheimnisvollen Lords zu erfahren, wollte sie warten, bis sie Jacks Schlafzimmer erreicht hätten.

Als Mrs. Hale den Raum betrat, versuchte Jack, sich aufzusetzen, aber die Bewegung ließ ihn zusammenzucken und wieder in die Kissen des Betts zurückfallen.

Daphne kam und setzte sich neben ihn. „Mrs. Hale ist der Name des Lords wieder eingefallen." Sie wandte sich von Jack ab und sah zu der Liebsten des toten Burschen hinüber. „Bitte, wer ist der Lord, zu dem Mr. Prufoy gehen wollte?"

„Ich wusste, ich würde den Namen dieses Adligen erkennen, wenn ich ihn hörte, aber es war kein bekannter Name, wenn Sie wissen, was ich meine?"

Daphne nickte. Wenn die arme Frau ihnen

doch endlich den Namen sagen würde!

„Ich hörte meine Cousine - die bei einem feinen Gentleman im Dienst steht - sagen, dass ihr Gentleman in seiner Bibliothek ein Buch hätte, in dem alle Lords und Ladys verzeichnet wären, also ging ich zum Haus ihres Gentlemans, um mir das Buch anzuschauen." Sie schenkte Daphne ein fröhliches Lächeln. „Meine Mama hatte eine gute Erziehung genossen und hat uns allen Lesen und Schreiben beigebracht."

Viele, die im Hause ihres Vaters im Dienst standen, konnten weder lesen noch schreiben, das wusste Daphne.

„Der Gentleman war so nett, dass er mir erlaubte, seine Bibliothek zu benutzen, als ich ihm sagte, dass ich Lady Daphne behilflich wäre. Ich habe die Seiten durchgelesen, bis ich den Namen erkannte." Sie machte eine Pause, um den dramatischen Effekt zu betonen. „Es war Lord Braithwite."

Daphne schnappte nach Luft, ihr Blick schoss zu Jack.

Er runzelte die Stirn. „Bei der Admiralität?"

Mrs. Hale nickte. „Der Gentleman, dessen Name Mr. Ashworth ist, sagte, das Buch wäre die neueste Ausgabe, weil seine Frau sich gerne über den Adel auf dem Laufenden hielte. Laut diesem Buch ist Lord Braithwite irgendeine Art von Lord der Admiralität."

„Mrs. Hale, Sie waren uns eine enorme Hilfe", sagte Jack. „Bitte, Liebes, du musst die Dame dafür entschädigen, dass sie für uns so viel Zeit aufgewendet hat.

„Das ist eine sehr gute Idee." Daphne schaute Fanny Hale ins Gesicht. „Es gibt noch eine Frage, die ich gerne stellen würde."

„Ja, Mylady?"

„Sind sie nach Mr. Prufoys Tod in seine
Wohnung gegangen? Sie hatten jedes Recht dazu,
da Sie der Mensch waren, der ihm auf Erden am
nächsten stand." Daphne fing einen Blick ihres
Mannes auf. „Ich kann kaum glauben, dass wir
nicht früher daran gedacht haben. Gerade, weil
wir wussten, dass der Schurke, der für seinen Tod
verantwortlich ist, dorthin gehen würde, um die
Papiere zu stehlen, hätte uns nicht davon
abhalten dürfen, selbst nachzuschauen."

„Meine Frau hat wieder einmal recht."

Fanny Hale duckte sich förmlich zusammen,
ihre blassblauen Augen waren so furchtsam wie
die eines verschreckten Kindes.

Daphne ergriff eilig ihre Hand. „Meine liebe
Fanny, wenn Sie etwas genommen haben -
irgendetwas aus Mr. Prufoys Wohnung, es muss
Ihnen nicht peinlich sein, das zuzugeben. Das
wäre genau das, was Ihr guter Mann gewollt
hätte. Es ist nur so, dass wir nach einigen
Papieren suchen, die für die britische Regierung
sehr wichtig sind - Papiere, von denen wir denken,
dass sie in Mr. Prufoys Besitz waren - und wir
müssen zusehen, dass sie nicht in die Hände der
Franzosen fallen."

Die Augen der anderen Frau weiteten sich. „Ich
habe keine Papiere mitgenommen."

„Haben Sie einen Schlüssel zu seiner
Wohnung?"

Fanny nickte und klopfte auf ihr abgenutztes
Reticule. „Ja. Sie war bis nächsten Monat
bezahlt."

Daphne wandte sich Jack zu. „Wir werden
suchen müssen, obwohl wir wissen, dass der
Mörder diese Briefe hat."

Er seufzte müde. „Wir?"

„Vielleicht könnte Mrs. Hale mit mir kommen."

Er schaute finster. „Du brauchst einen Mann zu deinem Schutz."

„Dann frage ich Sir Ronald."

„Das wirst du nicht tun!"

Daphne schaute verblüfft. „Ich wünschte, du wärest nicht so furchtbar schlecht auf Sir Ronald zu sprechen. Er ist doch so nett."

„Und ich wünschte, du würdest nicht so viel Zeit in Gesellschaft dieses Mannes verbringen. Kannst du keinen von deines Vaters Dienern oder Postleuten oder so jemanden bekommen, um dich zu begleiten?"

„Schon gut, obwohl ich dich nicht allein lassen möchte."

„Niemand würde es wagen, im hellen Licht des Tages hierher zu kommen."

„Damit hast du wohl recht."

* * *

Daphne hatte teuflische Schwierigkeiten, mit den beiden stämmigen Dienern wieder aus dem Haus ihrer Eltern herauszukommen. Lord und Lady Sidworth hatten nicht gewusst, dass sie bereits aus Spanien zurückgekommen war und hatten tausend Fragen über ihre Reise und warum sie für so kurze Zeit zwei Diener bräuchte. Sie gab vage Antworten, dass sie in ihrem neuen Haus Möbel umstellen wollte. Bevor sie fort eilte, flehte sie ihre Mutter an, ihr bei der Einstellung von Dienstboten zu helfen. Das sollte ihre Mutter beschäftigt halten. Lady Sidworth war am glücklichsten, wenn sie dachte, dass sie anderen hülfe.

Wieder in der Kutsche und auf dem Weg in die Cotton Lane, wandte sich Daphne an ihre

Begleiterin. Ihr war plötzlich eingefallen, dass sie vergessen hatte, Fanny Hale von den letzten Worten ihres sterbenden Liebsten zu erzählen. „Haben wir Ihnen erzählt, wie wir von Ihrer Existenz erfahren haben?"

„Nein, Mylady. Ich wollte schon danach fragen."

„Im *Cock & Stalk* erfuhren wir den Namen des Arztes, der Mr. Prufoy behandelte, als er starb."

Die andere Frau schluchzte auf. „War es mein Name, den er auf den Lippen hatte, als er … starb?" Sie bekam die Worte kaum heraus, ihre Tränen strömten und ihr Schluchzen wurde lauter.

Obwohl Daphne Prufoy nie getroffen hatte, begann sie jetzt auch zu weinen, als sie nickte, dann umarmte sie die weinende Frau neben sich.

Sie wären zu Fuß schneller in der Cotton Lane angekommen. Die Straßen wimmelten von allen Arten von Gefährten. Ein Eselskarren, mit Rüben hoch beladen, trabte langsam vor ihnen her. Direkt neben ihnen aus der Gegenrichtung kam eine elegante Kutsche, die von vier zusammenpassenden Kastanienbraunen gezogen wurde. Die goldenen Buchstaben auf der jettschwarzen Tür verkündeten, dass diese Kutsche Eigentum von Richard Rowland, Windsor, wäre. Danach kam eine Mietdroschke, gefolgt von einem Kohlekarren, und danach wieder eine Mietdroschke.

Nicht weit vom *Cock & Stalk* entfernt hielt ihre Kutsche an und die Frauen stiegen aus. Daphne war es weit lieber, am Tage in die Cotton Lane zu gehen. Sie wirkte nicht länger so bedrohlich, wie das zwei Nächte zuvor der Fall gewesen war. Ihr Wissen, das ein Mann ermordet und auch Jack beinahe umgebracht worden war - und beide

Männer ausgebildete Soldaten - ließ sie zur Kutsche zurückgehen, um die beiden Diener zu bitten, sie zu begleiten.

„Als Sie nach Mr. Prufoys Tod hierher kamen", sagte Daphne zu Mrs. Hale, als sie in die Cotton Lane einbogen, „sah seine Wohnung so aus, als ob jemand dort gewesen wäre? Jemand, der nach etwas gesucht hatte?"

„Das war allerdings der Fall, aber ich dachte, es wären die Männer von der Armee gewesen, da mein Mr. Prufoy mir ja erzählt hatte, dass er Papiere besaß, die vielleicht wichtig wären."

„Wissen Sie, wo er sie aufbewahrte?"

Sie nickte. „In seiner Bibel. Und da war nichts, als ich herkam."

Daphne ertappte sich bei der Überlegung, warum Prufoy in einem Wirtshaus getötet worden war, wo doch die dunkle, wenig benutzte Cotton Lane so viel abgelegener war. Die einzige Erklärung dafür, die einen Sinn ergab, war, dass der Mörder den Tod wie eine typische Wirtshausschlägerei aussehen lassen wollte.

Nicht wie vorsätzlichen Mord.

Er musste die Untersuchung, die es bei einem Mord gegeben hätte, zu vermeiden versucht haben.

Mrs. Hale blieb vor der verwitterten Tür stehen und holte tief Atem, nahm den Schlüssel heraus und öffnete die Tür. Daphnes Herz fühlte mit der armen Frau, die sich an die glücklichen Zeiten erinnern musste, die sie hier mit Mr. Prufoy gehabt hatte.

Bevor Daphne das schmale, kleine Haus betrat, schaute sie die Diener an. „Ich möchte nur, dass ihr Männer hier Wache haltet." Sie schenkte ihnen ein Lächeln. „Ich denke, ihr werdet wie die

Soldaten sein, die das Haus der Prinzessin von Wales bewachen - obwohl ich zu behaupten wage, dass das ziemlich viel Fantasie erfordern wird!"

Der ihr zunächst Stehende grinste schief.

Der kleine, muffige Raum, in den sie eintrat, war so dunkel, dass sie kaum etwas sehen konnte. Daphne schritt zum Fenster, zog die schweren, dunklen Vorhänge zurück und öffnete die Fensterflügel. „Vielleicht wird frische Luft den schalen Geruch vertreiben."

Die beiden Frauen schauten sich in dem Zimmer um, stillschweigend wie in der Kirche. Selbst die Zimmer der Dienstboten in Daphnes bescheidenem, neuen Haus waren größer als dieses. Eine enge Treppe schmiegte sich an die Seitenwand, die mit einer Blumentapete bedeckt war, die in Jahrzehnten von Kohlefeuern fast schwarz geworden war. Ihr Blick fiel auf den schmalen Kamin, der nun seit einigen Wochen kalt war. Eine Handvoll Küchengeräte hingen von Wandhaken nahe der Feuerstelle und ein geschrubbter Eichentisch stand ebenfalls in der Nähe. Daphne vermutete, dass er sowohl als Schreib- als auch als Esstisch diente. Auf der einen Hälfte des Tischs lag ein kleiner Stapel Bücher - einschließlich einer Bibel mit zahllosen Eselsohren; auf der anderen Hälfte standen zwei Gläser, zwei Tassen und zwei Teller.

Daphne sah sich im Rest des Zimmers um. Ein hölzerner Stuhl war unter den Tisch geschoben, ein Polstersessel war das einzige andere Möbelstück im Raum.

Sie ging zu den Büchern und begann, die Seiten durchzublättern. „Ich nehme an, Sie haben das Zimmer aufgeräumt, als sie kamen?"

Mrs. Hale nickte. „Mein lieber Mr. Prufoy war

überaus ordentlich. Ich wollte seine Sachen nicht so unordentlich herumliegen lassen, wie diese furchtbaren Männer sie hinterlassen hatten."

Außer der Bibel gab es eine viel gelesene Ausgabe von *Robinson Crusoe*, einen Band mit Gedichten von Thomas Grey und eine religiöse Abhandlung von Hannah More. Wie traurig. Diese kleine Auswahl stellte die gesamte Privatbibliothek eines Mannes dar. Daphne hielt jedes Buch hoch und schüttelte es, aber nicht ein einziges Stück Papier fiel heraus.

Da der Besitz des Mannes so mager gewesen war, gab es nicht viele Versteckmöglichkeiten, was verständlich war, wenn man bedachte, dass der Mann den größten Teil seines Lebens den Trommeln gefolgt war. „Wie alt war Mr. Prufoy?"

„Im nächsten Jahr wäre er vierzig geworden."

Er musste mehr als sein halbes Leben im Militärdienst verbracht haben. Daphne nickte nachdenklich. „Sollen wir nach oben gehen?"

Mrs. Hale machte den Eindruck, als wäre sie an dem staubigen Holzboden angewachsen. „Wenn es Ihnen gleich ist, würde ich lieber nicht mitkommen. Das war ein besonderer Ort, wohin ich nur mit dem Mann ging, den ich so innig liebte."

Es war so herzzerreißend! Daphne ging die Treppe hinauf. Jedes Mal, wenn ihr Schuh auf eine Stufe traf, knarrten die losen Bretter. In glücklicheren Zeiten würden die beiden Liebenden diese Treppe Hand in Hand hinaufgegangen sein. Daphne hätte wegen des großen Verlustes der armen Frau weinen mögen. Sie hätte jede Guinea, die sie besaß, hergegeben, wenn sie nur Fanny Hale ihren Mr. Prufoy hätte zurückgeben können.

Die Treppe endete in einem weiteren kleinen

Zimmer von der genau gleichen Größe wie das unter ihm. Ein wackeliges Geländer trennte das Schlafzimmer vom Treppenhaus. Das erste, was sie tat, war, zum Fenster zu gehen und die schweren, wollenen Vorhänge zu öffnen, um Licht in den Raum zu lassen. Ihr Blick wanderte durch das Zimmer. Eli Prufoys Uniform hing an einem Pflock an der Wand, so, wie er sie hier gelassen haben musste, ganz so, als wartete sie auf seine Rückkehr. Daphnes Augen füllten sich mit Tränen.

Ihr Blick wanderte zu dem Bett, das den größten Teil des Zimmers einnahm. Genau, wie Fanny Hale es gesagt hatte, waren die Decken perfekt glattgezogen, keine einzige Falte oder Ausbuchtung. Hier waren die beiden Liebenden so glücklich in den Armen des anderen gewesen.

Daphnes Herz stockte beim Gedanken, bei Jack zu liegen - und so viele anrührende Gefühle kamen hoch: große Liebe, Dankbarkeit, dass sein Leben verschont worden war, und jetzt, Sorge. Sie musste sich beeilen, zu ihm zurückzukommen.

Eine schnelle Suche in den Taschen der Uniform brachte kein Ergebnis. Dann zog sie die Bettdecke herab und suchte nach irgendetwas Ungewöhnlichem. Sie schaute unter die Strohmatratze, aber dort war auch nichts. Nachdem sie sich davon überzeugt hatte, dass in diesem Zimmer keine Papiere waren, wollte sie die Laken wieder auf das Bett ziehen, als ihr plötzlich auffiel, dass sie keine Ahnung hatte, wie man ein Bett machte. Das war nichts, was die Tochter eines Earls je lernen musste.

Da sie wusste, dass Fanny Hale wahrscheinlich nicht wieder herkommen und das Bett ihres lieben, ordentlichen Mr. Prufoys in so zerwühltem

Zustand würde sehen müssen, drehte Daphne ihm den Rücken zu und ging die Treppe wieder hinunter.

„Meine liebe Mrs. Hale, ich glaube nicht, dass in diesen Räumen wichtige Papiere sind. Sagen Sie mir, als Sie hierherkamen, nachdem Sie von seinem Tod erfahren hatten, konnten Sie erkennen, ob irgendetwas fehlte?"

„Nur die Papiere, die er in der Bibel aufbewahrte. Sonst schien nichts zu fehlen."

„Die Frage, die ich Ihnen als nächstes stelle, bedeutet nicht, dass ich Ihnen irgendein Fehlverhalten vorwerfe, aber ich muss genau wissen, was Sie an dem Tag, als Sie hierherkamen, mitgenommen haben."

Die Augen der beiden Frauen trafen sich.

„Ich wusste, wo er Geld aufbewahrte. In seinem Stiefel. Es waren vierzehn Guineen."

„Ich bin ebenso sicher, wie Sie es waren, dass er gewollt haben würde, dass Sie das Geld bekommen." Daphnes Augen trafen wieder Fannys. „Noch etwas?"

Die Frau nickte ernst. „Ich habe dies von seiner Uniform gelöst." Sie befingerte ein Regimentsabzeichen, das an ihrem Kleid steckte. Wenn Daphne mehr auf Kleidung geachtet hätte, wäre ihr das bereits zuvor aufgefallen. Aber natürlich, sie hatte absolut keine Ahnung von modischen Dingen, hoffnungslos.

„Ich trage es ständig."

Genau wie Daphne nie den Goldring abziehen würde, den Jack ihr an ihrem Hochzeitstag an den Finger gesteckt hatte. „Ich glaube, wir haben genug gesehen." Ihre Stimme brach. Ihre düsteren Gedanken gingen ständig zum vorigen Abend zurück, zu dem erschreckenden Anblick, wie Sir

Ronald Jacks leblosen Körper in ihr Haus getragen hatte. Sie musste nach Hause eilen und sich vergewissern, dass Jacks Zustand sich nicht zum Schlechteren gewandelt hatte.

Sie verließen die Wohnung und Mrs. Hale verschloss die Tür hinter ihnen.

Da fiel Daphne ein, dass jemand, der an diesem ruhigen, kleinen Hof lebte, den Mörder gesehen haben könnte, als er Eli Prufoys Quartier betrat oder verließ. „Bitte warten Sie einen Moment, während ich an die Türen der Nachbarn klopfe."

Die nächste Nachbarin auf der Südseite war eine ältere Frau, die anscheinend allein lebte. „Ich möchte nach der Wohnung neben Ihnen fragen", sagte Daphne und zeigte auf Eli Prufoys Haus. „Haben Sie gesehen, wie jemand anders als der Mieter dort hineinging?"

Die weißhaarige Frau, so faltig wie eine in der Sonne getrocknete Pflaume, nickte. „Er ist gestorben. Im *Cock & Stalk* getötet worden."

Also war sie schwerhörig. „Ja, das weiß ich. Haben Sie einen anderen Mann - oder möglicherweise mehr als einen - beim Betreten der Wohnung gesehen?" Diesmal schrie Daphne fast.

Die Frau schüttelte den Kopf. „Ich verlasse meine Wohnung nie. Meine Tochter bringt mir zwei Mal in der Woche Essen."

So taub, wie sie war, hätte der Mörder Prufoy im Haus nebenan totprügeln können und diese Frau hätte nichts davon gehört. Daphne lächelte und verabschiedete sich.

Das Haus nördlich von Prufoys war das, wo die beiden Jungen wohnten, die Daphne und Jack zuerst von Prufoys Tod berichtete hatten. Der ältere der beiden sah aus, als wäre er acht oder neun, während der jüngere nicht mehr als fünf zu sein schien. Die Jungen waren da und erinnerten sich an Daphne. „Sie waren mit dem Herrn von der Armee hier, der uns Geld gegeben hat!"

„Das stimmt. Ihr seid sehr aufmerksam. Ich habe heute noch eine Frage an euch. Habt ihr jemanden in die Wohnung nebenan - Mr. Prufoys Wohnung - gehen sehen, jemanden, der nicht in Begleitung Mr. Prufoys war?"

Der Blick des älteren Jungen wanderte zu Fanny Hale. „Sie da hab' ich gesehen, aber meistens war sie mit Mr. Prufoy zusammen."

„Du bist wirklich sehr aufmerksam. Genau die Art von Buben, die ich suche", sagte Daphne. „Habt ihr vielleicht einen Mann oder mehrere Männer gesehen, die in die Wohnung des toten Mannes gingen?"

Er schüttelte den Kopf. „Er war ziemlich ruhig, aber sehr nett."

Ein Lächeln huschte über Fannys Gesicht, als sie zustimmend nickte.

Der jüngere Bruder zupfte am Ärmel seines Bruders. „Was ist mit der Nacht, als du Lärm von nebenan gehört hast?"

„Dummkopf. Sie hat mich nicht gefragt, was ich gehört habe. Sie hat gefragt, was ich gesehen hätte. Ich habe in dieser Nacht nichts gesehen."

„Aber ich schon", sagte der kleinere Junge.

Kapitel 12

Daphne neigte sich auf die Höhe des jüngeren Kindes hinab. „Du hast einen anderen Mann nebenan gesehen?"

Er nickte. „Ich und Bobby sin' von Lärm geweckt worden, und ich hab' aus dem Fenster geschaut und gesehen, wie ein Mann etwas wie ein Metallstück benutzt hat, um die Tür von Mr. Prufoys Wohnung aufzumachen. Aber ich hatte Angst, dass sie danach zu uns kommen würden, deshalb hab' ich mich unter der Decke versteckt!"

Da Daphne wusste, wie dunkel der Hof in der Nacht war, wurde ihr klar, dass es Vollmond gewesen sein musste. War es in der Nacht von Prufoys Tod gewesen? „Kannst du mir sagen, wie der Mann aussah?"

Er schüttelte den Kopf. „Es war spät, spät nachts, und dunkel."

„Konntest du sehen, ob er wie ein reicher Mann gekleidet war oder nicht?"

Er schüttelte den Kopf, dann hellte sich sein Gesicht auf. „Ich erinnere mich daran, wie das Mondlicht auf seinen Kopf schien. Er trug keinen Hut nich', und seine Haare waren wie meine." Die Brüder waren beide blond.

Daphne befragte den älteren. „Und du hast nichts gesehen?"

„Ich war zu verschlafen, um aufzustehen."

„Nun, ich danke euch beiden, weil ihr so hilfreich wie möglich gewesen seid." Sie nahm

Pennys aus ihrem Reticule und gab jedem der beiden Jungen ein paar davon, bevor sie und Mrs. Hale zu der Kutsche zurückkehrten.

„Ich kann von hier aus schneller nach Hause gehen, als Sie in der Kutsche fahren können, Mylady", sagte Fanny Hale.

„Sie haben uns so geholfen und haben so viel von Ihrer Zeit für uns geopfert, ich möchte ihnen eine kleine Entschädigung geben." Daphne nahm das völlig ausgefranste Reticule der Frau und schüttelte alle Münzen aus ihrem in das der anderen Frau.

„Das ist sehr freundlich von Ihnen, Mylady."

* * *

Als sie die Vordertür von Dryden House öffnete, kam ihr ein starker Geruch nach Zwiebeln entgegen. Der Geruch durchdrang das gesamte Haus. Sie wusste sehr wohl, dass Jack nicht im Zustand war, das Bett verlassen zu können ... Jack! Sie würde keinen Moment Ruhe haben, bevor sie sich nicht vergewissert hatte, dass mit ihm alles in Ordnung war. Sie flog die Treppen zwei Stufen auf einmal nehmend hinauf und rannte durch den Flur des dritten Stocks bis zum letzten Zimmer.

Er lag in dem großen Himmelbett so still wie ... wie eine Leiche, und seine Augen waren geschlossen. Ihr Herz schlug wild und nicht unbedingt, weil sie außer Atem war. Sie näherte sich dem Bett, voller Angst wegen der unheimlichen Stille. Schnarchte Jack nicht gewöhnlich im Schlaf? Sie legte eine zitternde Hand auf seine Schulter. Gott sei Dank, sie war warm!

Ihre leichte Berührung reichte aus, um ihn aufzuwecken; seine fast schwarzen Augen klappten auf. „Wie fühlst du dich?", fragte sie und streichelte zärtlich sein schwarzes Haar.

„Grässlich, aber übermorgen bin ich wieder aus diesem Bett heraus."

Selbst eine geplatzte Lippe und ein blaues Auge konnten seiner Schönheit nichts anhaben. Wie sie es liebte, dieses geliebte Gesicht mit seinen dunklen, patrizischen Zügen zu betrachten. „Wir werden sehen. Liebster? Kannst du mir sagen, warum unser Haus nach Zwiebeln riecht?"

„Weil wir jetzt eine Köchin haben."

Ein Lächeln verschönte ihr Gesicht. „Wie wundervoll. Wie haben wir sie gefunden?"

„Deine Mutter brachte sie her. Anscheinend war das Mädchen zwei oder drei Jahre in Sidworth House als Spülmagd."

„Annie!"

„Ja, das ist ihr Name, wenn ich mich recht erinnere - nicht, dass ich sie gesehen hätte. Deine Mutter sagte, sie hätte der Köchin zugschaut. Anscheinend hatte das Mädchen Interesse daran, eine Stelle als Köchin in einem kleinen Haushalt anzunehmen."

„Wie perfekt! Ich hoffe, Mama hat nicht nach deinen Lieblingsspeisen gefragt?"

Er verdrehte die Augen. „Zuerst hatte ich ein verdammtes Problem damit, ihr zu erklären, warum ich im Bett liege und so aussehe."

„Liebe Güte. Ich habe es unterlassen, ihr von deinem neuesten Unwohlsein zu erzählen."

„Was meinst du mit meinem *neuesten* Unwohlsein?" Seine Brauen zogen sich zusammen.

„Erinnere dich, meine Eltern glaubten, dass du eine dieser ansteckenden Krankheiten hättest, als du in Brighton warst. Ich kann mich nicht erinnern, ob es Masern oder Mumps war."

„Diesmal ist es offensichtlich keine Krankheit."

„Wie hast du dann deine Verletzungen erklärt?"

„Das musste ich gar nicht. Im Moment, als sie mich erblickte, zog sie ihre eigenen Schlüsse - so falsch sie auch waren."

„Oh, liebe Güte, ich fürchte, sie hat deine Verletzungen unserer Reise nach Spanien zugeschrieben. Hat sie angenommen, dass du in einer Schlacht verwundet worden wärest?"

„Guter Gott, ihr beide denkt verdammt ähnlich!" Er schüttelte reumütig den Kopf. „Deine Mutter machte sich nicht die geringsten Sorgen wegen meines Leidens."

„Das war sehr unhöflich von ihr."

„Ihre ganze Sorge galt meiner armen Mutter", sagte er durch zusammengebissene Zähne.

„Und nicht dieser Mrs. Dryden? Die Angst um dich hat mich fast um den Verstand gebracht."

Er ließ sich in seine Kissen zurückfallen und starrte zur Decke.

„Oh, mein Liebster, es tut mir so leid. Ich weiß, wie scheußlich schlecht du dich fühlst. Ich hätte dich heute nie allein lassen dürfen. Es gefiel mir gar nicht, dich allein zu lassen."

„Und mir gefiel es nicht, dass du in der Cotton Lane herumspaziert bist, ohne dass ich da war, um dich zu beschützen."

„Du bist kaum in der Lage, als Beschützer zu dienen. Ich bin sicher, dass Jenkins und Pennington mich und Mrs. Hale sehr gut schützen konnten."

„Ich nehme an, Jenkins und Pennington sind Diener aus Sidworth House?"

Sie nickte.

„Habt ihr bei Prufoy irgendetwas gefunden?"

„Nicht das Geringste. Ich habe jedoch mit einer Person gesprochen, die tatsächlich den Mann gesehen hat, der in Mr. Prufoys Haus eingebrochen ist."

„Ausgezeichnet."

Sie stand auf. „Wir können weiter über unsere Ermittlungen sprechen, nachdem ich nach Annie gesehen habe."

„Anscheinend hat deine Mutter ihr etwas Geld gegeben und sie zum Lebensmittelladen und nach Billingsgate geschickt, um Essen einzukaufen, was meiner Meinung nach eine sehr gute Idee war, und dann kam die Frau zurück und begann zu kochen."

„Bist du hungrig?"

„Ich könnte einen Elefanten verspeisen."

Mit dem Bild vor Augen, wie ihr großer, kräftiger Mann einen Elefanten aß, verließ sie kichernd das Schlafzimmer. In der Küche fand sie Annie vor, die fröhlich in Töpfen rührte und Gemüse kleinschnitt. Annie war nach Sidworth House gekommen, als sie vierzehn war. Das musste vor zwei oder drei Jahren gewesen sein, und in diesen Jahren war sie mehrere Zoll gewachsen. Die Köchin, die das blonde, zarte Mädchen sehr liebgewonnen hatte, schrieb Annies Wachstum ihren eigenen Kochkünsten zu.

„Oh, Mylady", sagte Annie und drehte sich um, als Daphne in die Küche kam, „ich bin so dankbar dafür, dass Sie mir erlauben, Ihre Köchin zu werden."

Lächelnd ließ Daphne ihren Blick über das Mädchen gleiten. Die weiße Schürze, die Annie trug, musste am Morgen sauber gewesen sein, aber jetzt hatte sie grüne und braune Flecken. Obwohl ihre Haare zu einem Knoten nach hinten zusammengefasst waren, stand ihr doch der Schweiß auf der leicht sommersprossigen Stirn.

„Nicht so dankbar wie ich dafür bin, dich zu haben. Ich hoffe, dass es nicht zu schwierig für dich wird, in der Küche ohne Hilfe auszukommen, aber du musst auch nur für uns zwei kochen. Ich denke, das wird dir gut gelingen."

Daphne näherte sich dem großen Herd und spähte in den Topf. Sie konnte nicht wirklich sagen, was da am Kochen war, einerseits wegen des Dampfes und andererseits bedingt durch die Tatsache, dass sie vom Kochen so viel verstand wie vom Fechten. Nämlich nichts.

„Alles duftet köstlich. Wie lange wird es dauern, bis du das Essen fertig haben wirst? Mein Mann ist am Verhungern." Wie wundervoll das klang! *Mein Mann.*

„Eine halbe Stunde."

„Bitte bringe das Essen in das Zimmer am Ende des Flurs im dritten Stock." Daphne war schon auf dem Weg zur Tür, drehte sich dann um. „Hast du dein neues Schlafzimmer gefunden?"

Annie nickte. „Lady Sidworth sagte mir, ich sollte mir eines der Zimmer im Untergeschoss aussuchen."

„Ich muss meiner Mutter wirklich sehr dankbar sein. Bitte, wenn du irgendetwas brauchst, zögere nicht, mich zu fragen."

„Sehr wohl, Mylady."

* * *

Als Daphne in Jacks Schlafzimmer zurückkam, setzte sie sich in einen Sessel ihm gegenüber. „Nun, was möchtest du wissen?"

Sie hatte nicht bemerkt, dass er es geschafft hatte, sich mit dem Rücken am Kopfteil seines Bettes aufzusetzen. Am Morgen wäre er zu einer solchen Bewegung nicht fähig gewesen. Als er gesagt hatte, dass er nach drei Tagen wieder auf den Beinen sein würde, hatte er es nicht wirklich geglaubt. Jetzt fühlte er sich ermutigt.

Seine Frau hatte ihre Pelisse abgelegt und trug ein dünnes Baumwollkleid, das mit winzigen Blumen bestickt war. Er betrachtete sie beiläufig von ihren buschigen Locken über ihre Brille den ganzen Körper hinab. Sie gefiel ihm sehr, aber es war ihm wohl bewusst, dass er ihre Erscheinung mäßig gefunden hatte - bis er sich unwiderruflich in sie verliebte.

Könnte Sir Ronald sich also von ihr angezogen fühlen? Sie schien überhaupt nicht sein Typ zu sein. Sir Ronalds Frau, Virginia, war eine anerkannte Schönheit. Und ganz im Gegensatz zu ihrer älteren Schwester besaß Virginia einen großen Busen.

Sein Blick fiel auf Daphnes Brust. In dem Kleid, das sie heute trug, füllten ihre Brüste das Mieder kaum besser aus als die einer Zwölfjährigen, aber er konnte die süße Schwellung ihrer Brüste unter der feinen Spitze, die sie vor zwei Nächten im Bett angehabt hatte, nicht aus seiner Erinnerung vertreiben.

Wie er die Müdigkeit beklagte, die ihn des Vergnügens, seine Frau in jener Nacht zu lieben, beraubt hatte.

„Die Beschreibung des Mörders?", sagte er schließlich.

„Nun, die habe ich nicht wirklich."

„Was *genau* hast du denn?"

„Er war blond."

„Das ist alles?"

„Es war dunkel. Und ..."

„Und was?"

„Mein Zeuge ist nur fünf Jahre alt."

„Verdammt noch mal!"

Sie fuhr fort, ihm zu erzählen, was sie von den Jungen und Mrs. Hale erfahren hatte. „Jetzt müssen wir über die beiden Lords sprechen."

„Ja. Lambeth und Braithwite." Er hatte den ganzen Tag über nichts anderes nachgedacht.

„Also hast du eine Theorie?"

„Eventuell."

„Und?"

Sie nickte. „Obwohl ich ihn nicht kenne, weiß ich, wie er aussieht."

Er horchte auf. „Und das erzählst du mir, weil …?"

„Weil er zufällig blond ist."

„Das klingt vielversprechend."

„Nach dem, was die Witwe uns erzählte, dass ihr Mann und Lord Lambeth in Spielhöllen gingen, müssen wir feststellen, ob Lord Lambeth hohe Summen beim Spiel verloren hat."

„Und ob er kürzlich zu Geld gekommen ist."

Sie schenkte ihm ein strahlendes Lächeln. „Dann lass uns mit Lord Braithwite weitermachen."

„Warte! Was schlägst du vor, wie wir Lambeth ausforschen?" Die meisten Frauen waren unfähig, eine Situation zu analysieren, es sah seiner Frau nicht ähnlich, so etwas zu übersehen.

„Oh, da wird uns schon etwas einfallen. Lass uns jetzt über Lord Braithwite sprechen."

Sie benahm sich, als wollte sie Lambeth nicht beachten, was sehr seltsam war, wenn man bedachte, dass sie schon betont hatte, den Mann nicht zu kennen. Warum zur Hölle wollte sie ihn schützen?

„Du hältst es nicht für wahrscheinlich, dass

Lord Lambeth Prufoy ermordet hat?"

„Oh, ich halte das für sehr wahrscheinlich."

Er auch. „Also brachte er Prufoy um, ging in die Wohnung seines Opfers und stahl die Briefe ebenso wie die Liste."

„Oh, er machte sich nicht seine eigenen Hände mit dem Mord an dem armen Mr. Prufoy schmutzig."

Jack nickte. „Für eine gewisse Art von Mensch ist das Leben eines Mannes billig. Biete einigen Schurken ein paar Pfund und sie würden ihre eigenen, vom Gin betrunkenen Mütter umbringen."

„Wie sehr ich wünschte, ich hätte diese gemeinen Kreaturen dafür bezahlen können, den netten Offiziersburschen *nicht* zu töten." Ihre Augen glänzten von ungeweinten Tränen. Sie holte tief Atem. „Also nachdem der böse Lord Lambeth Ely Prufoy hat töten lassen, ging er daran, meine Schwester zu erpressen und bekam einen Haufen Geld."

„So scheint es."

„Da hast du es! Was ist dann deine Meinung, was Lord Braithwite betrifft?"

„Ich habe eine Meinung, aber es ist nur eine Vermutung."

Sie beugte sich zu ihm vor, ihre Brille rutschte auf ihrer Nase vor. „Und die wäre?"

„Was, wenn Braithwites Name auf Heffingtons Liste war? Weder Prufoy noch Lambeth hatten irgendeine Ahnung, was die Liste bedeutete. Prufoy könnte Braithwites Namen auf der Liste gesehen und die Wichtigkeit verstanden haben, und dass das der höchstrangige Beamte war, an den die Liste zu übergeben wäre."

„Was, wenn …" Sie hielt inne, offensichtlich,

um ihre Gedanken zu sammeln. „Was, wenn Lord Lambeth zu Braithwite ging und ihn darüber informierte, dass er eine Liste mit seinem Namen darauf in Besitz hätte?"

Ihre Augen trafen sich.

Sie dachten offensichtlich beide dasselbe.

„Ich glaube, der verräterische Lord alarmierte sofort seinen Vorgesetzten, den niederträchtigen Duc d'Arblier. Natürlich wäre der erste Gedanke des Ducs, das wichtigste Hindernis zu beseitigen, und das wärest du."

„Ich weiß nicht, ob ich so wichtig bin, aber ich bin zu demselben Schluss gekommen wie du." Er war erleichtert, dass seine Frau noch immer im Besitz ihres analytischen Verstands war. Unabhängig von ihm war sie auf die gleiche Theorie gekommen wie er. Nur hatte er für diese Überlegungen den ganzen Tag gebraucht.

„Was denkst du, was wir als nächstes tun sollen?"

„Wir müssen die Liste von Lord Lambeth bekommen, bevor d'Arblier sie erhält. Leider müssen wir warten, bis ich körperlich wieder dazu in der Lage bin. Das Problem ist, dass ich befürchte, Lambeth könnte ermordet werden."

„Unter der Voraussetzung, dass Lambeth der ist, der die Liste hat - dessen wir nicht sicher sein können."

„Wir müssen irgendeinen Beweis finden, der zeigt, dass Lambeths leere Taschen sich plötzlich gefüllt haben."

„Ich werde sehen, wie weit uns Cornelia dabei helfen kann. Wenn ihr Major ein so guter Freund von Lord Lambeth war, wird sie alles über ihn wissen. Anscheinend dauerte ihr Flirt mit dem Major beträchtliche Zeit. Um die Wahrheit zu sagen, ist sie vom Tod Major Styles' zutiefst erschüttert."

Er kniff die Augen zusammen. „Geschieht ihr recht - nicht sein Tod, sondern ihre Reue."

„Ich weiß, mein Liebster, Ehebruch ist absolut abscheulich."

Warum zur Hölle traf sie sich heimlich mit diesem verdammten Baronet?

Die Köchin betrat das Zimmer, in den Händen ein schweres Silbertablett mit köstlich aussehendem Essen. Sie war kaum mehr als ein Kind.

Daphne sprang auf, nahm der Köchin das Tablett ab und dankte ihr überschwänglich. „Es duftet wundervoll. Und Lauchsuppe esse ich besonders gerne! Oh, und du hast Lachs gekocht, Pastete mit Innereien, Zunge mit Johannisbeersauce, Erbsen und, oh, Jack, sieh nur, Gemüsepudding! Ich muss dir sagen, dass mein Mann fleischlose Puddings liebt."

Annie knickste, bevor sie das Schlafzimmer verließ. Daphne brachte ihm einen Teller, aber als er zu essen beginnen wollte, schüttelte sie den Kopf. „Meinst du nicht, Liebster, dass die Armbewegung, die Gabel auf und ab zu führen, deine Wunden verschlimmern würde?"

„Jede Bewegung schmerzt."

Sie ließ sich auf der Bettkante nieder. „Deshalb werde ich dich jetzt füttern."

„Nun hör aber auf, Daphne! Ich bin kein Kind!"

Ihr Blick glitt über seinen Körper. Sie schluckte und schenkte ihm einen sehr düsteren Blick. „Dessen bin ich mir wohl bewusst, Hauptmann. Du bist der männlichste Mann, den ich kenne."

Der verführerische Ton ihrer Worte ließ ihn wünschen, nicht in solch schlechtem Zustand zu sein. Aber so verstimmt, wie er über seine lügende Frau war, hätte er sie nicht lieben wollen, selbst, wenn er völlig gesund gewesen wäre. „Sehr gut. Nur an diesem ersten Tag. Morgen wird es mir besser gehen."

Verdammt, das Essen war schrecklich, aber er war so hungrig, dass er eine solche Kleinigkeit wie die Tatsache, dass es wie alte Stiefel schmeckte, ihn nicht davon abhielt, alles zu verschlingen. Er fragte sich, ob seine Krankheit seinen Geschmackssinn beeinträchtigt hätte. Bevor er etwas dazu sagte, wartete er, um zu sehen, wie Daphnes Reaktion auf das Mahl sein würde.

Nachdem sie damit fertig war, ihn zu füttern, huschte sie zu seinem Schreibtisch hinüber, um ihre Mahlzeit einzunehmen. „Ich liebe Lauchsuppe", sagte sie, als sie den Löffel eintauchte. Nach dem ersten Löffel verzog sich jedoch auch ihr Gesicht. Sie spülte sich sofort den Mund mit Rotwein aus. „Liebster?"

„Ja?"

„Kennst du ein Gemüse, das genau wie Lauch aussieht, aber absolut nicht wie Lauch schmeckt?"

Er betrachtete sie erheitert. „Vielleicht hat deine Annie einen Malvenstrauch für Lauch gehalten."

Sie zuckte die Achseln. „Ich glaube nicht, dass ich es fertigbringe, das zu essen, aber ich darf das liebe Mädchen nicht kränken. Wie kann ich das nur loswerden?"

Sein Blick fiel auf den Nachttopf.

Sie kippte daraufhin ihre Suppe in den Keramiktopf und legte den Deckel wieder darauf. Nur das Zimmermädchen würde bemerken, dass die Herrin Annies Suppe nicht mochte. Wenn sie denn ein Zimmermädchen hätten, was derzeit nicht der Fall zu sein schien.

Als nächstes schnitt Daphne ihre Pastete an und langte dann mit dem Löffel hinein. Auch daraufhin zogen sich ihre Brauen zusammen und ein Schluck Rotwein wurde nötig. „Liebster?"

Er konnte ein Lächeln nicht unterdrücken. „Ja, Liebes?"

„Fandest du, dass diese Pastete ... so ganz in Ordnung war?"

„Nicht wirklich."

„Dann, Sir, musst du unglaublich hungrig gewesen sein, da du tatsächlich das ganze Ding gegessen hast!"

„Allerdings." Er beäugte den Nachttopf.

Sie nickte nur, stand vom Schreibtisch auf mit dem Teller in der Hand und versenkte das gesamte Abendessen in dem bauchigen Gefäß.

„Und nun, meine Liebe, was wirst du mit unserer unfähigen Köchin tun?"

„Darüber kann ich mir jetzt keine Sorgen machen. Mein Mann ist schwer verwundet worden und wir müssen die Identität von Verrätern herausfinden, die unser Königreich bedrohen."

Einen Moment später kam Annie, um die Teller zu holen. Ihr Gesicht hellte sich auf, als sie sah, dass alle Schüsseln und Teller geleert worden waren. „Mir fiel ein, Mylady, dass die Köchin gesagt hatte, wie sehr Lady Daphne die Lauchsuppe mag, daher habe ich einen großen Topf gekocht. Er sollte für die ganze Woche reichen."

„Wie nett von dir", sagte Daphne schwach.

Obwohl er wusste, dass sie sich um das Problem einer Köchin, die nicht kochen konnte, würden kümmern müssen, war er stolz auf

Daphnes Freundlichkeit ihrer jungen Dienerin gegenüber.

Nachdem Annie das Geschirr auf das Tablett gestellt und sich entfernt hatte, kam Daphne, stellte sich an sein Bett und streichelte seine Stirn, während sie murmelte: „Nachdem du jetzt etwas zu Essen hattest, solltest du schlafen. Ich dachte, ich lege mich neben dich, falls du in der Nacht irgendetwas brauchst."

Wie zur Hölle würde er schlafen können, wenn sie neben ihm lag und jeder Atemzug von ihr auf ihn wie ein Aphrodisiakum wirkte?

Kapitel 13

Sie würde ihr Spitzennachthemd nicht wieder tragen, bevor Jack nicht wieder genesen war. Alles, was jetzt zählte, war, dass er wieder auf die Beine kam.

In ihrem Schlafzimmer legte Daphne ein Baumwollnachthemd mit langen Ärmeln an, strich mit der Bürste über ihr widerspenstiges Haar, tupfte etwas Minze hinter ihre Ohren und kehrte dann in Jacks Schlafzimmer zurück.

„Es ist grässlich kalt hier", sagte sie. „Ich zünde ein Feuer an."

Noch immer ans Kopfende gelehnt, betrachtete er sie skeptisch. „Hast du je zuvor Feuer gemacht?" Zum ersten Mal an diesem ganzen Tag lag ein leicht humorvoller Ausdruck auf seinem (so geliebten) Gesicht.

„Das habe ich tatsächlich noch nicht, aber ich habe tausendmal zugeschaut, wie die Diener Feuer anzünden. Wie schwierig kann das sein?"

Fünfzehn Minuten später war sie vor Frustration fast den Tränen nahe. „Es sieht so einfach aus, wenn andere es tun."

Er warf die Decken zurück, aber nicht, ohne vor Schmerz das Gesicht zu verziehen. „Ich mache es."

Sie wirbelte zu ihm herum. „Du wirst nichts dergleichen tun! Vielleicht kannst du morgen beginnen, deine Arme zu benutzen, aber ich verbiete es dir endgültig, das heute Abend zu tun!"

„Ich dachte, du wolltest keine herrschsüchtige Ehefrau werden", knurrte er, als er seine Beine über die Bettkante schwang.

„Ist es herrschsüchtig, wenn man sich um das Wohl seines Mannes Sorgen macht?"

„Ich lasse mir nichts befehlen."

Er hinkte zum Feuer hinüber.

Sie beeilte sich, seinen hölzernen Schreibtischstuhl vor das Feuer zu stellen. „Bitte, Liebster, setz dich hin. Ich befürchte, dass, wenn du dich hinhocken würdest, wir beide dich nicht wieder auf die Beine bringen könnten."

Er brummte etwas, das sie nicht verstehen konnte und ließ sich dann auf dem Stuhl nieder.

Sie sah staunend und mit offenem Mund zu, wie er in kaum mehr als zwanzig Sekunden das Feuer entfachte. „Das ist genau das, was ich auch getan habe! Warum ist es mir nicht gelungen?"

Er zuckte die Achseln. Und zuckte zusammen. „Ich nehme an, dass du einfach mehr Übung brauchst."

„Die ich bekommen werde, wenn wir nicht bald Diener finden."

„Oh, ich vergaß, dir das zu sagen. Deine Mutter sagte, sie würde morgen Nachmittag ein paar geeignete Dienstboten herüberschicken, damit du dich mit ihnen unterhalten kannst."

Sie konnte aus der atemlosen Art, in der er sprach, merken, dass seine einfachen Bewegungen seine Lunge angestrengt hatten. „Erlaube mir, dass ich dir wieder ins Bett helfe, Liebster."

„Ich werde nicht zulassen, dass du mich behandelst, als wäre ich ein schwachsinniges Kind."

Trotzdem hatte sie nicht vor, von seiner Seite zu weichen. Er war so furchtbar schwach.

Er wollte von dem Stuhl aufstehen und sank sofort wieder hinein.

„Bitte, stütz dich auf mich, nur, bis du aufrecht stehst."

Sein nächster Versuch gelang. Sie schlang ihren Arm um ihn und gemeinsam bewegten sie sich zum Bett hinüber.

Diesmal versuchte er nicht wieder zu sitzen. Vor Anstrengung stöhnend streckte er sich auf den leinenen Laken aus, völlig erschöpft. Sie deckte ihn zu und beugte sich dann über ihn, um ihn zu küssen. Obwohl sie ihn auf die Lippen küssen wollte, drehte er sein Gesicht zur Seite und sie begnügte sich damit, ihre Lippen auf seinen Wangenknochen zu drücken.

Warum wollte er nicht, dass sie ihn küsste? Warum zum Donner war er so verdammt kurz angebunden mit ihr? Noch nicht einmal hatte er heute so sanft mit ihr gesprochen, wie er es normalerweise tat. Er benahm sich, als wäre er zornig auf sie.

Oder schlimmer. Er benahm sich, als ob er sie nicht länger liebte. Sie ging um das Fußende des Betts herum, um sich auf die andere Seite, direkt neben ihren Mann, zu legen. „Möchtest du, dass ich die Vorhänge um das Bett zuziehe?"

„Nein. Ich möchte gerne das Feuer sehen können."

„Und dich an deinem Sieg über die Kohlen weiden, zweifellos." Normalerweise hätte eine solche Bemerkung ein Kichern ausgelöst, aber nicht heute Abend. Warum war er so kalt zu ihr?

Sie blies die Kerze aus und kletterte in sein Bett. Auf ihrem Bauch rutschte sie näher an ihn heran und stützte sich dann auf ihre Ellenbogen. „Nach einer guten Nachtruhe wirst du dich viel wohler fühlen." Sie wollte ihn berühren, hatte aber Angst, ihm Schmerzen zu bereiten, da seine Angreifer kein Stück seines Gesichts oder seines Körpers ausgelassen hatten. „Wenn du in der Nacht irgendetwas brauchst, musst du mich aufwecken."

„Ich werde dich nicht aufwecken", blaffte er.

Sie wollte widersprechen, dann erinnerte sie sich aber an seine Bemerkung darüber, dass sie herrschsüchtig wäre. Nichts konnte einen eigenwilligen Mann leichter entfremden als eine dominante Frau. Wie schwierig es für sie war, sanft und unterwürfig zu sein. „Es würde mir nichts ausmachen. Wenn es anders herum wäre, würdest du mir doch auch beistehen, nicht wahr?"

„Natürlich."

„Das ist doch eine Ehe. Wir sollen einander beistehen."

„Und immer ehrlich zueinander sein, stimmt's?"

„Natürlich."

Bald schlief Jack tief, aber sie fand keinen Schlaf. Stundenlang lag sie im dunklen Zimmer, lauschte Jacks stetigem Atem, fühlte seinen Herzschlag und fragte sich, warum er zornig auf sie war.

Es musste daran liegen, dass seine Verletzungen ihn in schlechte Laune versetzten, dass er wegen seines Zustands auf die ganze Welt böse war. Er war nicht nur zu ihr so schroff gewesen. Er hatte so gemein über den armen, lieben Ronnie gesprochen.

Ihre Gedanken liefen dann zu den

Ermittlungen, die sie betrieben. Ob Ronnie heute
Abend in seine Clubs gegangen war? Was sollte
sie am nächsten Tag tun? Der Nachmittag würde
mit Gesprächen mit zukünftigen Dienern gefüllt
sein.

Hoffentlich würde ein weiterer Tag der Ruhe
Jack wieder in seinen normalen Zustand
versetzen. Sie lag in der Dunkelheit und dankte
im Gebet, dass Jacks Leben verschont worden
war. Zur gleichen Zeit am vorigen Abend war sie
vor Sorge fast verrückt gewesen. Mit jeder
verstreichenden Sekunde hatte sie gefürchtet,
dass sie die Nachricht erhalten würde, Jack wäre
ermordet worden.

Selbst, nachdem Sir Ronald den zerschlagenen
Körper ihres Mannes nach Hause gebracht hatte,
war sie voll Entsetzen gewesen bei dem
Gedanken, dass seine Verletzungen tödlich sein
könnten. Als der Chirurg ihr versicherte, dass er
sich erholen würde, hatte sie ihre Arme um den
Hals des überraschten Mannes geworfen und ihm
vielmals gedankt.

Schließlich überzeugte sie sich selbst, dass
Jack am nächsten Morgen wieder sein altes,
fröhliches Selbst sein würde.

* * *

Annie weckte sie am nächsten Morgen mit
einem Frühstückstablett, zu dem auch eine
Kanne heißer Kaffee gehörte. „Stell das Tablett
einfach auf den Schreibtisch", wies Daphne sie
an. „Wie lieb von dir, uns das Essen zu bringen,
mit Rücksicht auf die Behinderung meines
Mannes." Daphne verließ das Bett und schenkte
Jack eine Tasse Kaffee ein, fügte Sahne und
Zucker hinzu und brachte sie ihm. „Sag mir,
Annie, wie war dein Zimmer?"

„Sehr bequem, Mylady."

„Bitte lass es mich wissen, wenn du etwas brauchst."

„Oh ja, Mylady."

„Ich hoffe, dass du in den Dienstbotenzimmern bald Gesellschaft haben wirst. Heute Nachmittag werde ich mit Bewerbern für die Stelle der Haushälterin und eines Dieners sprechen."

„Sehr gut, Mylady." Sie zog einen Brief aus der Tasche. „Das kam vor ein paar Minuten für Sie."

Daphne erkannte Sir Ronalds Handschrift. Wie sollte sie Jack diesen Brief erklären? Es gab keinen anderen Ausweg. Sie würde ihm eine kleine Notlüge erzählen müssen. Es war wirklich nur zu seinem Besten. Sie legte ihn auf den Schreibtisch. „Was möchtest du auf deinen Toast, Liebster? Schwarze Johannisbeer- oder Orangenmarmelade?"

„Beides."

Sie schnitt seinen Toast, schmierte sowohl Schwarze Johannisbeer- als auch Orangenmarmelade darauf und brachte Jack das Tablett ans Bett. „Wie hast du geschlafen, mein Liebster?"

„Gut. Solange ich mich nicht bewegen musste." Ganz langsam richtete er sich zum Sitzen auf.

„Wie fühlst du dich heute Morgen?"

„Besser als gestern." Er biss in den Toast.

„Das hört sich gut an. Ich glaube auch, du kannst dich besser bewegen. Ich kann sehen, dass du die Gabel heben kannst, ohne nach Luft zu schnappen."

Er nickte ernst, musterte sie, sein Blick war noch immer eisig. „Warum hast du deinen Brief nicht geöffnet?"

Sie zuckte die Achseln. „Er ist nur von meiner

Schwester. Ich werde ihn lesen, sobald du versorgt bist. Gibt es noch etwas, das ich dir besorgen könnte?"

„Neue Rippen?"

„Sie schmerzen also noch sehr?"

In seiner Stimme lag Entschlossenheit, als er sagte: „Morgen wird es mir besser gehen."

Sie setzte sich an seinen Schreibtisch und begann, in ihrem eigenen Frühstück zu stochern, das einfach schrecklich war. Sie hätte den Kaffee fast wieder ausgespuckt, so scheußlich schmeckte er. Würden Jack und sie den Rest ihres Lebens mit dieser lieben, unfähigen Köchin geschlagen sein? Sie hatte nicht das Herz, das arme Mädchen wissen zu lassen, dass sie nicht zufrieden waren.

Daphne erbrach geistesabwesend das Siegel von Sir Ronalds Brief, entfaltete ihn und las die kurze Mitteilung.

Kommen Sie heute Mittag in mein Büro, damit wir über das, was ich erfahren habe, sprechen können.
Sir Ronald

Sie faltete den Brief wieder zusammen und schaute zur Kaminuhr. Es war schon nach zehn. Sie würde sich beeilen müssen, wenn sie in eineinhalb Stunden gewaschen und angezogen in Whitehall sein wollte.

„Nun?", fragte Jack mit einem bösen Blick zu ihr.

„Nun, was?"

„Willst du mir nichts über den Brief erzählen, den du gerade gelesen hast?"

„Natürlich. Ich treffe mich heute Mittag mit Cornelia."

„Warum kann sie nicht herkommen?"

Daphne zuckte mit den Schultern. „Weil sie eine Herzogin ist. Sie ist es gewöhnt, dass jeder auf ihre Bitte hin zu ihr kommt." Wie sie es hasste, ihren Mann anzulügen. Aber es war wirklich zu seinem Besten. Das letzte, was sie wollte, war, dass er sich wegen seiner nichtaristokratischen Abstammung unzulänglich fühlte. Es war für Sir Ronald so einfach, diesen kleinen Teil der Ermittlungen zu erledigen. „Oh, Lieber, hast du Angst, wieder alleingelassen zu werden?"

„Madam, es gibt nur sehr wenig, wovor ich Angst habe."

Sie wusste, dass er d'Arblier fürchtete, weil der Mann so hinterhältig war. Und so bösartig. Es war schwierig, gegen einen unsichtbaren Feind zu kämpfen, und für d'Arblier war Tarnung seine mächtigste Waffe. „Sag nur ein Wort, wenn du nicht willst, dass ich gehe, und ich bleibe bei dir."

Er zuckte die Achseln. „Es spielt keine Rolle, ob du gehst."

Wieder diese Eiseskälte! War sie ihm nicht länger wichtig?

* * *

Dies war erst das zweite Mal, dass Daphne Sir Ronald allein im Außenministerium besuchte, und sie errötete fast, als sie sich an das letzte Mal erinnerte, wie sie hergekommen war, um sein Siegel zu stehlen. Aber natürlich konnte er davon nichts ahnen. Zumindest hoffte sie, dass es so war.

Sie saß bescheiden vor seinem lederbezogenen Schreibtisch, ihre Hände im Schoß gefaltet, als er letzte Anweisungen an den jungen Gentleman gab, der sein Sekretär war. Sobald dieser Gentleman das Zimmer verließ und die Tür hinter sich schloss, schaute Sir Ronald sie an. „Wie geht es Ihrem Mann heute?"

„Besser, aber er kann noch nicht aufstehen."

„Es muss für einen aktiven Mann wie ihn schwierig sein, im Bett zu liegen."

„Es macht ihn zu einem regelrechten Ungeheuer."

„Sie werden feststellen, dass man in der Ehe nicht immer auf Rosen gebettet ist. Jeder hat seine guten und seine schlechten Seiten. In meiner Ehe ist natürlich Virginia diejenige, die sich mit vielem abfinden muss", sagte er lachend.

„Meine Schwester würde das bestreiten. Sie ist liebend gerne Ihre Frau."

„Ich bin der glücklichste aller Männer." Er runzelte die Stirn. „Was jetzt die Lage angeht, die Sie mich zu untersuchen baten ... vielleicht bin ich zu hastig, aber Lord Lambeths plötzliche Möglichkeit, all seine Schulden zurückzuzahlen ebenso wie die hohen Einsätze, um die er spielt, lassen meiner Ansicht nach wenig Zweifel, dass Lambeth der Erpresser ist."

„Und der Mörder. Es klingt, als wäre er unser Mann!" Sie erzählte ihm, dass Lord Lambeth bei seinem Besuch in Mrs. Styles' Haus mit dem Offiziersburschen des Majors zusammengetroffen war.

„Nun, ich schätzte, wir haben großartige Arbeit dabei geleistet, das alles herauszufinden."

Anstatt sich jedoch über diese Enthüllungen zu freuen, dachte sie an den netten Eli Prufoy, der von dem gierigen Lord Lambeth ermordet worden war. Die Erpressung hätte sie ihm fast verzeihen können. Cornelia war schließlich keine Heilige. Aber was war mit der armen Fanny Hale? Außer dem Regimentsabzeichen war ihr von dem Mann, den sie geliebt hatte, nichts geblieben. Es war herzzerreißend. „Wissen Sie, ob Lord Lambeth verheiratet ist? Ich hätte natürlich in Vaters Ausgabe von *Debrett's* nachsehen können."

„Er war vor einiger Zeit verheiratet, aber seine Frau starb. Sie war nur etwa fünfundzwanzig."

„Ich schätze, sie ist so besser dran, als sie es mit ihm war. Dieser böse, niederträchtige Mann."

„Warum wollten Sie wissen, ob er verheiratet ist?"

„Weil ich in sein Haus kommen muss. Und Cornelia wird mir dabei helfen." Ihr Blick fiel auf das Tintenfass auf seinem Schreibtisch. „Darf ich Feder und Papier benutzen?"

„Natürlich."

Sie kritzelte schnell eine Nachricht an die Herzogin. „Dürfte ich Sie um noch etwas bitten?"

„Ich wäre glücklich, Ihnen zu Diensten sein zu dürfen, Mylady."

Sie stand auf und übergab ihm die gefaltete Nachricht. „Würden Sie dafür sorgen, dass dies nach Lankersham House gebracht wird?"

„Es wird mir ein Vergnügen sein. Sagen Sie, Mylady, darf meine Frau noch immer nichts von dieser Angelegenheit wissen?"

„Ich habe es Cornelia versprochen. Sie mag es nicht, von Ihrer tugendhaften Frau wegen ihres Mangels an Moral belehrt zu werden."

Er lachte leise, als er aufstand. „Darf ich Ihnen eine Mietdroschke rufen?"

„Nicht heute. Ich habe unsere Kutsche."

Er runzelte die Stirn. „Die Ihres Vaters?"

„Nein. Die, die Jack und ich gemietet haben, um uns von Portsmouth herzubringen. Wir beschlossen, sie noch ein paar Tage länger zu behalten. Ich konnte sie neulich nicht benutzen, da Jack sie hatte."

Er verbeugte sich. „Lassen Sie es mich bitte wissen, wenn ich Ihnen weiter behilflich sein kann."

„Sie haben uns so großartig geholfen. Ich hätte nie gedacht, dass sie gestern Abend durch die Clubs gehen würden, nachdem sie den vorherigen Abend damit verbracht hatten, Jack und mir zu helfen. Sie müssen erschöpft gewesen sein."

„Ich habe alles, was ich wissen wollte, erfahren, als ich nur bei White's zu Abend gegessen habe. Um elf Uhr war ich zu Hause im Bett."

* * *

Andy grinste wie ein frisch geadelter Bürger, als sie zur Kutsche zurückkam. Sie hasste es, daran zu denken, dass sie ihn - und die Kutsche - bald nach Portsmouth würden zurückschicken müssen. Wie sie beide vermissen würde.

„Also das hier ist Whitehall, der Sitz der britischen Regierung."

„Du bist für dein junges Alter sehr gut informiert - vor allem für jemanden aus der Provinz."

„Ich habe es mir zur Aufgabe gemacht, vieles zu lernen, und ich kann zwei und zwei zusammenzählen - wenn Sie wissen, was ich meine."

„Du bist gut in Mathematik?", neckte sie ihn.

Er öffnete ihr den Schlag. „Ich bin gut darin, Schlüsse zu ziehen - wie, dass Sie und der Hauptmann mit geheimen Aufgaben der Regierung seiner Majestät beschäftigt sind."

Die Klugheit seines Kommentars traf sie überraschend. „Wenn du in Mathematik so gut bist wie in Logik, musst du ein bemerkenswerter Schüler gewesen sein."

Sein Gesicht wurde düster. „Ich glaube, ich kann für Sie und den Hauptmann eine wertvolle Hilfe sein."

„Ich glaube das auch, mein lieber Junge, und ich werde meinem Mann von deinen Fähigkeiten berichten."

* * *

Daphne schaffte es kaum rechtzeitig nach Dryden House, um die erste Bewerberin für die Stelle der Haushälterin, eine Mrs. McInnes, zu sprechen, die Annie schon ins Morgenzimmer geführt hatte. Die Frau war aufgestanden und hatte sich vorgestellt, als Daphne den Raum betrat. Mrs. McInnes sah aus, als wäre sie gut über vierzig - älter, als es Daphne gewünscht hätte. Da sie erst etwas begannen, was nach Daphnes Wunsch ein langes, glückliches Eheleben sein würde, hatte sie gedacht, dass sie und Jack sich mit Dienern umgeben würden, die bis ins Alter bei ihnen bleiben könnten.

„Wie nett, dass sie gekommen sind", sagte Daphne zu ihr. „Entschuldigen Sie mich nur einen Augenblick, bis ich nach meinem Ehemann gesehen habe. Er erholt sich von einer ziemlich unangenehmen Verletzung." Wie sie es liebte, Jack als *meinen Ehemann* zu bezeichnen! Sie eilte aus dem Zimmer und rannte die beiden Treppen hinauf. Sie würde keinen ruhigen Moment gefunden haben, bis sie sich nicht vergewissert hatte, dass ihm während ihrer Abwesenheit nichts zugestoßen war. Zu wissen, dass d'Arblier in London war, macht ihr größere Sorgen, als sie Jack je merken lassen würde.

Sie hatte Jack mit Feder, Papier und einen tragbaren Schreibtisch versorgt, auf dem er im Bett schreiben konnte, während sie fort war, und er kritzelte heftig vor sich hin, als sie die Tür zu seinem Schlafzimmer aufriss. „Schreibe deiner Familie, dass wir viel Platz für sie haben, wenn sie uns in London besuchen kommen, mein Liebling."

Er sah zu ihr auf, ohne jede Freude auf seinem Gesicht.

Hatte ihr bestimmendes Wesen ihn verärgert? Was war mit ihrem liebevollen Jack geschehen? War dies derselbe liebevolle Mann, der während dieser elenden Seereise sich so fürsorglich um seine würgende Frau gekümmert hatte? „Verzeih, dass ich sagte, was du schreiben sollst."

„Was wollte deine Schwester?"

Liebe Güte. Sie hatte ganz vergessen, dass sie ihm vorgelogen hatte, sie würde sich mit Cornelia treffen. Sie zuckte die Achseln. „Du kennst Cornelia. Sie denkt, die ganze Welt bewege sich auf ihren Befehl. Sie dachte, wir müssten die Identität des Erpressers bereits herausgefunden haben, nur, weil sie das so wollte. Wir konnten nicht lange reden, weil Virginia kam - was weitere Gespräche über Erpresser zum Verstummen brachte. Ich musste eilig nach Hause kommen, um unser zukünftiges Personal auszusuchen - und nach dir zu sehen." Sie kam ans Bett heran und konnte sich nicht davon abhalten, ihm einen Kuss auf die Stirn zu drücken.

Er versteifte sich.

Und es brach ihr geradezu das Herz. Ihre Stimme wurde weich. „Wie fühlst du dich?"

„Nicht großartig, aber es geht."

„Du musst klingeln, wenn du irgendetwas brauchst, und ich muss zu einer äußerst säuerlich dreinschauenden Mrs. McInnes zurückgehen, die unsere Haushälterin werden möchte."

Als sie ins Morgenzimmer kam, fiel Daphne ein, dass sie sehr wenig über die Pflichten einer Haushälterin wusste, und noch weniger darüber, wie man eine Haushälterin befragte. Schade, dass sie ihre Mutter nicht um Rat gebeten hatte. Sie nahm in einem verblassten rosa Ohrensessel gegenüber von Mrs. McInnes Platz. Die Frau war ziemlich kleine und recht rundlich. Ihre Augen waren in der Farbe Jacks ähnlich, und Daphne vermutete, dass ihr Haar, als sie jünger war, dunkel wie seines gewesen sein musste, aber jetzt war es überwiegend grau - so wie ihr einfach geschnittenes Kleid, das makellos sauber war.

„Sie müssen wissen, ich habe gerade erst geheiratet, und mein Mann und ich richten gerade unser erstes Heim ein", begann Daphne.

„Dann ist das ihre erste Ehe?"

Was für eine unverschämte Frau! Daphne musste nicht daran erinnert werden, dass sie schon lange auf dem Heiratsmarkt gewesen war, als Jack in ihr Leben trat. „In der Tat. Ich war eine ziemlich alte Jungfer."

„Oh, Mylady, ich wollte nicht ..."

Daphne wehrte ihre Entschuldigung ab. „Ich würde es vorziehen, im Hause meines Mannes nicht mit Mylady angesprochen zu werden. Ich wünsche, Mrs. Dryden genannt zu werden." Sie liebte diesen Klang wirklich. Aber sie liebte alles an Jack, selbst den Geruch an ihm, wenn er einen harten Ritt hinter sich hatte.

„Sehr wohl, My... Mrs. Dryden. Ich wollte Ihnen wegen des Mädchens, das mich hereingelassen hat, eine Frage stellen. Sie sagte, sie sei ihre Köchin, aber sicher ist sie doch nicht alt genug?"

Daphne seufzte. „Ich schätze, das ist sie nicht." Daphne senkte ihre Stimme, um ihr von Annie zu erzählen - und von dem Problem, das sie für den Haushalt der Drydens darstellte. „Ich weiß nicht, was ich tun soll. Ich möchte ihre Gefühle nicht verletzten, aber ich brauche keine Köchin, die nicht kochen kann."

„Es ist sehr lobenswert von Ihnen, dem Mädchen eine Chance zu geben. Mein letzter Arbeitgeber, Mr. Poyntz - der vor einigen Wochen gestorben ist - hatte etwas dagegen, Diener einzustellen, die keine Erfahrung haben. Ich war immer gerne mit jungen Leuten zusammen und es macht mir Freude, jungen Mädchen beizubringen, wie man ein Haus reibungslos führt. Aber ich verstehe, dass Sie nicht vorhaben, viel Personal zu beschäftigen."

Vielleicht war Mrs. McInnes doch nicht so vorlaut. „Da wir unter uns sind ... Sie sagten, sie wären Haushälterin bei Mr. Poyntz gewesen? War das George Poyntz?"

„Ja. Ich bin die ganzen letzten zwölf Jahre dort gewesen."

„Seine verstorbene Frau war eine gute Freundin meiner Großtante Harriet. Ich bin als Kind dort zu Besuch gewesen, aber ich vermute, das muss vor Ihrer Zeit gewesen sein. Das Haus der Poyntz ist, wie Sie unschwer erkennen können", sagte Daphne mit einem Blick um das kleine Morgenzimmer herum, „wesentlich größer als unser Heim. Wäre es nicht enttäuschend für Sie, zu uns zu kommen, wo sie keine große Anzahl von Angestellten anzuweisen hätten?"

„Ich werde die Leute vermissen, mit denen ich gearbeitet habe, aber nicht den Berg nie endender Verantwortung."

„In einem großen Haushalt ist es Aufgabe der Haushälterin, dafür zu sorgen, dass alle Diener ihren Pflichten nachkommen. In einem kleinen Haus sind Sie dafür selbst zuständig. Sie würden Arbeiten erledigen müssen, die weit unterhalb des Niveaus Ihrer Fähigkeiten liegen, Dinge wie ..." Daphne dachte an Dinge, von denen ihr erst kürzlich klar geworden war, dass ihre Dienstboten sie immer für sie erledigt hatten. „Wie Feuer anzünden und ... und Betten machen - Dinge, die Sie seit Jahren nicht getan haben."

Mrs. McInnes lächelte. „Das würde mir nichts ausmachen. Später, nachdem Kinder kommen, schätze ich, werden Sie ohnehin mehr Personal benötigen."

Nachdem Kinder kommen. Was für ein schöner Gedanke! „Ich muss dazu sagen, wir haben ein Zimmermädchen, aber nicht im Moment. Sie wurde gerufen, weil ihre Mutter so krank ist, dass sie sterben könnte."

Mrs. McInnes' Augen wurden vor Mitgefühl schmal. „Das arme Ding."

„Wenn es Ihnen nichts ausmacht, mit so gut wie nichts anzufangen, denke ich, ich werde Sie einstellen, Mrs. McInnes."

„Da es scheint, dass Sie in einer Notlage sind, wäre ich bereit, sofort anzufangen."

„Sie sind ein Juwel!"

„Ich muss nur meine Sachen holen und werde bereit sein, überall einzuspringen, wo ich gebraucht werde."

„Gut." Daphne stand auf. „Ich sollte heute Nachmittag noch mit mehreren Bewerbern sprechen, aber ich habe viele andere dringenden Dinge, um die ich mich kümmern muss. Würde es Sie sehr stören, wenn wir nicht gleich einen männlichen Diener einstellen?"

Mrs. McInnes erhob sich. Die Oberseite ihres

Kopfes reichte Daphne gerade bis ans Kinn. „Geben Sie mir eine Leiter und ich kann alles erledigen, was ein Mann tun könnte!"

„Großartig!" Daphne war glücklich, ihren falschen ersten Eindruck von Mrs. McInnes berichtigen zu können.

„Und ..." Die neue Haushälterin senkte ihre Stimme. „Überlassen Sie das Problem mit der jungen Köchin mir. Ich habe an den Röcken meiner Mutter ein oder zwei Dinge über das Kochen gelernt."

„Sie sind wundervoll!"

An der Vordertür klopfte es.

„Möchten Sie, dass ich die Tür öffne, Mrs. Dryden?"

„Ja, vielen Dank." Daphne war sehr zufrieden mit sich selbst. Sie glaubte jetzt, dass Mrs. McInnes genau die richtige Frau war, um ihr Haus zu besorgen.

Die neue Haushälterin führte Cornelia ins Morgenzimmer, und als Daphne ihr gegenüberstand, legte sie ihren Zeigefinger auf ihre Lippen und flüsterte. „Ich möchte Jack nicht sagen, dass du hier bist."

„Warum das denn, bitte?"

„Weil ich ihm gesagt habe, dass eine hochnäsige Herzogin immer erwartet, dass andere zu ihr kommen - und er glaubt, ich hätte dich heute schon besucht."

Cornelia sah ihre Schwester stirnrunzelnd an und ließ sich auf das verblasste Brokatsofa plumpsen. „Seinen Mann anzulügen ist keine Art, um eine Ehe anzufangen."

Daphne verdrehte ihre Augen zum Himmel. „Warf Isabelle de Merteuil Hannah More vor."

„Ich wusste nicht, dass meine Schwester, die

Hannah More bewundert, tatsächlich *Les Liaison dangereuses* gelesen hat."

„Ich bin die Schwester, die immer am Lesen ist, und meine schlechten Augen sind der Beweis dafür. Aber wir müssen uns beeilen und auf den Punkt kommen."

„Und der wäre? Warum hast du mich hierher bestellt? Ich habe heute Nachmittag, wie du weißt, jede Menge wichtiger Dinge zu erledigen."

Daphne stemmte die Hände in die Taille und schaute ihre Schwester böse an. „Hast du eine Ahnung, was mein Mann und ich alles durchgemacht haben, um dir diese elenden Briefe zurückzubringen?"

„Ach, es tut mir so leid, Daf. Ich bin dir und Haup... Was erzählte mir Virginia da, etwas, dass Sir Ronald das Leben deines Hauptmanns gerettet hätte?"

„Virginia möchte Sir Ronald natürlich als den Helden sehen." Daphne runzelte die Stirn. „Ich muss zugeben, dass er unglaublich hilfreich war. Ich musste ihn rufen, als Jack nicht von seinem Besuch bei der Witwe von Major Styles zurückkkam."

Cornelia hob die Brauen.

„Er wurde verfolgt - und angegriffen."

„Oh, wie schrecklich! Diese Styles muss dafür verantwortlich sein!"

„Ich glaube nicht, dass sie hinter allem steckte. Sie ist eine überaus nette Frau." Daphne senkte die Stimme. „Jack liegt jetzt oben im Bett, er versicherte mir, in zwei weiteren Tagen würde er wieder gehen können."

„Er kann nicht gehen?"

„Nun, er kann humpeln, aber das schmerzt noch sehr; aber das ist jetzt genug Gerede über

Jack. Ich habe dich gebeten, herzukommen, weil ich glaube, dass wir herausbekommen haben, wer die Briefe hat."

„Wer?"

„Lord Lambeth. Ich nehme an, du kennst ihn?"

Die Herzogin riss die Augen auf. „In der Tat. Er und Major Styles waren sehr gut befreundet. Sie waren zusammen in Harrow."

„Anscheinend standen sie sich so nahe, dass er über deine romantischen Briefe an den Major Bescheid wusste. Ich glaube, er hat vielleicht Major Styles' Burschen ermordet, um sich in den Besitz der Briefe zu bringen."

„Was für ein abscheulicher, verächtlicher, widerlicher, böser Mann! Und daran zu denken, dass er mich immer mit so großer Bewunderung behandelte! Wie konnte dieser Schuft mir das antun?" Sie rang mit großem dramatischen Aufwand die Hände vor ihrer Brust.

„Dem armen Burschen hat er viel Schlimmeres angetan."

„Das auch noch. Wenn man es Lambeths anderen widerlichen Verbrechen hinzufügt, ist er ein finsterer Mörder." Ihre Augen wurden schmal, als sie Daphne anschaute. „Was machen wir jetzt?"

„Jack und ich müssen das Haus durchsuchen. Ich hoffe, Jack wird morgen Abend dazu in der Lage sein. Ich zähle auf dich, dass du sicherstellst, dass Lord Lambeth nicht zu Hause sein wird. Tu, was immer notwendig ist, damit er morgen Abend zu dir kommt."

Cornelia riss die Augen auf. „Aber der Mann ist ein Mörder!"

„Er wird dich schon nicht umbringen. Wenn er dich immer voller Bewunderung behandelt hat, wird er wahrscheinlich hoffen, einen *Flirt* mit dir beginnen zu können. Mach ihm Versprechungen. Du musst ihn nur einen Abend ertragen."

Cornelia lachte bitter auf. „Das sollte nicht schwierig sein. Er hatte immer schon ein Auge auf mich geworfen. Obwohl ich sagen muss, dass ich nicht weiß, wie ich irgendwie höflich zu diesem üblen, abscheulichen, betrügerischen, mörderischen Schwein sein soll."

Was das anging, waren die beiden Schwestern völlig einer Meinung.

Nachdem sie ihre Schwester zur Tür gebracht hatte, begann Daphne, die Treppe hinaufzusteigen. Sie holte tief Luft. Jetzt würde sie ihrem Mann noch mehr Lügen erzählen müssen.

Kapitel 14

„Oh, mein Liebster, wir waren einfach brillant!"
Sie beäugte ihren schönen Mann, wie er im Bett
saß und sie böse anstarrte. Die lila Flecken um
seine Augen färbten sich langsam schwarz, die
Schwellung war zurückgegangen, aber der Schnitt
an seiner Lippe schien nicht zu heilen. Er strahlte
eine Stärke aus, die am Tag zuvor gefehlt hatte.
Und das lag nicht nur an seinen massiven
Schultern und dem langen Oberkörper -
Eigenschaften, die auch angreifende Mörder nicht
mindern konnten.

„Brillant?"

„Ich weiß. Ich weiß", wehrte sie ab. „Du willst
nicht, dass ich dieses Wort im Zusammenhang
mit dir verwende."

Er war immer noch böse auf sie, und sie hätte
verteufelt gerne gewusst, warum. „Cornelia war
gerade hier, und sie hat geradezu den Beweis
dafür, dass alle unsere Schlussfolgerungen
korrekt waren."

Seine Brauen zogen sich über den glänzenden,
obsidianschwarzen Augen zusammen. „Wegen
Lambeth?"

„Genau." Sie kam, um sich an seinem Bettrand
hinzusetzen und strich über die Wangen seines
gebräunten Gesichts. „Du siehst viel besser aus.
Deine Stimme ist kräftiger und sieh dich nur an!
Du sitzt aufrecht und wirkst wieder wie dein altes,
vollkommen männliches Selbst."

„Vollkommen?" Er schaute finster.

Sie zuckte die Achseln. „Ich kann nicht anders, als zu sagen, was ich denke. Schließlich sind ja nur wir beide hier, und wir sind Mann und Frau."

„Du, Madam, bist unverbesserlich, aber du hast recht, was meinen Gesundheitszustand anbetrifft. Ich fühle mich schon viel besser."

„Das ist sehr gut, da wir morgen Abend etwas zu erledigen haben."

„Oh? Erklär mir das näher. Was hat die Herzogin bestätigt?"

„Auch wenn wir es nicht mit Sicherheit wissen können, scheint es offensichtlich, dass er es ist."

„Und warum scheint es so offensichtlich?"

„Weil nur vor wenigen Wochen der Viscount tief in Schulden steckte, und jetzt hat er richtiggehend die Taschen voller Geld, bezahlt alle seine Schulden und spielt wieder um hohe Einsätze."

„Und das weißt du, weil?"

„Cornelia hat gerade alles bestätigt." Daphne hasste es, ihren Mann anzulügen, aber sie tröstete sich mit dem Wissen, dass alles, was sie ihm sagte, der Wahrheit entsprach - außer der Quelle ihres Wissens, was Lord Lambeth anging. „Zunächst hat sie bestätigt, dass Lord Lambeth und Major Styles sehr enge Freunde waren. Sie waren zusammen in Harrow."

Er nickte. „Daher ist es wahrscheinlich, dass Lambeth von der Beziehung zwischen seinem Freund und deiner Schwester wusste."

„Und er wusste vermutlich auch, dass sie ihm Briefe geschrieben hatte. Ein Mann, der einer so netten Frau wie Mrs. Styles untreu ist, wäre genau die Art von Mann, der einem Freund gegenüber prahlt, dass eine Herzogin ihm

Liebesbriefe schreibt."

Jack nickte zustimmend. „Was hat die Herzogin noch bestätigt?"

„Der Herzog hat gesehen, dass Lambeth während der letzten Abende bei White's um hohe Einsätze Faro spielte - nachdem er seine Schulden beglichen hatte." Daphne schwor sich im Stillen, dass sie, wenn all dies vorüber war, sie ihren Mann nie, nie wieder anlügen würde.

„Und jetzt, Madam, erkläre mir, was wir unbedingt tun müssen."

So sehr sie es liebte, Mrs. Dryden zu sein, liebte sie es doch nicht, Madam genannt zu werden. Von Jacks Lippen hatte es einen gewissen, feindseligen Unterton. Vielleicht war ihre bestimmende Art eine Bedrohung seiner Männlichkeit. Vielleicht sollte sie ihm erlauben, über den nächsten Schritt zu entscheiden. „Eigentlich solltest du das bestimmen. Schließlich bist du der Experte für's Spionieren. Oder ist *Experte* eines der Worte, von denen du nicht gerne hörst, dass ich sie für dich verwende?"

Er begann zu lachen.

Es war, als wäre der Himmel nach tagelangem, unaufhörlichem Regen wieder blau geworden. Sie lächelte zurück. „Was ich zu sagen versuche", sagte sie, „ist, dass du unseren nächsten Schritt planen solltest. Du hast so viel mehr Erfahrung in solchen Dingen als ich. Was schlägst du vor, wie wir die Papiere von Lambeth bekommen sollen?"

„Wir stehlen sie."

Genau das, was sie auch geplant hatte, aber natürlich würde sie ihm das Verdienst für diese Idee überlassen. „Meinst du, dass du das morgen Abend schaffen könntest?"

„Auf jeden Fall."

Sie konnte nicht an sich halten. Sie warf ihre Arme um ihn. Als sie ihn küsste, freute sie sich, dass er seine weichen Lippen auf ihre legte, stöhnte und sie dann in seine starken Arme zog.

Bevor die Lage jedoch in der Art, wie sie es sich wünschte, heißer wurde, ertönte ein Klopfen an der Tür.

Jack stöhnte wieder.

Daphne setzte sich kerzengrade auf. „Herein."

Die stattliche Mrs. McInnes watschelte ins Zimmer, auf einem silbernen Tablett trug sie einen Brief. „Das kam gerade für Sie, Mrs. Dryden."

„Danke." Daphne ging dazu über, Jack die neue Haushälterin vorzustellen, als sie Virginias Siegel erspähte. Nachdem Mrs. McInnes gegangen war, öffnete Daphne den Brief und las ihn schnell. „Ach, verflixt!"

„Was ist los?"

„Virginia sagt, Mama brauche mich heute Nachmittag."

„Dann musst du zu ihr gehen."

Sein Blick wanderte zu seinem Schwert und sie brachte es, um es neben dem Bett an die Wand zu lehnen. „Ich werde mich wohler fühlen, wenn ich weiß, dass du etwas zu deinem Schutz hast."

„Warum nennt unsere neue Haushälterin dich Mrs. Dryden? Weiß sie nicht, dass du die Tochter eines Earls bist und als solche mit Lady Daphne angeredet zu werden hast?"

Daphne kam auf die Beine, stemmte ihre Hände in die Taille und schaute den Mann, den sie geheiratet hatte, finster an. „So sehr ich Papa liebe, du bist jetzt das Wichtigste in meinem Leben. Ich bin stolz darauf, Mrs. Dryden zu sein."

Als sie sich verabschiedete, betrachtete ihr

Mann sie schweigend aus seinen dunklen, funkelnden Augen.

* * *

Daphne war noch nicht zehn Minuten fort, als Virginia kam, um Jack zu besuchen. Mrs. McInnes führte sie in Jacks Schlafzimmer. Unfähig wie er war, etwas dagegen zu unternehmen, fühlte er sich jedoch verlegen, dass Sir Ronalds Frau ihn so hilflos sah. Er musste seine Männlichkeit in seine Stimme legen. „Wie nett von Ihnen, mich zu besuchen, Lady Virginia." Hatte er sich fest genug angehört?

Sein Blick traf den ihren. Sie war ein bemerkenswert hübsches Geschöpf. Der Herzogin sehr ähnlich, aber größer und stattlicher. Ihre Augen glänzten und sie brach sofort in Tränen aus.

Er wollte aus dem Bett springen, um sie zu trösten, aber sein verletzter Körper gehorchte ihm nicht. Er versuchte es nochmals und erhob sich langsam. Er war dankbar, dass sein langes Nachthemd alles bedeckte, was bedeckt sein sollte. „Bitte, Mylady, was ist denn geschehen?" Sollte er einen Arm um sie legen? Oder wäre das zu intim, da er ja hier in seinem Schlafzimmer stand und nur ein Nachthemd trug? Schließlich war sie die Ehefrau eines anderen Mannes.

Und er war der Ehemann einer anderen Frau.

Seine Galanterie beschränkte sich daher darauf, der weinenden Frau sein Taschentuch zu geben.

„Ihre Frau trifft sich heimlich mit meinem Mann."

Lieber Gott, er fühlte sich, als hätte ihm jemand ein Messer in den Bauch gestoßen. Diese hysterische Frau bestätigte seinen schlimmsten

Verdacht. Er holte tief Atem. „Ich kann Ihnen nicht gestatten, meine Frau derart zu verleumden."

Sie sank in einen Polstersessel. „Warum sollte Daphne mir das antun?"

„Warum wollen Sie Daphne in dieser Art verdächtigen? Daphne ist allen gegenüber, die sie liebt, loyal. Und das schließt auch mich ein." Er dachte an Daphnes letzten Worte zu ihm an diesem Nachmittag. Er war ihr äußerst wichtig. Ganz gleich, wie es aussah - und er musste zugeben, dass es ziemlich schlecht aussah - hatte er doch Vertrauen in seine Frau.

„Aber ich habe sie mit meinen eigenen Augen gesehen! Nicht einmal, sondern zweimal!" Er hatte sie auch gesehen. Aber es musste eine andere Erklärung geben. „Bitte, Mylady, beruhigen Sie sich und erklären sie es mir."

Sie schniefte laut, trocknete ihre Tränen und sah ihn an. Derselbe verlorene Blick, den er auf Mrs. Styles' Gesicht gesehen hatte, spiegelte sich jetzt auf Virginias hübschen Zügen. „Ich muss zugeben, dass ich sie beim ersten Mal, als sie sich in einer Mietdroschke trafen, nicht selbst gesehen habe, aber der Mann, den ich angestellt habe, um meinem Mann zu folgen, sah sie."

Wie besessen musste eine Frau sein, die tatsächlich jemanden anheuern würde, um ihrem Mann nachzuspionieren? „Bitte, Mylady, warum haben Sie einen Mann angestellt, um Sir Ronald zu beschatten?"

Virginia antwortete einen Moment lang nicht. „Ich musste wissen, dass ich die einzige Frau in seinem Leben bin."

„Woher wissen Sie, dass Sie diesem Mann, den Sie beschäftigen, trauen können?"

„Er wurde mir wärmstens empfohlen."

„Ich versichere Ihnen, wenn Sir Ronald sich mit meiner Frau getroffen hat, war das völlig unschuldig. Vielleicht planen sie eine Überraschung für Sie. Haben Sie vielleicht bald Geburtstag? Oder gibt es einen besonderen Anlass?" Gott, das hoffte er.

Sie schüttelte mürrisch den Kopf, ihre Augen füllten sich schon wieder mit Tränen.

Dieses lähmende Gefühl in seinem Bauch meldete sich wieder. „Und das zweite Mal?"

„Heute Mittag. Sie traf ihn in seinem Büro."

Er machte ein langes Gesicht. *Sie hat mich wieder angelogen.* „Ich mag nicht viel darüber wissen, wie man eine Affäre betreibt, aber ich bin relativ sicher, dass man sie nicht mitten am Tag im Außenministerium auslebt."

Sie dachte einen Moment darüber nach, dann hellte ihr Gesicht sich auf. „Da muss ich Ihnen recht geben."

„Nun, was das erste heimliche Treffen angeht ... hat der Mann, der für Sie arbeitet, gesehen, wie die Mietdroschke die angeblichen Liebesleute in ein Badehaus brachte oder an sonst einen Ort, wo ehebrecherische ... Aktivitäten stattfinden?" Er wusste sehr wohl, dass dem nicht so war.

„Eigentlich nicht."

„Wollen Sie sagen, dass sie nur hinter verschlossenen Vorhängen in der Droschke herumgefahren sind und ihrer illegitime Beziehung darin gefrönt haben?" Er wusste sehr gut, dass auch das nicht der Fall gewesen war.

„Nun, eigentlich nicht."

„Dann sagen Sie mir, was geschah?"

„Daphne kam in einer Mietdroschke am Außenministerium an und ließ meinen Mann rufen. Er kam zur Kutsche, stieg ein und sie ... sie blieben einige Minuten gemeinsam drinnen, dann kehrte Ronnie wieder zu seiner Arbeit zurück."

„Sie müssen zugeben, Mylady, das alles klingt recht unschuldig." Gott, er hoffte es. Aber was zur Hölle konnte es sein? Und warum zum Teufel log Daphne ihn an?

„Ich musste Sie heute besuchen, um zu sehen, ob Sie wirklich verletzt sind. So hatte Ronnie vor zwei Tagen seine nächtliche Abwesenheit erklärt."

Er streckte seine Arme aus. „Sehen Sie selbst, Mylady, wie elend es mir geht. Ihr Mann hat in jener Nacht in der Tat meinen zusammengeschlagenen Körper nach Hause geschleppt, um mich zu meiner besorgten Frau zurückzubringen. Drei Männer wollten mich anscheinend tot sehen." Jack setzte sich auf die Kante seines Bettes. „Verzeihen Sie mir daher, dass ich nicht angezogen bin."

„Es tut mir furchtbar leid, Hauptmann. Alles. Was Ronnie betrifft ... noch eins. Gestern Abend sagte er, er wäre bei White's gewesen."

„Ich versichere Ihnen, Daphne war den ganzen Abend bei mir." *White's?* Hatte Daphne nicht gesagt, der Herzog von Lankersham hätte genau dort Lord Lambeth beim Spiel gesehen? Hatte sie den Namen des Herzogs anstatt Sir Ronalds Namen benutzt? Warum sollte sie etwas so sinnlos Unehrliches tun? Das passte wirklich nicht zu Daphne, die von Natur aus eine sehr ehrliche Frau war.

Virginia stand auf. „Da ich alleine mit Ihnen sprechen musste, habe ich eine Geschichte erfunden, damit sie zum Haus meiner Eltern fuhr. Ich sollte besser zurück sein, bevor Daphne wieder herkommt, da sie wahrscheinlich böse auf mich ist."

Sie ging zur Tür und drehte sich wieder um. „Ich hätte mich Ihnen nicht aufdrängen sollen - in Ihrem Zustand, aber ich muss sagen, Sie haben mein Herz bedeutend leichter gemacht."

* * *

„Daphne! Wie schön, dich zu sehen! Lass mich dich anschauen!" Lady Sidworth erhob sich von dem kleinen, französischen Schreibtisch in ihrem Arbeitszimmer, wo sie Briefe geschrieben hatte, dann schaute sie ihre Tochter von allen Seiten an. „Der Hauptmann versicherte mir, du wärest in Spanien nicht von diesen abscheulichen französischen Mördern verletzt worden, die ihn beinahe getötet haben." Sie schüttelte den Kopf. „Ich weiß nicht, wie seine Mutter das ertragen kann."

Daphnes Mund öffnete sich, um zu widersprechen, aber ihre Mutter sprach schon schnell weiter.

„Dein Mann sagte mir, du wärest auf der Überfahrt scheußlich krank gewesen. Ich fürchte, das hast du von deinem Papa. Ich werde nie unsere Hochzeitsreise auf der Yacht der Sidworths vergessen - woran du dich kaum erinnern wirst ..."

„Natürlich kann ich mich nicht an eure Hochzeitsreise erinnern, da ich noch nicht geboren war."

Lady Sidworth schüttelte heftig den Kopf. „Was ich sagen wollte, war, du wirst dich an die Yacht nicht erinnern können, da Sidworth sie sofort nach der Hochzeitsreise verkaufte und sagte, er würde nie wieder einen Fuß auf so ein verdammtes Schiff setzen - verzeih mir den Ausdruck, aber dein Vater hat während unserer

Hochzeitsreise unvorstellbar üble Worte benutzt, vor allem, während er sich in dieses unaussprechliche, unaussprechliche, unaussprechliche Gefäß erbrach." Sie schüttelte den Kopf. „Es war keine fröhliche Hochzeitsreise."

„Ebenso wenig wie meine." Daphne ließ sich auf ein blassgelbes Damastsofa fallen und ihre Mutter kam, um sich neben sie zu setzen. „Aber von der Seereise abgesehen, war unsere Hochzeitsreise besonders schön." Außer diesem einen Problem.

„Wie macht sich Annie?"

Daphne antwortete einen Moment lang nicht. „Sie braucht noch ein wenig Erfahrung." Um das Thema zu wechseln und nicht schlecht über die arme Annie sprechen zu müssen, fuhr Daphne fort: „Und ich habe die frühere Haushälterin von Poyntz eingestellt, die ausgesprochen fähig zu sein scheint."

„Ich bin so froh, dass sich alles bei euch regelt. Ich habe mir solche Sorgen gemacht."

Daphne stand auf. „Du hast dich jetzt mit deinen eigenen Augen davon überzeugen können, dass ich bei bester Gesundheit bin. Jetzt muss ich wirklich zu meinem leidenden Ehemann zurück. Ich mache mir solche Sorgen um ihn." Vor allem, da sie wusste, dass d'Arblier in London sein musste und plante, Jack zu ermorden. Wenn er von Jacks geschwächtem Zustand erführe, könnte er kühn genug sein, bei Tageslicht einen waghalsigen Angriff zu unternehmen.

Kapitel 15

„Bist du sicher, Liebster, dass du körperlich in der Lage bist, heute Nacht dieses Unternehmen durchzuführen?" Daphne musste zugeben, dass Jack während der vierundzwanzig Stunden, seit sie das Haus ihrer Mutter verlassen hatte, bemerkenswerte Fortschritte gezeigt hatte. Auch, wenn er übermäßig grübelte. Sie nahm an, dass seine Abneigung gegen Untätigkeit der Grund für seine Reizbarkeit war.

Obwohl er sich geweigert hatte, im Bett zu bleiben, wurden seine Bewegungen von dem Schmerz in seinen Rippen, einer steifen Schulter und der Schwellung an seinem Knie noch ernstlich behindert.

Sie hatten tatsächlich die Fahrt nach Lankersham House gewagt und zusammen mit Cornelia ihre geheime Mission geplant. Cornelia hatte mit Lord Lambeth Briefe wegen ihres Rendezvous am Abend gewechselt.

Daphne machte sich dann daran, die Handschrift des Viscounts zu kopieren - etwas, wofür sie eine bemerkenswerte Begabung hatte - und verfasst dann eine Nachricht, die Lambeth' Dienern an diesem Abend überbracht werden würde, angeblich von ihrem Herrn stammend, in der er allen für den Abend frei gab.

Cornelias wichtigster Beitrag zu dem Unternehmen war, dass sie es geschafft hatte, die Pläne von Lord Lambeths Haus am Manchester

Square in die Hände zu bekommen, das im letzten Jahrhundert von Robert Adam gebaut worden war. Nachdem Jack und Daphne sich den Grundriss des Hauses eingeprägt hatten, beschlossen sie, durch ein Fenster der Bibliothek einzudringen, die im hinteren Teil des Erdgeschosses des Hauses lag. Sie hatten sich bereits vorher dazu entschieden, die Bibliothek als erstes der Zimmer zu durchsuchen. Sie hofften nur, dass Lord Lambeth keinen Gefallen an bibliophilen Errungenschaften hatte, da sie jedes Buch in diesem Raum würden durchsehen müssen.

Daphnes größtes Hindernis während der Vorbereitungen war es, Jack zu überzeugen, dass er ihr erlaubte mitzukommen. Er war ausgesprochen dagegen gewesen, seine Frau in Gefahr zu bringen. Sie und Cornelia benötigten ihre gesamte Überzeugungskraft, um ihm klarzumachen, dass Daphnes Hilfe sehr nützlich sein und ihr nichts zustoßen würde, solange Jack dort wäre, um sie zu beschützen. Daphne hatte keinen Zweifel daran, dass er sein Leben einsetzen würde, um das ihre zu schützen.

„Natürlich geht es mir gut genug, um das durchzuziehen!", blaffte er.

„Ich könnte uns von Sir Ronald begleiten lassen. Er ist nicht nur ein bekannter Faustkämpfer ..."

„Ja, ich weiß." Er sprach durch zusammengebissene Zähne und verdrehte die Augen. „Es ist mir wohl bekannt, dass Sir Ronald gut mit einem Schwert umgehen kann - obwohl er nie im Zweikampf mit einem Feind gewesen ist, dessen Absicht es war, ihn zu töten."

Die bloße Vorstellung, wie Jack einem

grausamen Mann wie dem Duc d'Arblier gegenüberstand, ließ ihr den Magen in die Knie sinken. Ihr armer Jack. Er fühlte sich wegen seiner Schwäche niedergeschlagen und nahm Sir Ronald seine robuste Gesundheit und viele andere Stärken übel. „Ich wage zu behaupten, dass du Sir Ronald schlagen könntest, wenn du nicht verletzt wärest."

Inzwischen war es halb zwölf. Sie hatten den Brief, mit dem Lambeths Dienerschaft der Abend freigegeben wurde, um acht Uhr am Abend überbringen lassen.

Sie trug ihren bodenlangen schwarzen Umhang über ein schwarzes Kleid. Sie hatte beides nicht getragen, seit sie in Trauer wegen ihres Großvaters gegangen war. Jack legte ebenfalls einen schwarzen Umhang an.

Als Andy dort im Dunkeln stand und den Schlag der Kutsche aufhielt, beschloss Daphne, den Jungen ins Vertrauen zu ziehen. Als sie mit Jack über ihn gesprochen hatte, war dieser nicht dagegen gewesen, dem jungen Kutscher zu vertrauen. „Sag, Andy, kann man dir ein Geheimnis anvertrauen?"

„Sie können sich auf meine Vertrauenswürdigkeit verlassen, Mylady." Er schien plötzlich zwei Zoll gewachsen zu sein.

Sie unterdrückte ein Lachen und senkte ihre Stimme fast bis zu einem Flüsterton. „Der Hauptmann und ich haben einen wichtigen Auftrag für die Krone ..."

Jacks Finger drückten sich in ihren Arm. „Aber, meine liebste Frau, du musst nicht versuchen, dieser Fahrt übertriebene Bedeutung beizumessen."

„Aber Liebling, Andy wird ein wichtiger Teil

unserer Ermittlungen sein." Sie richtete ihre Aufmerksamkeit wieder auf den jungen Kutscher. „Wir hoffen, hier in London französische Spione zu entlarven." Sie wusste, dass dieses Wissen den abenteuerlustigen Geist des Jungen beflügeln würde. Und seinen Patriotismus.

Jacks Griff wurde härter. „In die Kutsche, Madam." Er klang nicht glücklich.

Ein strahlender Andy klappte die Stufen ein. „Ich bin geehrt, dass Sie mir Ihr Vertrauen schenken und werde mein Bestes tun, um ihnen in jeder Weise beizustehen, wie Sie es brauchen." Andy war von Natur aus so sympathisch, dass sie keine Bedenken hatte, ihm zu vertrauen.

Jack gab Andy die Adresse an. „Und während wir dort im Haus sind, wirst du um den Platz fahren müssen. Es könnte notwendig werden ..."

„Schnell abzuhauen?", fragte Andy und sein Gesicht glänzte vor Bewunderung.

Jack seufzte.

Bevor er die Kutschentür schloss, überlegte Andy sich schnell den besten Weg zum Manchester Square. Das Erinnerungsvermögen des Jungen für diese Karten von London erwies sich als äußerst nützlich.

„Noch etwas", sagte Daphne. „Wir werden von hinten ins Haus gehen."

„Sehr wohl, Mylady."

Während der Stunden ihrer Vorbereitung hatte Jack Daphne die Notwendigkeit einer genauen Planung eingehämmert. Jedes Detail - ebenso wie jede mögliche Unterbrechung - musste vorherbedacht, jede Bewegung sich eingeprägt werden. „Der Erfolg eines Auftrags", hatte er rezitiert, „hängt von guter Planung ab."

Nachdem die Kutsche sich in Bewegung gesetzt

hatte, drehte Jack sich zu ihr. „Meine liebe Frau, ist dir nicht klar, dass Spione nicht herumlaufen und öffentlich über ihre geheime Tätigkeit sprechen können?"

„Andy ist nicht die Öffentlichkeit. Er ist ein guter Junge, und indem wir ihn ins Vertrauen ziehen, haben wir einen unschätzbaren Verbündeten gewonnen."

„In Zukunft bitte ich darum, dass du und ich solche Entscheidungen gemeinsam treffen."

„Natürlich hast du recht, mein Lieber, aber du sagtest, dass du dem Jungen vertraust."

„Ihm vertrauen und ihm Staatsgeheimnisse anvertrauen sind zwei völlig verschiedene Dinge!"

Sie schmollte. „Du bist nicht zufrieden mit mir."

„Ist es zu viel verlangt, dass du, bevor du losgehst und ... Helfer rekrutierst, dies zuerst mit mir besprichst?"

„Ich werde mich in Zukunft daran halten", antwortete sie mit zerknirschtem Ton.

Während der Kutschfahrt zum Manchester Square fuhren sie fort, ihren Plan zu durchdenken, bis Jack schließlich fand, dass Daphne angemessen vorbereitet wäre.

Sie schob den Samtvorhang des Fensters zur Seite. „Wir sind da. Andy fährt langsam an dem Weg zu den Ställen von Lambeth vorbei." Und an der Rückseite von Lambeth House.

Sie spähte aus ihrem Fenster, Jack aus seinem. Andy hatte Anweisung bekommen, weiterzufahren, wenn in dieser Gasse Menschen unterwegs waren. Die Kutsche kam zum Stillstand.

Jack wandte sich ihr zu. „Es gefällt mir wirklich nicht, dich so in Gefahr zu bringen. Ich wünschte, du würdest in der Kutsche bleiben."

„Wie schlecht du mich kennst, Sir, wenn du glaubst, ich könnte auch nur für eine Sekunde in Betracht ziehen, meinem Ehemann zu erlauben, ohne mich dort hineinzugehen."

Er murmelte einen Fluch und stieg aus der Kutsche, wandte sich dann um, um ihr zu helfen. In ihrer dunklen Kleidung glitten sie durch die Gasse, bis sie zu einem stattlichen Herrenhaus aus Portlandstein kamen, dem Haus, das Robert Adam für Lord Lambeths Vater gebaut hatte. „Das hier ist es", flüsterte sie, nicht ohne inneres Zittern. Was, wenn Lord Lambeth noch immer drinnen war? Oder was, wenn Jack und sie durch das Fenster einstiegen und vom Lauf einer Muskete begrüßt würden?

Sie kannten beide den Grundriss des Hauses auswendig, beide gingen zum letzten Fenster des Erdgeschosses. Das Fenstersims war auf der Höhe von Jacks Kinn. Er hielt an und drehte sich um. Der Mond war hell genug, dass seine Gesichtszüge erkennbar waren. Obwohl er vermutlich auf Hunderten von Missionen gewesen war, trugen seine Züge doch unverkennbare Anzeichen tiefer Sorge. Ihre Anwesenheit musste ihn wie ein unnötiges Anhängsel belasten.

Sie würde ihren Wert beweisen müssen.

Er ging schnell ans Werk und öffnete das Fenster der Bibliothek mit wenig Mühe. Dann half er Daphne beim Einsteigen. Sie hatten beschlossen, dass sie zuerst hineingehen sollte, weil sie zu klein war, um es ohne Hilfe zu schaffen. (Es gefiel ihr, dass sie für klein gehalten wurde - da sie den größten Teil ihres Lebens die meisten ihrer weiblichen Bekannten überragt hatte.)

Als sie sich vom Fensterrahmen gelöst hatte und mitten in Lord Lambeths Bibliothek stand, schaute sie sich prüfend um. Kein Laut. Sie konnte wegen der Dunkelheit nur sehr wenig sehen. Dann wandte sie sich wieder zu dem geöffneten Fenster. Jack versuchte, sich hochzuziehen, hatte aber wegen seiner schwer geprellten (und vermutlich gebrochenen) Rippen und der verletzten Schulter große Probleme. „Erlaube mir, dir einen Stuhl hinauszureichen, damit du dich daraufstellen kannst", flüsterte sie.

„Ich werde mich auf keinen verdammten Stuhl stellen." Er murmelte etwas über Verweichlichung und stöhnte und schaffte es schließlich, sich mühsam hochzuziehen.

Diesmal erfolgreich.

In der Bibliothek zündete Jack eine Kerze an und gab sie ihr. Ihr Wert wurde auf ihre Fähigkeit reduziert, ein Licht für ihren Mann zu halten. Jetzt, spärlich erleuchtet, wies der Raum nur fünf vom Boden bis zur Decke reichende Bücherregale auf. Genau, wie sie gehofft hatte. Die meisten Männer, die es liebten, um hohe Einsätze zu spielen, waren *keine* Bücherliebhaber. Den Göttern sei Dank.

Jack begann mit den Regalbrettern, die auf Augenhöhe waren, nahm ein einzelnes Buch heraus, schüttelte es mit dem Rücken nach oben aus und warf es dann zu Boden. Er nahm jedes Buch von dem Brett.

Gerade, als er das nächste angehen wollte, begann die Tür zu diesem Zimmer sich knarrend zu öffnen.

Beide erstarrten. Jack flüsterte ihr ins Ohr: „Du musst gehen."

Obwohl sie nicht jemand war, der ein

sinkendes Schiff verließ - vor allem nicht, wenn ihr Ehemann sich auf diesem Schiff befand - schien es ihr doch wahrscheinlich, dass ihre größte Chance, ihnen beiden aus der Klemme zu helfen, darin bestand, sich frei außerhalb des Hauses zu befinden.

Sie glitt auf das noch offene Fenster zu und erschrak fast zu Tode, als die Tür zur Bibliothek sich ganz öffnete. Ihr Kopf fuhr herum, um den Eindringling zu sehen, aber es war viel zu dunkel, um etwas zu erkennen. Alles, was sie feststellen konnte, war, dass es ein Mann war, und er kleiner war als Jack - eine Feststellung, die sie hätte trösten sollen. Aber das tat sie nicht, vor allem nicht, als seine Schritte sich deutlich in die Richtung des Raums bewegten, in dem sie sich befanden.

Als sie sich zu dem geöffneten Fenster wandte, schlang sie die dunklen Samtvorhänge um sich herum, setzte sich auf die Fensterbank, drehte sich um und ließ sich dann auf das Pflaster darunter fallen.

Jack musste die Gelegenheit genutzt haben, den Eindringling anzugreifen, denn die unverkennbaren Geräusche eines Kampfes erfüllten ihr Herz mit Schrecken.

Sie hob sich auf Zehenspitzen, um zu versuchen, in das Zimmer zu spähen, genau rechtzeitig, um den Stiefel eines Mannes ins Gesicht zu bekommen. Die Wucht dieses Tritts schleuderte sie zu Boden.

Eine Reihe französischer Schimpfwörter folgte, dann sprang der Eindringling nach draußen und rannte fort.

Der Mondschein glänzte auf dem Messer in seiner Hand.

Kapitel 16

Jack! Das Messer!

Es war ihr gleichgültig, ob sie an einem Ort erwischt wurden, wo sie nicht hätten sein sollen. Nur Jack zählte. Sie rief seinen Namen und bemerkte, dass ihr Ruf wie der Todesruf einer Grasmücke klang. Wenn es das gab.

Sie strengte sich an, um alleine wieder durch das Fenster zu klettern, krallte sich an den Portlandsteinen fest, war aber weder groß noch stark genug, um das schaffen zu können. Als sie auf Zehenspitzen stehend durch das offene Fenster blickte, wurde sie durch einen wundervollen Anblick belohnt: Jack.

Obwohl der Anblick wundervoll war, die Worte, die aus seinem Mund sprudelten, waren es nicht. Er war nicht erfreut.

„Gott sei Dank bist du unverletzt", flüsterte sie.

„Als ich deinen Schrei hörte, dachte ich, der Schuft hätte dich verletzt."

„Weißt du, wer dieser Schuft war?"

„Guter Gott, war es d'Arblier?"

Sie nickte ernst. „Möglicherweise. Es war mit Sicherheit ein Franzose und hatte die gleiche Größe - und Haarfarbe - wie der Herzog."

Jacks Mund entströmten wieder die unflätigsten Worte in einer wilden Kakophonie, die mit einer Entschuldigung endete. „Verzeih mir, aber ich bin wütend. Wenn meine verdammte Schulter nicht wäre, hätte ich ihn erwischt."

„Du kannst sie immer noch nicht bewegen?"

„Bedauerlicherweise." Während er mit ihr sprach, hatte er sich aus dem Fenster gelehnt. Dann richtete er sich auf, seine Ohren waren gespitzt wie die eines der Jagdhunde ihres Vaters. „Ich glaube, kein einziger Diener ist hier. Dein Gekreische würde jeden alarmiert haben."

Gekreische? Sie musste annehmen, dass ihr Klageruf sich doch eher wie ein Kreischen angehört hatte. Wenn sie ein weiblicheres Wesen gewesen wäre, wie Cornelia oder Virginia, hätte sie ihm diesen Ausdruck übelgenommen. Eine wahre Lady kreischte nicht. Zum Glück war sie kein derart weibliches Geschöpf. „Dann frage ich mich, warum wir nicht alle Kerzen anzünden und das Zimmer richtig durchsuchen?"

„Ein sehr guter Vorschlag. Hier, erlaube mir, dir wieder hereinzuhelfen." Er streckte die Hand nach ihr aus.

Sie schüttelte den Kopf. „Du musst Rücksicht auf deine Schulter nehmen. Ich komme durch die Hintertür, wenn du sie für mich aufschließt."

Einen Moment später waren sie wieder zusammen in der Bibliothek. Er fand eine Öllampe und zündete sie an, sodass sie das kleine, selleriefarben gestrichene und mit dunklem Holz möblierte Zimmer ausleuchtete. Der Raum hatte zwei Türen, eine zum Hauptflur, die andere führte in Lord Lambeths Arbeitszimmer, das noch kleiner war. „Nachdem wir hier anscheinend freie Bahn haben, sollen wir uns das Arbeitszimmer seiner Lordschaft ansehen? Dort kam der Franzose heraus", sagte sie.

Ohne seine Antwort abzuwarten, machte sie sich auf den Weg ins Nebenzimmer.

Jack öffnete die Tür. „Nach Ihnen, Mylady."

Noch immer die Lampe haltend betrat sie das Zimmer. Auf dem Boden waren Papiere verstreut und es schien, dass die Schubladen von Lord Lambeths Schreibtisch ausgeleert worden waren. Sie näherte sich dem Schreibtisch. Auf dem Boden unter dem Schreibtisch sah sie etwas, das sie die Lampe mit einem Aufschrei fallen ließ.

Diesmal war es mehr als ein Kreischen.

Jack eilte an ihre Seite, um die Lampe wieder aufzurichten, bevor sie den Teppich entzünden könnte. Dann folgte er ihrem Blick und sah den zusammengefallenen, blutigen Körper eines Mannes mit blonden Haaren. „Lambeth."

Tränen brannten ihr in den Augen, sie nickte ernst.

Jack fiel auf seine Knie, nicht lebhaft, sondern eher mit der Beweglichkeit eines Achtzigjährigen, und fühlte Lord Lambeths Puls. Sekunden später schaute er ernst auf und schüttelte den Kopf.

Ihr war übel und sie hätte heulen mögen, aber nicht wegen des abscheulichen Mannes, der fast vor ihren Füßen tot dalag, des Mannes, der vermutlich den ehrenwerten Mr. Prufoy ermordet hatte. Sie wusste, dass es das Messer des Herzogs gewesen war, das den Viscount getötet hatte, und sie bebte bei dem Gedanken, dass es Jack hätte sein können.

Ihr Mann stand auf, zog sie in seine Arme und hielt sie fest. Sie spürte, wie er sanfte Küsse auf ihr Haar drückte, begleitet von leisem, tröstlichen Gemurmel. „Es tut mir so leid, dass du das sehen musstest."

Sie hasste es, daran zu denken, wieviel Tode Jack schon hatte mitansehen müssen. Dies war ihr erster. Ältliche Großeltern, die auf einer Bahre lagen, zählten nicht.

Jacks Umarmung und seine lieben Worte stillten das Schluchzen, das am Rande des Ausbrechens gewesen war. „Ich bin nur so dankbar, dass nicht du es bist." Sie schaute in sein Gesicht auf und streichelte seine fein gemeißelte Wange.

Da sah sie das Blut auf ihrer Hand. Jacks Blut.

„Du bist verletzt!" Ihr Herzschlag hämmerte, ihre Hände zitterten.

„Es war zu dunkel, als dass ich sein Messer hätte sehen können", wehrte Jack achselzuckend ab. „Kann sein, dass ich eine kleine Fleischwunde habe."

Dass er noch dastand und mit ihr sprach, zeigte, dass er nicht schwer verwundet worden war. Aber sie war zu vernünftigem Denken nicht fähig. Nichts konnte erschreckender sein als die bloße Vorstellung, wie ein Messer sich in die Haut ihres Mannes bohrte. (Nun, etwas Derartiges tatsächlich zu sehen, wäre sicher schlimmer gewesen.) Sie fiel zu Boden, als wäre sie von einer Musketenkugel getroffen, und begann zu schluchzen.

Das war kein Schluchzen wie beim Tod des treuen Hundes der Familie. Es war die Art von Schluchzen, in das eine Mutter ausbrechen mochte, die gerade gesehen hatte, wie ihre ganze Familie - einschließlich fünf geliebter Kinder - vor ihren eigenen Augen abgeschlachtet wurden.

Daphne verstand nicht, wie sie so hysterisch werden konnte, wenn ein (relativ) gesunder Jack vor ihr stand.

Seine Brauen zogen sich besorgt zusammen und er hockte sich neben sie. „Schon gut. Was ist los, Liebes? Ich bin wirklich nicht verletzt. Ich spüre es kaum."

Dann warf er den Umhang ab. Dann folgte seine Jacke. Als nächstes, nicht, ohne vor Schmerz zusammenzuzucken, zog er sein Hemd aus. Selbst blutüberströmt war sein Oberkörper noch ein prachtvoller Anblick. Ihr Blick schweifte über die steinharten Muskeln, die vor Schweiß von seinem gerade überstandenen Kampf glänzten, ein Büschel feinen, schwarzen Haars mitten auf seiner Brust und ihr Herz fing an zu rasen.

Was in aller Welt machte Jack da?

„Jetzt kannst du die Wunde selbst sehen", sagte er, seine Stimme war leise und heiser, aber unglaublich sanft. „Sie ist nicht tief." Er zeigte ihr seinen Rücken.

Noch immer verwirrt, schluchzend und ausgiebig schniefend beäugte sie den Schnitt auf seinem Rücken, dicht an der Achselhöhle. Er blutete furchtbar, aber es schien keine Gefahr zu bestehen, dass irgendwelche inneren Organe verletzt sein könnten.

Obwohl sie getröstet war, wollte ihr Schluchzen nicht nachlassen.

Er ließ sich schwer auf sein Hinterteil fallen und riss sie in seine Arme. Einige Minuten lang hielt er sie fest. „Ich habe diese Art von Hysterie nach einer Schlacht gesehen. Das ist wirklich nicht ungewöhnlich. Du musst sehen, dass ich relativ unverletzt bin. Du bist unverletzt. Wir haben d'Arblier anscheinend daran gehindert, die Liste in die Hände zu bekommen. Ich würde sagen, dies war eine erfolgreiche Aktion."

Seine Worte durchdrangen endlich die Hysterie. „Du meinst, wir haben den widerwärtigen Kerl wirklich aufgehalten?"

Seine Arme schlossen sich für den Bruchteil einer Sekunde fester um sie. „Ich bin davon überzeugt. Denk daran, er hat nur Sekunden, nachdem ich die Bücher auf den Boden geworfen hatte - wobei ich, wie du zugeben musst, nicht besonders leise war - diese Tür geöffnet."

„Das stimmt! Wir haben ihn offensichtlich gestört. Aber ich verstehe nicht, warum du versuchen musstest, zu ihm zu gehen und mit ihm zu kämpfen. Hättest du nicht leise im Dunkeln stehenbleiben können?"

„Ich habe gelernt, nichts unversucht zu lassen. Ich konnte niemandem erlauben zu entkommen, ohne zu versuchen festzustellen, wer es war und ob er etwas herausgefunden hatte."

„Das war, bevor du geheiratet hast. Ich werde sehr froh sein, wenn diese Angelegenheit abgeschlossen ist. Du nimmst keine Rücksicht auf deinen eigenen Hals."

„Und ob ich das tue. Es ist nur so, dass ich England mehr liebe."

Sie hätte schon wieder weinen können, weil der Mann, den sie geheiratet hatte, so ehrenhaft war. „Erlaube mir, deine Wunde zu verbinden."

Er nickte zerknirscht. „Der verdammte Mörder hat meinen Rock ruiniert."

„Besser als dich."

„Wenn ich nicht noch unter den Folgen des letzten Angriffs auf mich leiden würde, hätte ich den Bast..." Er hustete. „Du musst mir meine bedauerliche Wortwahl verzeihen."

„Und du musst aufhören, mich als Dame zu betrachten. Ich würde es sehr zu schätzen wissen, wenn du an mich als an einen deiner Kumpane denken würdest."

Er ließ einen anzüglichen Blick von ihrem Kopf

bis zum Saum des Capes, das sie noch immer trug, gleiten, bis zu ihrem entblößten Knöchel. „Unmöglich." Dann spitzte er die Lippen, küsste sie rasch und stellte sie ab, als er auf die Beine kam. „Erlaube mir, dir aufzuhelfen, Mylady."

Sie legte ihre Hand in seine und er zog sie zum Stehen hoch. Ihre Augen blieben dabei auf dem Strang des Seidenvorhangs hängen, der das Fenster verdeckte. „Das Futter dieses Vorhangs wird reichen müssen, um deine Wunde zu verbinden. Meinst du, du kannst ihn für mich abnehmen? Er hängt ziemlich hoch."

Er musste schließlich die Leiter der Bibliothek holen, um die Oberkante des Vorhangs zu erreichen. Nachdem er ihr einen zwölf Fuß langen Vorhang hingelegt hatte, machte sie sich daran, den weißen Futterstoff in lange Streifen zu reißen. Da die Sonne das Tuch ziemlich spröde hatte werden lassen, ließ es sich ausgesprochen leicht zerreißen. „Wir werden die Wunde reinigen müssen, wenn wir nach Hause kommen", sagte sie. „Alles, was wir jetzt tun können, ist, die Blutung zu stoppen." Sie fuhr fort, die Streifen um Jacks Oberkörper zu wickeln, als wäre er eine Mumie.

Es war für sie eine überaus schwierige Aufgabe wegen ihres innigen Wunsches, an seine glänzende, straffe Brust gedrückt zu werden, die einer Statue gut angestanden hätte. Als sie fertig war, ging ihr Atem rau und hastig. Sie befahl sich, nicht an Jack zu denken. *Ich muss mich auf unsere Aufgabe konzentrieren.* „Was machen wir nun?", brachte sie heraus.

„Wir müssen das finden, was d'Arblier gesucht hat." Er zog sein Hemd wieder an, dann den blutbefleckten Rock, ließ den schwarzen Umhang aber einstweilen weg - was sie für eine gute Idee hielt.

Sie selbst legte den langen, schwarzen Umhang ab, den sie trug. „Du bist sicher, dass der Franzmann es nicht gefunden hat?"

„Ziemlich sicher."

Ihr Blick wanderte wieder zu der Leiche zurück. „Was sollen wir mit dem bösen Lord Lambeth tun?"

„Wir werden es seinen Dienern überlassen, sich morgen damit zu befassen." Sein Blick fiel auf die Uhr über dem Kamin. „Oder sollte ich sagen, später am heutigen Tag." Er wurde ernster. „Wird er dich schrecklich stören?"

„Es tut mir nicht im Geringsten leid, dass der grässliche Mann seine gerechte Belohnung bekommen hat. Es ist nur, dass es so scheußlich ist, einen solch grausigen Anblick im selben Raum zu haben - vor allem, nachdem wir auch im selben Raum mit dem Mörder waren!"

„Das stimmt wohl." Dann hellte Jacks Gesicht sich auf. „Ich werde Lambeth einfach in den Flur ziehen, damit wir unsere Suche fortsetzen können."

Als er den toten Körper in den Hauptflur zog, schlenderte sie neben ihm her, als wäre es ein alltägliches Ereignis, eine Leiche herumzuzerren. Statt die Leiche dort auf dem polierten Holzboden liegenzulassen, begann er, sie hinter eine Tür der großen, elisabethanischen Anrichte im Flur zu stopfen.

„Das kannst du nicht allein!", protestierte sie und eilt herbei, um ihm zu helfen. War dem törichten Mann nicht klar, wie seine Verletzungen ihn einschränkten?

Sie packte Lord Lambeths Stiefel und hob sie

an. „Ich frage mich, ob diese Stiefel unserem Andy passen würden. Hast du die Löcher in den Sohlen des armen Jungen nicht bemerkt? Und diese hier sind so schön. Ich wage zu behaupten, dass der Schuft sie mit dem Geld bezahlt hat, das er meiner armen Schwester abgepresst hat."

Ihr Mann sah sie böse an. „Ich ziehe die Grenze da, wo es darum geht, tote Männer auszurauben."

„Du, mein Liebster, bist wirklich prüde."

Er ignorierte sie und stieß die steifwerdenden Beine des Viscounts gewaltsam in den Schrank und knallte die Tür zu. „Wenn es dunkel ist, werden die Diener die Blutspur wahrscheinlich nicht sehen."

Jack und Daphne kehrten ins Arbeitszimmer zurück.

„Liebster?"

„Ja?"

„Warum meinst du, dass der Duc d'Arblier zuerst das Arbeitszimmer statt die Bibliothek durchsucht hat?"

„Weil Lambeth hier war. D'Arblier muss mit der Absicht, ihn zu töten, hierhergekommen sein. Wenn es der Herzog war."

„Ich glaube, es war der Herzog, und ich glaube, er muss bereits einige Zeit hier gewesen sein. Sollte der Viscount nicht um neun Uhr das Haus verlassen, um sich mit Cornelia zu treffen?"

„Das weißt du genau. Du kennst jeden berechnenden Zug dieser Aktion genauso gut wie ich." Er schaute böse.

Sie imitierte eine männliche Stimme. „Der Erfolg einer Aktion hängt von der präzisen Planung ab."

Sein Blick schweifte durch den schwach beleuchteten Raum. „Es scheint, dass der Herzog diesen Raum gründlich durchsucht hat."

„Dies war das zweite Zimmer, in dem wir suchen wollten - wenn wir in der Bibliothek nicht fänden, was wir suchten."

Nicht nur war jede Schublade des großen Schreibtisches geleert worden, es schien auch, dass jedes einzelne Stück Papier untersucht worden war. Und es gab viele. Hunderte von Papier- und Pergamentblättern bedeckten fast den türkischen Teppich des Zimmers.

„Wenn er jedes Stück Papier angesehen hat, könnte das tatsächlich erklären, warum der Herzog zwei Stunden hier verbracht hat."

Jack nickte. „Ich frage mich nur, ob wir jedes Stück Papier noch einmal ansehen sollten."

Sie stöhnte. „Mit Sicherheit nicht."

„Nicht jetzt. Wir machen mit unserem Plan weiter."

„Und wenn wir in der Bibliothek vergeblich nach den kostbaren, gestohlenen Papieren suchen, dann kommen wir wieder hierher zurück?"

„Genau." Er nahm sich die Öllampe und ging ins Nebenzimmer zurück.

Jetzt war sie diejenige, die unaussprechliche Wörter in sich hineinmurmelte, als sie durch die Verbindungstür in die Bibliothek zurückging.

Da sie nicht länger mit der Aufgabe betraut war, eine Kerze zu halten, war sie jetzt frei, in den unteren Reihen der Bücherregale zu suchen, während Jack auf der kurzen Leiter der Bibliothek schwankte, um an die oberen Regalbretter zu gelangen.

Die ersten drei Bretter der unteren Regale erwiesen sich als nutzlos, aber beim nächsten flatterte ein Stück Papier heraus, als Daphne einen Gedichtband schüttelte.

„Ich habe etwas gefunden!"

Jack drehte sich um und schaute zu, als sie das Papier aufhob und es zu entfalten begann.

Ihr Gesicht wurde lang. „Es ist nur ein sehr ungeschickter Versuch, ein Liebesgedicht zu schreiben."

Er seufzte. „Mach weiter."

Nach fünfzehn Minuten hatten sie das ganze Zimmer durchsucht. Jedes Buch durchgeblättert. Selbst das Sofakissen hatten sie hochgenommen, ohne dahinter Papiere zu finden. Während Jack hinter den Bildern an der Wand suchte, legte Daphne sich auf den Boden und spähte unter die beiden im Raum stehenden Sofas, aber dort war nichts zu finden.

Mit leicht zusammengekniffenen Augen sah sie ihren Mann an.

„Ja, Liebes. Jetzt sehen wir uns jedes Stück Papier im Nebenzimmer an.

* * *

Nachdem sie ein paar Minuten damit verbracht hatten, die Papiere zu untersuchen, öffnete sich knarrend die Hintertür des Hauses. Er erstarrte. Was, wenn d'Arblier zurückgekommen war - diesmal mit bewaffneten Männern? Er hätte Daphne nie erlauben dürfen, mitzukommen.

Die Schritte bewegten sich weiter die Treppen hinab ins Untergeschoss, wo die Räume der Dienstboten lagen.

„Ich schätze, wenn die Diener hier die Lampe brennen sehen, werden sie annehmen, dass es der erpresserische Lord ist", flüsterte Daphne, ihre Nase voller Abscheu gekräuselt.

Er nickte. „Ich hoffe nur, dass sie das Blut nicht sehen."

Sie wandten sich beide wieder der Lektüre der Teile von Briefen zu, die von Anweisungen an Lambeths Verwalter bis zu Rechnungen von Kaufleuten reichten, die Zahlung forderten. Es gab auch ungeschickte Briefe von Lambeths Liebhaberinnen - aber keine Briefe von Cornelia an Major Styles.

„Hier ist einer der Briefe von Cornelia an den Lord Erpresser wegen der heutigen Verabredung", sagte Daphne; ihre Augen flogen über die Seite und ihr Mund verzog sich zu einem Lächeln. *„Ich habe immer eine Schwäche für Sie gehabt ..."* Daphne schüttelte den Kopf. „Es scheint, meine Schwester hat ein Talent zum Schreiben von Liebesbriefen."

„Dieses eine Mal hat es sich als harmlos erwiesen."

„Du solltest wirklich nicht schlecht über Cornelia sprechen. Ohne ihre Beziehung zu Major Styles wären wir bei unserer Suche nicht so schnell erfolgreich gewesen. Das Interesse des Duc d'Arbliers bestätigt nur, dass alle unsere Vermutungen richtig waren."

„Nicht Vermutungen. Hypothesen."

Sie nickte. „Zwischen den beiden gibt es einen wesentlichen Unterschied, und du, mein brillanter Ehemann, hast natürlich recht."

Er sah sie böse an. „Was habe ich dir gesagt ..."

„Ich weiß, ich weiß. Ich soll nicht sagen, dass du brillant bist. Selbst, wenn du es bist."

Diesmal ignorierte er die unverbesserliche Frau. „Warum hebst du nicht einen Stapel Papiere auf und setzt dich dichter an die Öllampe?"

Er mochte derjenige sein, der verwundet war, aber seine Frau wirkte unglaublich müde. Sie sammelte einen ansehnlichen Haufen von Papier

auf, den der Franzmann weggeworfen hatte, kam
zu ihm und begann das oberste Papier des Stapels
zu lesen. Sie musste es dicht vor ihre Brille
halten, um die winzige Schrift entziffern zu
können. Noch ein sicheres Zeichen für ihre
Erschöpfung.

Er hätte sie nicht all dem aussetzen dürfen,
was sie heute Nacht zu ertragen gehabt hatte.

Er hätte nicht darauf hören sollen, als sie und
ihre unmoralische Schwester ihn dazu
überredeten, Daphne zu erlauben, ihn bei dieser
Aktion zu begleiten. Sie hätte getötet werden
können. Er zitterte noch von dem Schrecken, der
ihn durchfahren hatte, als sie aufschrie, weil
d'Arblier sich an ihr vorbeidrängte. Eine lähmende
Sekunde lang hatte er gedacht, dass das Messer,
das ihn nur gestreift hatte, sich in seine geliebte
Frau senkte.

Seine Gedanken kehrten wieder zu den
Papieren zurück, die er durchblätterte. Oben auf
seinem Stapel lag eine Rechnung von einem Spiel
in Haymarket. Er warf sie beiseite. Das nächste
war ein Brief von Lord Marchton, der die Zahlung
einer Spielschuld in Höhe von zwölfhundert Pfund
verlangte. Als nächstes kam wieder eine
Aufforderung zur Zahlung von Spielschulden,
diesmal von Sir Edward Ferguson, über den
Betrag von siebenhundertdreiundvierzig Pfund.

Daphne war verdächtig still geworden. Er
schaute auf und entdeckte, dass sie im Sitzen
eingeschlafen war. Sein Blick huschte zur Uhr
zurück. Es war halb fünf Uhr morgens.

Er musste sie nach Hause bringen. Sie hatte
keine Gelegenheit gehabt, sich zu erholen, seit sie
auf der Seereise so furchtbar krank gewesen war.

Lord Lambeths Haus zu verlassen, das war ihm

klar, könnte den Weg für d'Arblier freimachen, um die Suche fortzusetzen. Aber wie sollte d'Arblier wissen, dass Jack nicht gefunden hatte, was er suchte?

Das war ein Risiko, das Jack würde eingehen müssen. Sie konnten nicht ewig in diesem Zimmer bleiben. Er würde Daphne gestatten, noch ein wenig länger zu dösen. Da er vorhatte, bei der nächsten Gelegenheit hierher zurückzukommen, musste er sicherstellen, dass Lambeths Leiche nicht entdeckt wurde. Das bedeutete, dass er jede Blutspur auf dem Boden beseitigen musste, vor allem draußen im Flur.

Die nächsten fünfzehn Minuten verbrachte er damit, alles aufzuräumen und noch mehr Stoff von den Vorhängen herunterzureißen, um ihn dazu zu verwenden, das Blut vom Boden aufzuwischen. Er war froh, dass seine Frau schlief. Das war nichts, dem man eine Frau aussetzen sollte.

Als er fertig war, ging er, um sie zu wecken. Er blieb stehen und musterte ihr süßes Gesicht. Die Brille war so weit auf ihrer fast perfekten Nase hinabgeglitten, dass sie fast herunterfiel. Er drückte ihr einen sanften Kuss auf die Wange und ihre Augen öffneten sich.

„Liebe Güte! Ich bin eingeschlafen."

„Für eine Nacht haben wir genug getan. Ich bringe dich nach Hause." Er half ihr aufzustehen.

„Ich bin wahnsinnig müde." Sie stand da und sah ihn schmollend an.

„Bitte, was ist los?"

„Ist dir klar, dass noch eine Nacht vergangen ist und wir immer noch nicht richtig verheiratet sind?"

Musste sie ihn daran erinnern? Es wurde jeden

Tag schwieriger, ihr so nahe zu sein und sie nicht besitzen zu können. Er durchbohrte sie mit einem verführerischen Blick. „Das Warten wird sich gelohnt haben."

Sie ließ ein kleines Quietschen hören.

Kapitel 17

Die Briefe anderer Leute zu lesen, war eine todsichere Methode, um schläfrig zu werden. (Wenn diese andere Person nicht Harriett Wilson war. Nun, die Post dieser Halbweltdame würde einen sicher wachhalten.) Aber das war mit Bestimmtheit bei den Schreiben, die dem so kürzlich verstorbenen Lord Lambeth gehörten, nicht der Fall. Daphne konnte sich nicht erinnern, wann sie sich je gelangweilter oder schläfriger gefühlt hatte als in der vergangenen Nacht, während Jack und sie Lord Lambeths Mist in dem Zimmer, in dem er ermordet worden war, lasen.

Als sie am nächsten Morgen ganz wach wurde, fiel ihr erster Blick auf rotsamtene Bettvorhänge. Was sie daran erinnerte, dass sie in Jacks Bett war. Neben ihm. Sie rollte sich herum, um den wundervollen Anblick ihres Mannes zu genießen. Seine dunklen Wimpern waren im Schlaf gesenkt. Ihr Blick schweifte langsam über seinen ganzen Körper - obwohl viel davon unter den Decken lag - und ihre Meinung, dass ihr unvergleichlicher Hauptmann eine wunderbare Statue abgeben würde, wurde bestätigt. Sie wurde dieses Anblicks nie müde.

Aber heute musste sie sich um wichtige Staatsangelegenheiten kümmern. Ein schneller Blick auf die Uhr sagte ihr, dass er kurz nach Mittag war. Hätte ihr Gehirn um vier Uhr morgens noch richtig gearbeitet, hätte sie Lambeth House nie verlassen. Was, wenn der Duc d'Arblier zugeschaut und darauf gewartet hatte, dass sie gingen, damit er das Haus durchsuchen konnte? Mit seinem hinterhältigen Geist war er vermutlich in der Lage, rein instinktiv zu wissen, wo der schwarze, mörderische Lord seine geheimen Dokumente versteckt haben könnte.

Sie hatte nicht vor, ihrem leidenden Ehemann zu erlauben, jetzt schon in dieses grässliche Haus zurückzugehen. Er musste sich dringend ausschlafen. Und sie war entschlossen, dass ein Arzt sich die Messerwunde ansehen musste, die ihr Mann in der vergangenen Nacht erlitten hatte.

Da Lambeth House im Auge behalten werden musste, dachte sie, sie wüsstegenau den Richtigen dafür. Fast lautlos stieg sie aus dem Bett, tapste barfuß über den Holzboden (nur eine Diele knarrte dabei) und zog die Tür so leise wie möglich auf.

Sie hörte das leise Murmeln weiblicher Stimmen. Das mussten Mrs. McInnes und Annie sein. Sie hoffte, dass die beiden gut miteinander auskamen.

In ihre eigenen Schlafzimmer schrieb sie eine Nachricht, versiegelte sie und nahm dann eine Handvoll Münzen aus ihrem Reticule. Ohne ihr Nachthemd auszuziehen rannte sie - so leise, wie sie konnte - die Treppen der drei Stockwerke hinunter, die sie in die Küche im Untergeschoss und zu den beiden Dienstboten führten.

„Liebes Mädchen", sagte Mrs. McInnes gerade zu Annie, „wenn du lesen könntest, wüsstest du, dass der Zucker nicht in diesem Sack ist und das Mehl in dem anderen." Ihre Augen wurden groß und ihr Mund öffnete sich zu einem perfekten Oval. „Aber Mrs. Dryden, Sie hätten nur läuten müssen, dann wäre ich zu Ihnen gekommen."

Daphne wusste, dass die Herrin des Hauses nie einen Fuß in die Küche setzte, aber sie hatte es sehr eilig. „Ich muss Sie bitten, einen Brief für mich zu überbringen." Daphne wusste auch, dass eine Haushälterin nie solche niedrigen Tätigkeiten verrichtete.

Mrs. McInnes' Gesicht hellte sich auf. „Es wird mir ein Vergnügen sein. Ich freue mich, wenn ich nach draußen komme, und nichts tut besser als ein guter Spaziergang."

Daphne übergab ihr den Brief. „Diese Nachricht muss sofort zu meinem Schwager, Sir Ronald Johnson, gebracht werden. Seine Anschrift in Whitehall steht auf dem Brief."

Die Haushälterin beäugte die schlampige Schrift und nickte.

„Ich schlage vor, dass Sie zur Kings Road hinübergehen und eine Droschke zum Strand nehmen." Daphne öffnete ihre Faust und enthüllte die Münzen auf ihrer Hand. „Hier ist Geld für die Kutsche. Ich fürchte, ich könnte nicht warten, bis unser Kutscher unser eigenes Gefährt angeschirrt hat." Natürlich war es nicht ihr eigenes, sondern nur gemietet, aber im Moment war es das ihre.

Mrs. McInnes nickte, als sie die Münzen nahm. „Ich schätzte, das würde uns noch zwanzig Minuten kosten. Ich hole nur meinen Umhang, dann mache ich mich auf den Weg."

Daphne wandte sich an die Köchin. „Und du Annie, lauf bitte zum Mietstall gleich hinter dem Haus und lass den Kutscher die Kutsche für mich anspannen. Er ist ein junger Mann namens Andy."

„Sofort, Mylady."

Später, wenn die Zeit nicht so kostbar wäre, würde Daphne auch Annie anweisen, sie Mrs. Dryden zu nennen. Aber heute war keine Sekunde zu verlieren. Sie durften dem Herzog keine Gelegenheit bieten, zurückzukommen und Lambeth House zu durchsuchen.

Zurück in ihrem Schlafzimmer zog Daphne ein grünes, mit gestickten Blumen verziertes Musselinkleid an. Der Stoff war sehr teuer gewesen, aber Cornelia hatte darauf bestanden, dass er Teil von Daphnes Aussteuer sein sollte. Daphne wusste, dass Cornelias Sorge nicht der Braut, sondern ihr selbst galt. Die Herzogin beklagte sich beständig, dass Daphne in dem abgetragenen, braunen Bombasinkleid, das sie am liebsten jeden Tag trug, peinlich wirkte. (Braun war aber *so* praktisch, da man fast keine Flecken darauf sah, und Daphne hatte immer teuflische Schwierigkeiten, ihre Kleider frei von Tintenflecken zu halten.)

Obwohl sie hoffte, nach Dryden House zurückkehren zu können, bevor Jack erwachte, sollte sie ihm eine Nachricht hinterlassen, die ihn über ihr Ziel informierte, für den Fall, dass er aufwachte, bevor sie zurückkam.

Bis sie ihr Korsett, Strümpfe und Haube angezogen und sich einigermaßen vorzeigbar gemacht hatte, war Andy schon mit der Kutsche vorgefahren. Sie drehte sich rasch zu Annie um. „Ich möchte nicht, dass Hauptmann Dryden beim Schlafen gestört wird, aber wenn du hörst, dass er sich rührt, bringe ihm bitte Tee und Toast."

Draußen wies Daphne Andy an, wieder zum Manchester Square zu fahren. „Diesmal gehe ich durch die Vordertür."

„Und ich werde da sein, um Sie vor den

Feinden Englands zu schützen."

Als sie ihr Ziel erreichte, sah sie erfreut, dass Sir Ronalds Phaeton bereits dort stand. Mrs. McInnes war eine äußerst tüchtige Frau.

Der Baron sprang von seinem Phaeton, als sie aus der Kutsche stieg. „Was zum Teufel geht da vor?", verlangte er zu wissen. „Ich wurde von einer Besprechung des Geheimen Rats weggeschleppt."

Mrs. McInnes bewies ein erstaunliches Maß an Durchsetzungsfähigkeit. „Ich versichere Ihnen, das hier ist äußerst wichtig."

Er machte große Augen. „Was ist von so großer Bedeutung?"

Sie senkte ihre Stimme, da sie beide auf dem Bürgersteig vor Lambeth House standen und alle Arten von Fahrzeugen hin und her an ihnen vorbeiklapperten. Sie umriss die Ereignisse der vorigen Nacht. „Ich denke, Sie werden zustimmen, dass wir Lambeth House nicht ohne Überwachung lassen können", schloss sie.

Mit einem grimmigen Zug um den Mund nickte er.

Sie warf einen Blick auf das Schwert an seiner Seite. „Ich sehe, dass Sie meinen Rat befolgt haben und bewaffnet gekommen sind."

„In der Tat."

„Ich hoffe, Sie werden es nicht benutzen müssen."

„Was ist mit der Leiche?"

Für einige Sekunden erstarrte sie. „Sie sind die Amtsperson. Sicher können Sie einen Weg finden, was damit zu geschehen hat. Ich denke, wenn Sie einfach mit der natürlichen Autorität eines Baronets oder des Unterstaatssekretärs des Außenministers in dieses Haus eindringen und ihren Einfluss geltend machen, werden Lambeth'

Diener darum betteln, Ihnen einen Gefallen tun zu dürfen."

Er lachte leise. „Nachdem ich jetzt weiß, was vor sich geht, denke ich, dass ich meinen Einfluss geltend machen *werde*. In der Tat werde ich einige von den Leibgardisten seiner Majestät kommen lassen, um unsere Interessen hier zu schützen."

„Jack wird später am Nachmittag hier sein. Ich fürchte, ich werde ihm gestehen müssen, dass ich Ihnen Einzelheiten über unsere Ermittlungen zugänglich gemacht habe."

Er zuckte zusammen. „Ich habe das unbestimmte Gefühl, dass Ihr Mann mich nicht mag."

Ihre erste Regung war, dem zu widersprechen, aber Daphne war (in den meisten Situationen) zu ehrlich, um zu lügen. Es *entsprach* der Wahrheit, dass Jack den Baronet nicht mochte. Warum? Sie wusste es nicht. Ronnie war ein so lieber Kerl. „Wie könnte jemand Sie nicht mögen, Sir Ronald?" Sie schenkte ihm ihr fröhlichstes Lächeln, während sie zusammen auf die Vordertür von Lambeth House zugingen. „Um eines muss ich Sie noch bitten, bevor ich zu meinem Mann zurückfahre."

„Ja?"

„Wenn Sie etwas mit der Leiche zu tun bekommen, möchte ich bitten, dass Sie die Stiefel zurückbehalten. Ich glaube, sie würden unserem Kutscher bestens passen, der sie dringend braucht."

„Ich dachte, Sie hätten keinen Kutscher."

„Nun, er ist nicht wirklich *unser* Kutscher, aber er ist seit einigen Tagen bei uns und er ist so verlässlich; und die Stiefel des mörderischen, schwarzen Lords sind *wirklich* von außerordentlich guter Qualität. Ich wage zu behaupten, dass sie mit dem von Cornelia erpressten Geld bezahlt wurden."

„Der schwarze, mörderische Lord?"

Sie zuckte die Achseln. „Zuerst war er nur der erpresserische Lord, aber das schien nicht böse genug, um ihn zu beschreiben."

„Ich verstehe. Wegen Prufoy?"

Sie nickte, ihre Stimme wurde weich, als ihre Gedanken zu dem ordentlichen, kleinen Haus in der Cotton Lane huschten. „Nach allem, was ich gehört habe, war Mr. Prufoy ein wunderbarer Mensch."

„Es scheint, dass sein Tod gerächt wurde."

„In einer merkwürdigen Art und Weise sieht es so aus. Obwohl der Mann, der den mörderischen, schwarzen Lord ermordete, noch abscheulicher ist, als er es war."

„Der Duc d'Arblier dient nur seinem Land so, wie wir unserem dienen."

„Über den Mann werde ich nie etwas Gutes denken", fauchte sie förmlich und ihre Augen wurden bei diesen Worten schmal. „Er ist seit Jahren darauf aus, Jack umzubringen."

„Weil Hauptmann Jack Dryden der Beste ist, den England hat."

Seine Worte hinterließen ein Lächeln auf ihrem Gesicht, als sie ihn verließ, wie er an die Tür von Lambeth House klopfte. Sie lächelte noch, als Andy den Schlag der Kutsche für sie öffnete. Aber sobald sie in die Kutsche gestiegen war, begann sie zu schreien.

Der Schrei wurde gedämpft und abgebrochen von der Hand eines Mannes, die sich fest auf ihren Mund legte.

Der Mann, der in der Kutsche hockte, war der

Duc d'Arblier.

Kapitel 18

Ein hartnäckiges Klopfen an seiner Schlafzimmertür weckte ihn. Ein schneller Blick neben sich auf das Bett machte ihm klar, dass Daphne nicht dort lag.

Und Daphne würde nicht an seine Tür klopfen.

Er schwang seine Beine über die Bettkante und glitt in seine Hosen. Zu dumm, dass alle Dienstboten weiblich waren. „Ja?"

Ihre junge Köchin öffnete die Tür und schob sich in den Raum. „Ich hasse es, Sie aufzuwecken, Herr Hauptmann, aber niemand ist da, der mir Anweisungen geben könnte. Ein Junge brachte gerade einen an Sie adressierten Brief und sagte, es wäre dringend."

Lieber Gott, zitterte das Mädchen? „Das hast du richtig gemacht." Er sprach freundlich, während er auf sie zu ging und den Brief nahm, den sie ihm hinhielt. „Wo ist meine Frau?"

„Das weiß ich nicht, aber sie ist vor einer halben Stunde in der Kutsche weggefahren." Das Gesicht des Mädchens hellte sich auf. „Sie hat eine Nachricht für Sie in ihrem Schlafzimmer hinterlassen."

„Danke. Das wäre alles." Er drehte den Brief um und erkannte sofort die markante, geprägte Krone auf dem Siegel. D'Arbliers Siegel. Er riss den Brief auf. Als er die wenigen, hastig gekritzelten Worte las, lief es ihm so kalt wie eine dicke, ätzende Säure den Rücken hinunter.

Ich habe Ihre Frau. Wenn Sie bereit sind, sich gegen sie austauschen zu lassen, kommen Sie um Mitternacht, allein. Nach Hampstead. Zu der Scheune hinter dem Pfarrhaus des methodistischen Pfarrers.

Er warf die Nachricht hin und eilte in Daphnes Schlafzimmer, wie ein Dummkopf hoffend, dass sie noch dort wäre. Sein Herz raste, er rannte zu ihrem französischen Schreibtisch, wo sie den Brief für ihn aufrecht hingestellt hatte. Genau, wie Annie gesagt hatte.

Zorn brauste in ihm auf, als er ihn hochhob und las.

Ich konnte Lambeth House nicht unbewacht lassen. Ich habe Hilfe angeworben und werde in Kürze zurück sein (hoffentlich, bevor du aufwachst).

Deine gehorsamste, dich liebende Frau.

Er räusperte sich erbittert. Sie war so gehorsam wie ein unartiges Kind. Sie war eine anmaßende, herrschsüchtige, arrogante Erstgeborene, die für ihr eigenes Wohl verdammt viel zu selbstbewusst war!

Sie war die aufreizendste, nervenaufreibendste ... liebenswerteste Frau, der er je begegnet war.

In diesen letzten Sekunden unvorstellbarer Sorge erkannte er deutlich, was auf Erden für ihn am wichtigsten war. Wenn sie ihn angelogen hatte - und daran bestand kein Zweifel - hatte sie ihre Gründe dafür. Und es war ihm völlig klar, dass sie ehrenwert waren.

Ebenso, wie die Frau, die er geheiratet hatte. Die Frau, für deren Leben er sein eigenes opfern würde.

Voll rasender Wut kleidete er sich an.

Obwohl er wusste, was für eine sinnlose Mühe das sein würde, musste er nach Lambeth House zurückkehren. Vielleicht konnte er dort etwas erfahren. Dort musste d'Arblier sich an sie herangemacht haben.

Was war mit Andy? Die Köchin hatte gesagt, er hätte Daphne abgeholt. Vielleicht wusste er etwas. Jack versuchte, seine geringen Hoffnungen zu dämpfen, während er sich auf den Weg in den Mietstall machte.

Weder Kutsche noch Fahrer waren dort. Obwohl das nicht unerwartet kam, war es trotzdem entmutigend.

Sein nächstes Ziel - das er auf Warrior reitend erreichen würde - war das Haus, wo Lambeth ermordet worden war. Ein Lächeln hob seine Mundwinkel, als er sich daran erinnerte, wie Daphne den toten Viscount den erpresserischen Lord genannt hatte.

Er hoffte zu Gott, dass er ihre Stimme noch einmal würde hören dürfen.

Bei Lambeth House war keine Spur von Andy oder der Kutsche, die sie in Portsmouth gemietet hatten, zu sehen. Gott, die kurze Zeit, seit sie in Portsmouth - und in Spanien - gewesen waren, schien eine Ewigkeit her zu sein.

Merkwürdigerweise stand ein sehr eleganter Phaeton vor Lambeth House angebunden. Er war sicher, dass er ihn schon früher gesehen hatte. Dann erstarrte er, als ihm einfiel, wem er gehörte.

Er stieg ab und stolzierte auf die Vordertür zu - die sich öffnete, bevor er klopfen konnte.

Dort, eingebildet wie Pertruchio, stand Sir Ronald Johnson in voller, stattlicher Größe. Der Kerl hatte sogar ein glänzendes Schwert umgeschnallt!

Aber jetzt war keine Zeit für kleinlichen Ärger. Nur eines zählte: Daphne aus den Klauen des verbrecherischen Herzogs zu retten.

„Gut, dass Sie gekommen sind, Hauptmann. Ich nehme an, Lady Daphne hat ihnen inzwischen erzählt, dass sie mich über ihren verdammt wichtigen Auftrag ins Vertrauen gezogen hat."

„Ich habe meine Frau nicht gesehen. Es scheint, dass der Duc d'Arblier sie in seiner Gewalt hat."

Sir Ronald schnappte nach Luft, seine Augen weiteten sich vor Schrecken. „Wie kann das sein? Ich habe sie vor noch nicht einer Stunde gesehen."

„Wo?"

„Genau hier! Sie bat, dass ich das Haus bewachen kommen sollte, weil sie befürchtete, dass der Herzog die Liste ..." Er hüstelte leicht und senkte seine Stimme. „... und die Briefe, äh, der Herzogin finden würde."

„War unser Kutscher bei ihr?"

„Ich dachte, Sie hätten keine Kutsche - oh, ja, Sie haben ja eine gemietet. Ja, ich denke, er war da. In der Tat, Daf hoffte, ich könnte die Stiefel klauen, von, äh, Sie wissen schon ..." Er senkte die Stimme wieder. „Von dem Verstorbenen. Die Diener wissen noch nichts davon."

„Sie meinen, er ist immer noch in diesem Schrank?"

Der Baronet nickte.

„Ich nehme an, der Platz ist für diesen Schurken ebenso gut wie jeder andere."

„Der schwarze, mörderische Lord", sagte Sir Ronald mit einem leisen Lachen. „Nette kleine Bezeichnung, die sich Ihre Frau hat einfallen lassen."

Jack gefiel es kein bisschen, dass Daphne ihre kleinen Scherze vor dem prahlerischen Sir Ronald verwendet hatte. Und es gefiel ihm noch weniger, dass dieser Schürzenjäger Jacks Frau *Daf* nannte! Selbst, wenn er ihr Schwager war.

Aber natürlich spielte das alles jetzt keine Rolle. Jack würde sich mit dem Mann zusammentun müssen, in der Hoffnung, seine Frau zu retten.

Schlimm genug! Aber daran ließ sich nichts ändern. Jack war einfach nicht gesund genug, um es mit dem geschickten französischen Mörder aufzunehmen.

Und zu hoffen, dass er gewinnen würde.

„Verzeihen Sie mir, dass ich von dem sehr ernsten Thema der Entführung Ihrer Frau abgelenkt habe", sagte Sir Ronald und legte einen Arm um Jack. „Sie müssen mir alles erzählen."

Bevor sie jedoch die Schwelle von Lambeth House überschritten hatten, erklang ein lautes Knirschen bremsender Kutschenräder auf der Straße hinter ihnen, und sie fuhren herum, um eine zweite Kutsche mit dem Wappen des Baronets zum Stehen kommen zu sehen, aus der Lady Virginia heraussprang, die Augen zu schmalen Schlitzen zusammengekniffen. „Wo ist meine verlogene, betrügerische, stehlende, früher altjüngferliche Schwester?"

* * *

Die betreffende Schwester lag, die Hände hinter ihrem Rücken gefesselt, im oberen Geschoss eines Lagerhauses im Londoner East End. Hatte der verdammte Herzog alle bedrohlich aussehenden, heruntergekommenen Lagerhäuser aufgekauft, die das Ufer der Themse säumten?

Andy und sie waren mit vorgehaltenem Schwert gezwungen worden, zwei wackelige, dunkle Treppen hinaufzusteigen und hinter einer gut verschlossenen Tür in einem muffigen, unmöblierten Raum mit vernagelten Fenstern eingesperrt worden. Die Oberlichter weit über den Fenstern - viel zu hoch, als dass sie sie hätten erreichen können - waren nicht mit Brettern vernagelt, eine Unterlassung, für die Daphne dankbar war, weil dadurch das Zimmer nicht im Dunkeln lag.

Es erinnerte sie zu sehr an das letzte Mal, als sie sich dummerweise vom Duc d'Arblier hatte entführen lassen. Damals war sie jedoch von einem der Handlanger des Mannes gefangengenommen worden. Diesmal hatte der Herzog die Aufgabe keinem Untergebenen anvertraut.

Der Untergebene hatte die Aufgabe gehabt, den armen Andy zu schnappen, der jetzt mit ebenfalls auf dem Rücken gefesselten Händen auf der anderen Seite des dunklen Zimmers saß, in das vermutlich seit einem Menschenalter niemand mehr einen Fuß gesetzt hatte. Der arme Junge, der noch nicht achtzehn sein konnte, musste große Angst haben. Obwohl er gedacht hatte, dass er sich als Bow-Street-Mann eignen würde. Oder als Spion.

„Es tut mir furchtbar leid, dass du entführt worden bist, nur, weil du mit mir zu tun hast", sagte sie. „Ich habe aber absolutes Vertrauen, dass mein Mann uns aus den Klauen des grässlichen Herzogs retten wird." Da Jack nicht da war, hatte sie keine Skrupel, Adjektive zu benutzen, die den Mann, den sie geheiratet hatte, so treffend beschrieben. „Hauptmann Dryden, muss ich dir sagen, hat einen besonderen Auftrag des Prinzregenten zu erfüllen. Das kommt daher, dass er bei den Feldzügen auf der Halbinsel Meisterspion gegen die Franzosen war."

Andys hellblaue Augen wurden rund. „Ein Auftrag vom Regenten selbst? Meisterspion? Warten Sie, bis ich das meiner Mama erzähle."

Daphne nickte voller Stolz. Sie hoffte sehr, dass er leben würde, um es seiner Mutter erzählen zu können. Es war zu bedenken, dass Jack nicht sein übliches, meisterhaftes Ich war. Körperlich. Und alles nur wegen dieses widerwärtigen Herzogs! „Derselbe französische Mistkerl, der uns gefangen nahm, hatte uns vor etlichen Wochen entführt, aber mein brillanter Ehemann schaffte es, uns zu befreien. Wir - mein Mann und ich - konnten ein Komplott, den Regenten zu ermorden, vereiteln."

„Verdammt!"

„Es ist wahr. Der Prinzregent wollte Hauptmann Dryden einen großen, feinen Titel geben, Lord irgendwas, aber mein bescheidener Mann lehnte ab."

Andys Augen wurden noch größer. „Verdammt! Ein Mordkomplott gegen den Regenten? Das könnte ja aus einem Horace-Walpole-Buch sein! Und jetzt sollen Sie Spione der Franzmänner fangen! Sie und der Hauptmann."

„Wir müssen eine Liste von Verrätern finden, die in höchsten Regierungsämtern arbeiten."

Er stieß einen Pfiff aus.

Sie war erleichtert, dass ihre Erklärungen die Gedanken des Jungen von seiner Angst abgelenkt hatten. „Ich glaube, unser Entführer denkt, dass wir die Liste bereits gefunden haben, und wir müssen ihn in diesem Glauben lassen."

„Von mir wird er nix anderes hören. Ich nehme das Geheimnis mit ins Grab, jawoll."

„Sehr gut, Andy. Ich wusste, dass ich mich auf dich verlassen kann."

* * *

Jack nahm die hysterische Schwester seiner Frau und ihren Ehemann und lenkte sie in die Bibliothek des toten Viscounts. Er knallte die Tür hinter sich zu und erhob seine Stimme. „Wenn einem von Ihnen auch nur ein Penny an der wunderbaren Frau liegt, die ich geheiratet habe, dann, um Gottes Willen, lassen Sie diese Dummheiten und helfen Sie mir, sie zu retten." Er richtete einen strengen Blick auf Daphnes wimmernde Schwester. „Sie tun Daphne großes Unrecht, wenn sie glauben, sie würde Sie je hintergehen." Sein Blick wanderte zu Sir Ronald. „Tun Sie uns beiden den Gefallen zu erklären, warum Sie und meine Frau sich so heimlich getroffen haben."

Sir Ronald drehte sich zu Virginia. „Du wusstest davon?"

Ihre tränenvollen Augen trafen die seinen und sie nickte.

Der Baronet ergriff beide Hände seiner Frau und sprach zärtlich. „Zweifle nie an meiner Liebe - oder meiner Treue - zu dir. Lady Daphne brauchte meine Hilfe bei einer Angelegenheit, die sie und der Hauptmann für das Außenministerium untersuchen."

„Warum so geheimnisvoll?", fragte Jack.

Sir Ronald richtete seinen Blick auf Jack. „Sie wussten, dass ich mich mit Lady Daphne treffe?"

Jack nickte zerknirscht.

Sir Ronald stieß einen tiefen Seufzer aus und fuhr fort. „Sie wollte nicht, dass Sie davon erfahren."

„Wovon erfahren?" Jacks Augen wurden schmal.

„Dass sie mich bat, einen Teil der Ermittlungen zu übernehmen, für den Sie nicht die ... äh, die Möglichkeit hatten, es selbst zu tun." Sir Ronald lächelte Jack an und sprach dann weiter. „Was gebraucht wurde, war ein Mann, der Zugang zu den Herrenclubs hat. Ihre Frau wollte nicht, dass Sie denken, dass sie Sie in irgendeiner Weise unzureichend fände - vor allem nicht bei etwas, dass die Aufmerksamkeit auf Ihren ... äh..."

„Meinen Mangel an gesellschaftlichen Verbindungen lenken würde?"

„Genau. So am Anfang Ihrer Ehe wollte sie insbesondere nicht, dass Sie sich ... finde kein besseres Wort ... ihrer unwürdig fühlen sollten. Sie wollte vermeiden, dass irgendetwas die Ungleichheit Ihrer Herkunft hervorhöbe."

Jack hatte instinktiv gewusst, dass, gleich, welches Geheimnis sie vor ihm verbarg, sie es aus einem guten Grund tat. Und welchen besseren Grund hätte es geben können, als die Harmonie ihrer Ehe zu bewahren? Er begegnete dem ernsten Blick des Baronets. „Also wollte meine Frau, dass Sie überprüfen, ob irgendein Mitglied eines ihrer Clubs vor kurzem zu Geld gekommen wäre?"

„So war es."

„Ich verstehe das nicht", sagte Virginia.

Sir Ronald erzählte seiner Frau von der verlorenen Liste, den beiden Morden und zuletzt auch von den gestohlenen Liebesbriefen ihrer Zwillingsschwester.

Sie begann zu heulen. „Meine arme Schwester. Dieser elende, widerwärtige, abscheuliche,

mörderische Herzog hat meine geliebte Schwester!
Oh Ronnie, du musst sie zurückholen!"

Sir Ronald nickte, um seinen Mund lag ein
entschlossener Zug, als er Jack in die Augen sah.
„Woher wissen Sie, dass der Herzog sie hat?"

Jack warf ihm den Brief zu.

Sir Ronald, dessen Frau ihm über die Schulter
sah, las schnell den Brief. „Sie werden meine Hilfe
brauchen, Dryden. Sie sind nicht in einem
Zustand, dass sie sich selbst verteidigen,
geschweige denn, ihre Frau retten könnten."

„Ich werde Ihre Hilfe gerne annehmen.
Offensichtlich wird sie nicht in dieser Scheune
festgehalten. Es wäre zu einfach für uns, ein paar
der Leibgardisten seiner Majestät zu sammeln
und den Ort zu stürmen. Ich schätze, sie werden
sie später dorthin bringen."

„Und offensichtlich hat der Herzog vor, Sie zu
töten." Sir Ronald wandte sich an seine Frau.
„Meine Liebste, wir werden dich brauchen, damit
du die Suche nach den Briefen der Herzogin
fortsetzt. Du kennst ihre Handschrift so gut, du
bist genau die richtige, um dieses Haus zu
durchsuchen."

Sie hob den Kopf. „Werden wir nichts wegen
dem ..." Sie senkte die Stimme. „... der Leiche
unternehmen?"

„Noch nicht. Wir müssen weitersuchen. Ich
habe den Dienern erklärt, dass sie Soldaten zu
erwarten haben, weil französische Spione sich für
dieses Haus interessieren. Und ich habe ihnen
gesagt, dass jeder, der gehen möchte, dazu die
Erlaubnis hat."

„Ist irgendjemand geblieben?"

„Nur zwei. Die Haushälterin und die Köchin.
Zwei Frauen." Er lachte leise. „Alle Männer sind

geflohen."

„Die Leibgardisten kommen wirklich?", fragte Jack.

„Ich habe eine Nachricht geschickt. Natürlich nicht auf meinem offiziellen Briefpapier, weshalb ich erwarte, dass das die Dinge etwas verzögern wird. Ich habe vor, zwei Männer vor und zwei Männer hinter dem Haus zu postieren, um den Herzog abzuschrecken."

Jack runzelte die Stirn. „Das Problem ist, dass d'Arblier, wenn er das sieht, wissen wird, dass wir die Liste nicht gefunden haben. Das würde ihn in unsere Karten schauen lassen."

„Mir kam gerade in den Sinn, dass ich ihm zeigen könnte, dass wir schon im Besitz der Liste sind, wenn ich sie fortschicke - in welchem Fall sein Verlangen, Sie zu ermorden, geringer werden könnte."

„Alles, was die Aussicht, dass ich ermordet werden könnte, verringert, ist natürlich wünschenswert, aber d'Arblier würde die Wahrheit leicht erraten, da alle Männer auf der Liste noch immer ungehindert weiterarbeiten."

Sir Ronalds Blick überflog die Bibliothek. „Welche Zimmer haben Sie und Daphne bereits durchsucht?"

„Dieses Zimmer haben wir letzte Nacht vollständig durchsucht, aber ich sehe, dass die Diener sich heute schon damit beschäftigt haben, die Bücher wieder aufzustellen, die wir auf den Boden geworfen haben." Jack nickte in die Richtung des Arbeitszimmers des Viscounts. „Im nächsten Raum, das Lambeths Arbeitszimmer ist - war, sollte ich sagen - haben wir mehrere Stunden damit verbracht, Papiere durchzusehen, sind aber nicht fertiggeworden. Wir sind gegen

vier Uhr heute Morgen gegangen. Das sollte ich
besser selbst beenden. Später. Jetzt ist alles, was
zählt, meine Frau aus den Händen dieses
Schurken zu befreien."

Sir Ronald gab seiner Frau einen schnellen
Kuss auf die Wange. „Geh in die anderen Zimmer,
mein Liebling. „Ich vertraue darauf, dass du die
Briefe finden wirst."

Mit einem Lächeln auf ihrem Gesicht, die Stirn
konzentriert gerunzelt, verließ sie den Raum.

„Ich wollte das nicht vor meiner Frau sagen",
erklärte Sir Ronald. „Sie wissen, wie Frauen sich
Sorgen machen."

Jack nickte, jetzt schämte er sich, dass er
seiner Frau misstraut hatte.

„Ich denke, die Tatsache, dass der Austausch
heute um Mitternacht stattfinden soll, ist ein
enormer Vorteil für uns."

„Warum?", fragte Jack.

„Weil es sehr dunkel sein wird. Sie und ich sind
von sehr ähnlicher Statur. Mit einer Kapuze auf
meinem Kopf schätze ich, dass unsere Frauen uns
nicht unterscheiden könnten. Aus der
Entfernung."

Jack hatte den Mann, der vor ihm stand und
anbot, sein Leben zu riskieren, um Daphne zu
retten, völlig falsch eingeschätzt. Kein Wunder,
dass Sir Ronald so daran gelegen hatte, Virginia
aus dem Zimmer zu schicken. Ganz gleich, wie
sehr sie ihre Schwester liebte, sie würde nicht
wollen, dass ihr Mann sich selbst zu einem so
tödlichen Tauschhandel hergäbe. Wenn sie zuvor
schon hysterisch gewesen war, bei diesem
edelmütigen Angebot ihres Mannes wäre sie
zusammengebrochen. „Ich kann Ihnen nicht
gestatten, Ihr Leben in dieser Weise aufs Spiel zu

setzen. Sie sagten gerade selbst, dass der Herzog mich umbringen will."

„Ich habe nicht vor, mich töten zu lassen. Sie kommen hinter mir her und retten uns alle, wussten Sie das nicht?"

„Wir beide wären in der Unterzahl. Ich bin fast sicher, dass d'Arblier die drei Halsabschneider angeheuert hat, die mich in dem Wirtshaus angriffen, und es ist unmöglich zu wissen, wie viele mehr noch in seinen Diensten stehen."

„Ich rechne auf das Überraschungsmoment als die Waffe, die die Waage zu unseren Gunsten senken wird."

Jack verstand die Logik Sir Ronalds. „Wir müssen heute noch alles auskundschaften." Der Erfolg jeder Aktion lag in der genauen Planung. Bevor sie in der Nacht einen Fuß in die Nähe der Scheune setzen würden, wollte Jack jeden Quadratfuß des Landes im Umkreis einer Meile kennen.

„Sie sind ihnen zu gut bekannt", sagte Sir Ronald. „Überlassen Sie das mir. Im Tageslicht wird mein blondes Haar mich von Ihnen unterscheiden. Außerdem habe ich viele Freunde in Hampstead, die mir behilflich sein können."

Eine Frau schrie. Das war kein Schrei, als ob sie gerade eine Maus gesehen hatte. Das war die Art von Schrei, die jemand ausstieß, der gerade Zeuge eines grausamen Todes wurde.

Kapitel 19

Lambeths Haushälterin stand schreiend und weinend zugleich in der großen Halle von Lambeth House. „Mein Herr! Mein Herr! Oh bitte, jemand muss ihm helfen!"

Jacks Blick flog von der zusammengebrochenen Frau mittleren Alters zu der elisabethanischen Anrichte, an der eine Tür offenstand, durch die Lambeths weicher Lederstiefel - der an einem ziemlich steifen Bein hing - herausragte. Er dachte flüchtig daran, die Stiefel für den armen Andy zu klauen und hoffte zu Gott, dass der nicht von demselben Schuft getötet worden wäre, der Lambeth ermordet hatte.

Sein erster Instinkt war es, die Haushälterin zu trösten, aber dann erkannte er, dass eine solche Handlung verraten könnte, dass er gewusst hatte, dass der Viscount ermordet und dort hineingestopft worden war. Besser, schockiert und bestürzt zu wirken.

Mit Sir Ronald auf den Fersen stürmte er zu der Anrichte und spähte in die dunkle, blutbefleckte Öffnung, bevor er wieder die hysterische Frau anschaute. „Ich gehe davon aus, dass dieser arme Kerl Lord Lambeth ist?"

Ihre tränenvollen Augen weit aufgerissen, nickte sie.

„Verdammte Franzmänner", sagte Sir Ronald, bevor er sich bei der Frau für seine unflätige Sprache entschuldigte. Jack bewunderte geradezu, als welch begabter Schauspieler Sir Ronald sich erwies.

„Ein Jammer, dass wir von der Bedrohung nicht rechtzeitig erfuhren, um diese schreckliche Tat zu verhindern." Jack beteiligte sich an Sir Ronalds ziemlich brillantem Schauspiel.

Virginia, ihre bebende Hand vor den Mund geschlagen, stand am oberen Ende der Treppe und schaute zu ihnen herunter. „Wie grauenvoll." Dann eilte sie die Stufen hinunter und legte ihren Arm um die Haushälterin. „Kommen Sie, gute Frau, setzten Sie sich. Ich werde die Köchin eine Tasse Tee für Sie bringen lassen."

„Ich hätte mit den anderen gehen sollen", sagte die jammernde Frau. „Ein Wunder, dass ich nicht auch ermordet worden bin."

„Seien Sie dankbar dafür, dass das nicht geschah." Die Weichheit in Virginias Stimme erinnerte Jack daran, was Daphne ihm von ihrer mütterlichen Schwester erzählt hatte.

Gott, er sorgte sich um Daphne zu Tode. Er war seit der Ermordung von Edwards nicht so niedergeschlagen gewesen.

„Tu das, Liebste", sagte Sir Ronald zu seiner Frau, „und finde heraus, ob sie Verwandte von Lord Lambeth kennt. Irgendjemand wird die nötigen Vorkehrungen treffen müssen ..."

Sobald die Frauen im Salon waren, begannen Jack und Sir Ronald mit der Planung. Der Baronet sollte sofort nach Hampstead eilen, um sich mit dem Gelände vertraut zu machen, und beide würden sich drei Stunden später in Primrose Hill treffen, um ihren nächsten Schritt zu besprechen.

Sie beschlossen, bei dem Plan zu bleiben, die Leibgarde das Haus bewachen zu lassen; Jack vermutete, weil Sir Ronald wusste, dass er nicht in der Lage sein würde, seine Frau von dort fortzubringen und er nicht die Absicht hatte, sie ohne Schutz in Lambeth House zurückzulassen.

Jack hatte eigene Pläne für die drei nächsten Stunden. Sobald die Leibgardisten ankamen, stieg er auf Warrior und begab sich auf einen schnellen, harten Ritt zum Außenministerium.

Als er dort ankam, stapfte er an Lord Castlereaghs Büro vorbei und stieg weiter die Treppen hinauf, bis er das oberste Stockwerk und das kleine Zimmer Harold Martins erreichte. Der gut gekleidete, silberhaarige Mann schaute zu Jack auf und ein breites Lächeln erhellte sein Gesicht. „Nun, wenn das nicht der beste Spion in der Geschichte Englands ist", sagte er, als er aufstand und Jacks Hand schüttelte.

Jack war über das Lob des Mannes überaus erfreut. Wenn Daphne diese Worte ausgesprochen hätte, würde es ihn gestört haben. Bis heute. Jetzt spielte es keine Rolle mehr, welche Worte aus ihrem Mund flossen, wenn er sie nur wiedersehen könnte.

„Sie sind der Beste, den es je gab, Martin. Genau deshalb bin ich heute hier. Ich muss den Meister der Verkleidung aus dem Ruhestand holen."

„Es gibt nichts, was ich für Sie nicht tun würde, Hauptmann. Sagen Sie mir, was sie brauchen."

* * *

Als Sir Ronald drei Stunden später mit seinem Reittier den halben Weg zum Primrose Hill hinaufgeritten war, hoben sich bei dem sich ihm bietenden Anblick seine Brauen. Der gewöhnlich wohlgekleidete Harold Martin - mit dem er im

Außenministerium oft zusammenarbeitete - saß auf dem Bock eines Heuwagens, schäbig angezogen und mit gebeugten Schultern. Jack, neben ihm, war ganz in Schwarz gekleidet, mit einem Schwert an seiner Seite.

„Ein Plan ist noch am Entstehen, aber ich muss alles wissen, was Sie heute in Erfahrung gebracht haben", sagte Jack zu Sir Ronald.

Sir Ronald begrüßte Martin und wandte sich dann an Jack. „Die meisten meiner Freunde in Hampstead sind mit den Methodisten nicht bekannt, aber einer von ihnen wohnt ziemlich dicht bei dem methodistischen Prediger - ich denke, so nennt er sich. Er sagt, der Prediger, dessen Name Douglas Douglass ist..." Er hob die Hände. „Ich denke mir das nicht aus! Nun, Douglas Douglass wurde zu seiner verheirateten Tochter gerufen, die schwer krank ist. Er und seine Frau reisten ab und das Haus ist seit einigen Tagen dunkel gewesen. Niemand ist dort, auch nicht in der Scheune. Ich habe nachgeschaut."

Jack nickte. „Es lässt eher vermuten, dass der Herzog irgendjemandem in der Nachbarschaft nahestehen muss."

„Ich dachte das Gleiche", sagte Sir Ronald. „Ich habe gefragt, ob in der Nähe französische Émigrés lebten, aber die Antwort war negativ."

„Was ist mit übel beleumdetem Gesindel?"

„Mein Freund sagt, soweit ihm bekannt, gibt es in der Gegend keine wirklich Verdächtigen, aber einige ziemlich elende Säufer."

„Haben Sie herausgefunden, wo?"

„Ja, aber sie waren in den letzten paar Tagen nicht zu Hause."

„Das könnten durchaus Daphnes Entführer

sein. Was bedeutet, dass sie überall im Großraum Londons sein könnten."

„Aber eines ist sicher", sagte Sir Ronald.

Jack hob fragend eine seiner Augenbrauen. „Was?"

„Heute Nacht werden sie in Hampstead sein."

Jack, einen ernsten Ausdruck auf seinem Gesicht, nickte. „Ich habe Papier und Stift mitgebracht, in der Hoffnung, dass Sie mir die Scheune und das Gelände ringsum aufzeichnen könnten."

In der nächsten halben Stunde teilte Sir Ronald Jack alles mit, was dieser wissen musste.

„Nach dem, was Sie mir erzählen", sagte Jack, „denke ich, dass mein Plan funktionieren dürfte."

„Erleuchten Sie mich bitte", sagte Sir Ronald.

„Es ist wahrscheinlich, dass heute jemand die Scheune beobachtet, meinen Sie nicht?" Jacks Blick schweifte von Martin zu Sir Ronald.

Beide Männer nickten.

„Ich denke, ich weiß, was Sie vorhaben", sagte Sir Ronald und beäugte den Heuwagen. „Sie wollen sich in diesem Heu verstecken, nicht wahr, Dryden?"

Jack nickte.

„Und dieser harmlose, alte, silberhaarige Mann wird dabei gesehen werden, wie er Heu in die Scheune liefert, die Douglas Douglass gehört", fuhr Sir Ronald fort.

„Niemand wird sehen können, wie Hauptmann Dryden den Wagen verlässt, denn ich werde ihn direkt ins Scheunentor stellen", sagte Martin. „Er schlüpft aus dem Wagen und versteckt sich wieder im Heu, wenn er erst in der Scheune ist."

„Was, wenn sie ihn heute Abend finden? Bevor sie Lady Daphne bringen oder wenn sie gerade ankommen?", fragte Sir Ronald.

Jack zuckte mit den Schultern. „Ich habe ein Messer und ein Schwert." Er schluckte und schaute zu seinem Schwager. „Wenn sie mich töten, zähle ich auf Sie, dass Sie Daphne retten."

„Ich gebe Ihnen mein Wort." Sir Ronald sah Martin an. „Können wir auf Ihre Hilfe zählen?"

„Sie könnten mich nicht fernhalten."

„Ich lasse mich von ihren grauen Haaren nicht täuschen", sagte Sir Ronald. „Sie mögen Ihre beste Zeit hinter sich haben, aber Sie sind noch immer ein ungewöhnlich guter Fechter. Ich schlage vor, dass Sie bei meinem Freund bleiben, der nahe dem methodistischen Prediger in Hampstead wohnt. Ich werde Ihnen ein Empfehlungsschreiben mitgeben."

„Werde ich die Scheune heute Nacht im Licht des Dreiviertelmondes sehen können?"

„Ja."

„Dann werde ich da sein, wenn Sie Hilfe brauchen."

Während der nächsten Stunde gestalteten Jack und sein Schwager ihre Pläne mit der Präzision eines höchst genauen Architekten.

Kapitel 20

Daphne hatte nicht das Herz, Andy zu erzählen, dass Jacks frühere Rettungsaktionen ausgeführt worden waren, als er in bester körperlicher Verfassung war. Das war leider nicht länger der Fall. Seine Rippen waren gebrochen, seine Schulter völlig unbeweglich und sein Knie war so geschwollen, dass er es kaum belasten konnte. Eine feine Hilfe würde er sein!

Aber dem Jungen zuliebe musste sie die Illusion aufrechterhalten, dass der unbesiegbare Jack sie vor dem mörderischen französischen Herzog retten würde.

Der Raum, in dem sie festgehalten wurden, war nach Sonnenuntergang fast völlig dunkel geworden. Sie hatte keine Möglichkeit, die Uhrzeit zu erraten. Wenn es nichts gab, womit man sich beschäftigen konnte, wirkte eine Minute wie zehn. Oder zwanzig. Sie schätzte, dass es zehn oder elf sein musste, danach zu urteilen, wann der letzte Lichtschimmer durch das Oberlicht gedrungen war, bevor es dunkel wurde.

Obwohl sie nicht in der Lage war, Andy noch zu sehen, konnte sie sich doch den stämmigen Burschen vorstellen, der nur aus ungelenk langen Armen und Beinen mit wenig Fleisch auf den sich streckenden Knochen zu bestehen schien. Sie überlegte, dass Jack ähnlich schlaksig gewesen sein müsste, als er in diesem Alter war. Es würde ein paar Jahre gedauert haben, bis sich die

Muskulatur auf diesem stattlichen Körper voll entwickelt hatte.

Ihr Puls beschleunigte sich bei der Erinnerung an Jacks unvergleichlichen Körper, daran, wie sie auf dem roten Samtbett neben ihm lag, wie sie den Mann, mit dem sie sich durch das Sakrament verbunden hatte, lieben wollte.

In einiger Entfernung ertönte ein Nebelhorn, das ihren Verdacht, dass sie in einem Lagerhaus in den Docks gefangen gehalten wurden, bestätigte. Erinnerungen stürzten auf sie ein an das letzte Mal, als der Herzog sie entführt und in einem Lagerhaus gefangen gehalten hatte, das vermutlich in der Nähe von diesem lag. Sie hatte damals geweint, weil sie nicht als Jungfrau ins Grab gehen wollte. Jetzt war sie eine verheiratete Frau und die gleiche Angst ließ ihre Augen sich mit Tränen füllen.

Sie musst sich von diesen morbiden Gedanken lösen. „Sag mal, Andy, hast du je gekämpft?"

„Was für eine Art von Kampf meinen Sie, Mylady?"

„Faustkampf, um genauer zu sein."

„Ich möchte nicht, dass Sie mich für einen Hitzkopf halten. Meine Mama sagte immer, weil ich so groß bin, dürfte ich nicht andere Jungen verprügeln. *Halte die andere Wange hin*, sagte sie mir immer, aber manchmal lässt sich ein bisschen Schlägerei nicht vermeiden."

„Oh, ich kann sehen, dass du so freundlich bist. Mir ist klar, dass du nie eine Schlägerei anfangen würdest. Ebenso ist mir aber klar, dass du dich vor einem Kampf auch nicht drücken würdest."

„Das ist wohl so, Mylady."

„Mit ist in den Sinn gekommen, dass du

meinem Mann helfen könntest, wenn er uns zu
retten versucht."

„Wie? Ich kann nichts tun, solange meine
Hände auf meinem Rücken zusammengebunden
sind."

„Dann werden wir zusehen müssen, ob es eine
Möglichkeit gibt, das Seil zu entfernen. Wenn du
einen Weg finden könntest, mich loszubinden,
hätte ich die Hände frei, um deines zu lösen. Ich
sage das nur, weil ich glaube, dass du viel
geschickter dabei wärest, mein Seil aufzuknoten,
als umgekehrt."

„Lassen wir es auf einen Versuch ankommen."
Er begann, zu ihr hinüber zu rutschen.

„Soll ich mich hinsetzen oder besser auf den
Bauch legen?"

„Im Sitzen sollte es gehen." Er kam so nahe
heran, dass sie die Wärme seines Körpers spüren
konnte. Als nächstes spürte sie seine
Fingerknöchel an ihren Händen reiben, als er sich
an den Knoten ihres Seils zu schaffen machte.
Das dauerte mehrere Minuten. Sie hoffte, dass er
bei dieser Aufgabe als Sieger enden würde, aber
fünf Minuten dehnten sich zu zehn, dann zu
zwanzig - sie war sich ziemlich sicher, obwohl sie
keine Möglichkeit hatte, die Zeit festzustellen. Der
arme Junge murmelte beständig unfreundliche
Dinge in sich hinein, als jeder neue Versuch
erfolglos blieb.

Aber er wollte nicht aufgeben.

Sie achtete nicht darauf, wie das Hanfseil ihre
Haut aufriss. Wenn man es gegen die Aussicht auf
Befreiung abwog, war ein bisschen wunde Haut
völlig unwichtig.

Nach sehr langer Zeit beschloss Andy, einen
anderen Weg zu versuchen. „Ich glaube, ich werde

versuchen, das Seil durchzubeißen. Die Knoten müssen von Seeleuten geknüpft worden sein, weil es fast unmöglich ist, sie aufzuknoten."

„Dabei fällt mir ein, dass mein Mann dachte, die Männer, die ihn neulich nachts angriffen, könnten Matrosen gewesen sein, und ich habe keinen Zweifel daran, dass sie von dem widerlichen Franzosen angeheuert wurden, der uns entführt hat."

Sie hasste es, Andy zu entmutigen, wo doch Hoffnung alles war, was sie noch hatten. Aber die Wahrscheinlichkeit, dass er ein ein Zoll starkes Tau mit menschlichen Zähnen durchnagen könnte, war gleich Null. „Ich hoffe, deine Zähne sind stark."

„Das sollten sie besser. Ich werde um unser Leben kauen."

Also wusste er, wie trostlos ihre Aussichten waren.

„Es tut mir so sehr leid, dass ich dich mit hineingezogen habe, Andy. Du wolltest nur ehrliche Arbeit verrichten, und das Schicksal hat dich dem abscheulichsten Spion, den Frankreich hat, in den Weg gestellt."

Er spucke einen Mund voll Hanffasern aus. „Ich habe vor, uns hier herauszubringen. Der Hauptmann wird meine Hilfe brauchen."

Sie seufzte. „Das wird er in der Tat, Andy." Sie empfand keine Reue dabei, den Jungen zu ermutigen. Die Stimmung, in der er sich jetzt befand, war besser als die Traurigkeit, die ihn am Nachmittag im Griff gehabt hatte. Jetzt hatte er Hoffnung, und solange er noch Hoffnung hatte, besaß er die Entschlossenheit, wenigstens den Versuch zu unternehmen, sie aus diesem schrecklichen Ort und aus dem Zugriff des

Herzogs herauszuholen. „Mein Mann sagte, der Erfolg jeder Aktion liege in der genauen Planung; daher müssen wir anfangen, einen Plan zu machen, mein Junge."

Er hob seinen Kopf aus seiner Imitation einer nagenden Maus und sprach aufgeregt. „Ich habe gedacht, Mylady, dass ich so tue, als ob das Seil noch am Platz wäre, nachdem Sie es mir abgenommen haben ..."

„Andy, du bist ein brillanter junger Mann! Genau das wollte ich auch vorschlagen."

„Auf diese Weise, wenn der gemeine Franzmann Sie holen kommt, kann ich den richtigen Moment abwarten, um zu versuchen, Sie zu retten."

„Ich schätze, dass er mich im Austausch gegen meinen Mann anbieten will." Ihr entschlüpfte ein leiser Jammerlaut. „Ach, Andy, ich würde nicht leben können - wollen - ohne meinen Jack. Du musst den Franzosen daran hindern, ihn zu töten."

Er hob den Kopf und spuckte einen weiteren Mundvoll Fasern des Seils aus. „Ich werde mein Bestes tun. Zu schade, dass ich keine Waffe haben werde."

Es war verdammt schade, dass keiner von ihnen sich je von diesen elenden Stricken würde befreien können. Aber sie würde diese Illusion weiter aufrechterhalten. „Konzentrieren wir uns auf Dinge, die wir beeinflussen können."

„Ich will nicht prahlen, aber ich bin ein guter Kämpfer, wenn auch nur mit meinen Fäusten. Ich habe noch nie ein Schwert in der Hand gehalten."

„Dann musst du, um den Kampf ausgeglichen zu machen, die Waffe des Wachmannes stehlen, wenn er nicht aufpasst. Ich habe dich mit den

Pferden umgehen sehen. Du hast sehr schnelle Reflexe."

„Ich hoffe, ich werde schnell genug sein." Er machte eine Pause und versuchte, die Hanfstücke auszuspucken. „Meine Ma sagt, alles geschieht aus einem Grund. Der Herr muss mich nach London geschickt haben, damit ich Ihnen und dem Hauptmann helfen kann."

„Das hoffe ich, Andy. Ich hoffe es so sehr."

Plötzlich waren ihre Hände frei! Sie wirbelte herum und warf ihre Arme um ihren Befreier. „Du hast es geschafft! Wie wundervoll!"

„Keine Zeit zum Feiern, Milady. Sie müssen mich losbinden."

In Anbetracht der Dunkelheit war es schwierig, Knoten zu lösen, die sie nicht sehen konnte, aber wenigstens konnte sie ihre beiden Hände benutzten. Vor ihrem Körper. Innerhalb weniger Minuten schaffte sie es, die Knoten aufzubekommen und ihn von dem Seil zu befreien.

Er ging daran, es wieder um ihre Hände zu legen, dann schlang er das durchgebissene Seil nur einfach um seine Hände, um vorzutäuschen, dass sie noch hinter ihm gefesselt wären.

„Denke daran, was mein Mann über Planung gesagt hat."

„Der Erfolg einer Aktion hängt von der präzisen Planung ab."

„Sehr gut, Andy! Wie ist also unser Plan?"

„Ich soll so aussehen, als ob ich noch gebunden wäre, bis Gefahr für Sie oder Ihren Mann eintritt. Dann ist meine erste Handlung, schnell die Person, die Sie bedroht, zu entwaffnen."

„In dem Moment, wo ich eine Bedrohung wahrnehme,   werde   ich   versuchen,   die

Aufmerksamkeit des Herzogs von der Stelle, wo du dich befindest, abzulenken. Vielleicht kann ich jammern und zu seinen Füßen zusammenbrechen."

„Vielleicht ist nicht genau."

Dem Himmel sei Dank, dass Andy intelligent ist. „Du hast recht. Erlaube mir, das anders zu formulieren. Sobald ich eine Gefahr für mich oder meinen Mann bemerke, *werde* ich jammern und vor den Füßen des Herzogs zusammenbrechen."

„Und in dem Moment, wo Sie jammern, greife ich an."

Drei Stockwerke unter ihnen klapperten Pferdehufe auf dem Pflaster. Sie hatten die ganze Nacht noch keinen Laut gehört. Statt in der Ferne zu verklingen, hielt das Klappern an. In der Nähe. Ihr Herz schlug dröhnend. *Der Herzog!*

Aber die Person, die die Stufen zu dem Raum, in dem sie gefangen saßen, heraufgerannt kam, war nicht er. Es war einer seiner angeheuerten englischen Handlanger, bei dem sie sich fast sicher war, dass es sich um einen ehemaligen Matrosen handelte - und einen der drei Männer, die versucht hatten, Jack zu töten. Er entriegelte die Tür und riss sie auf. „Raus da! Und versucht nicht, uns zu entkommen, oder ihr habt ein Messer im Herz."

Sie würden sie nicht töten. Noch nicht. Sie würden sie am Leben halten wollten, bis Jack sie sah. Aber was war mit Andy? Ihre Entführer hatten keinen Grund, ihn am Leben zu halten. Ebenso hatten sie aber auch keinen Grund, ihn zu töten.

Sie folgte Andy die Treppen der zwei Stockwerke hinunter und durch die offene Tür im Erdgeschoss. Im Mondlicht sah sie den Duc d'Arblier auf einem schwarzen Hengst sitzen. Er war ganz in Schwarz gekleidet, sein Kapuzenumhang bedeckte auch seinen Kopf. „Hudson, bitte hilf der Dame beim Aufsteigen. Es ist äußerst schwierig für sie, ohne ihre Hände benutzen zu können."

Ein zweiter Mann, der die Tür des Erdgeschosses bewacht hatte, trat vor und half Daphne auf das andere Pferd. „Kein Sattel für Sie", sagte der Herzog und seine Stimme klang unheimlich. „Sie werden so zu Pferd sitzen wie ein Mann."

Als sie aufgestiegen war, kletterte der widerwärtig schmutzige Hudson hinter ihr aufs Pferd. Seine Schenkel bildeten ein V, das sie eng umschloss und ihr wurde übel.

„Denken Sie nicht daran, um Hilfe zu rufen, Lady Daphne", sagte der Herzog. „Hudson hat Befehl, Ihnen die Kehle durchzuschneiden, wenn sie es versuchen.

D'Arblier drehte seinen Kopf leicht zur Seite, während er zu dem anderen Halsabschneider sprach. „Warte ein paar Minuten, dann komm zu der Scheune in Hampstead nach. Und ... töte den Kutscher."

* * *

Unter einem sechs Fuß hohen Heuberg auf der feuchten Erde zu liegen war keine von Jacks schönsten Erfahrungen. Aber er hatte in den Jahren seiner geheimen Unternehmungen mit Sicherheit Schlimmeres erlebt. Vielleicht das Übelste war es gewesen, als er am Boden eines Karrens voller Mist hatte liegen müssen, um sich in das französische Lager einzuschleichen, wo Edwards gefangen saß.

Ein Lächeln flog über Jacks (ziemlich

juckendes) Gesicht, als er an den Erfolg bei der Rettung seines besten Freundes dachte. Seine Bemühungen, seine Uniform hinterher wieder von dem Geruch zu befreien, scheiterten jedoch völlig. Am Ende war ihm nichts anderes übriggeblieben, als das stinkende Ding zu verbrennen.

Früher am Abend hatte er eines der beiden Messer, die er am Körper trug, genommen und einen Keil aus der Scheunenwand neben dem einzigen Eingang geschnitten. Er hatte gewartet, bis es dunkel war, um ihn herauszuziehen, damit er in der Lage sein würde, die ländliche Landschaft, die sich um den Eingang zur Scheune ausbreitete, zu überblicken. Er wollte feststellen können, ob jemand anders geschickt würde, um sich dort auf die Lauer zu legen und auf ihn zu warten - oder auf den Mann, von dem sie erwarten würden, dass er es wäre.

Es war verteufelt anständig von Sir Ronald, sich selbst für eine so gefährliche Aufgabe anzubieten. Wenn es nur um ihn selbst gegangen wäre, hätte Jack es dem Baronet nie erlaubt, ein solches Opfer zu bringen. Der Mann musste schließlich an seine Familie und seine Kinder denken.

Aber da Daphnes Leben in Gefahr war, gab es nichts, was Jack unversucht lassen würde, kein Risiko, dass er nicht einginge, kein anderes Leben, das er vor ihrem zu bewahren hatte.

Das Wissen, dass ihre Treffen mit Sir Ronald - und ihre Lügen - nur dazu hatten dienen sollen, Jacks eigenen Stolz zu schonen, ließ sein Herz vor Liebe zu der Frau, die er geheiratet hatte, schwellen.

Er hatte bis etwa elf Uhr gewartet, bis er unter den Heuberg kroch, um sich auf die Lauer zu legen.

Es schien, als hätte Jack seit dem Tag, an dem er in die Armee eingetreten war, die Hälfte seiner Zeit mit Warten verbracht. Als er dort in fast völliger Dunkelheit lag, zogen sich die Minuten in die Länge. Dass er besser hören konnte, kompensierte die Tatsache, dass er nichts sah.

Aber es kompensierte nicht seine Langeweile.

Endlich hörte er den leisen Hufschlag entfernter Pferde. Mehr als eines. Bald würden sie da sein.

Zwei oder drei Minuten später hielten Pferde vor der Scheune an. Ganz gleich, wie oft Jack sich schon drohender Gefahr gegenübergesehen hatte, sein Herz raste immer so, wie es das jetzt tat. Seine Handflächen schwitzten. Und - obwohl er normalerweise großes Zutrauen zu seinen eigenen Fähigkeiten hegte - ertappte er sich jedes Mal dabei, wie er seinen Schöpfer anrief, dass er ihm helfen sollte.

Das massive Scheunentor rollte zur Seite und die Scheune lag nicht mehr in völliger Dunkelheit. Wer auch immer das Tor geöffnet hatte, musste eine Laterne haben.

Dann hörte Jack d'Arbliers Stimme mit ihrem schweren Akzent. „Durchsucht die Scheune. Stellt sicher, dass niemand sich hier versteckt. Sucht überall." Sein Ton wurde schärfer. „Und ich meine überall."

Kapitel 21

Das war viel schlimmer als das letzte Mal, als sie vom Duc d'Arblier gefangen gehalten worden war. Beim letzten Mal war Jack sein normales, kompetentes, gesundes Ich gewesen. Jetzt - dank des widerlichen Herzogs - war Jack nur ein Schatten seines früheren Selbst. Die herzzerreißende Wahrheit war jedoch, dass Jack nicht zögern würde, sich selbst in Gefahr zu bringen, um sie zu beschützen. Und in seinem derzeitigen Zustand würde eine solche Gefahr fast mit Sicherheit seinen Tod bedeuten.

Sie hätte weinen mögen. Vollkommenes Glück war in greifbare Nähe gerückt. Aber bald würde sie wahrscheinlich ihr Leben verlieren, ohne es je völlig ausgekostet zu haben. Ebenso wie Andy. Armer, lieber Junge. Die Vorstellung, wie Jacks mächtiger Körper im Tode leblos wurde, ließ unkontrollierbare Tränen aufsteigen.

„Ihr Mann wartet in Hampstead auf uns", hatte der Herzog ihr nicht lange, nachdem sie aufgestiegen war, verkündet. „Er bietet sich im Austausch gegen Sie an."

Genau, wie sie es sich gedacht hatte. Ihre Tränen flossen stärker.

„Aber Sie sind kein Mann, dem man trauen könnte", hatte sie ihm erwidert. „Sie werden uns beide töten."

D'Arblier gab ein bösartiges Lachen von sich. „Ein Jammer, dass Sie mich so gut kennen,

Mylady."

„Ich kann nicht erkennen, was an der Tatsache, dass Sie völlig ehrlos sind, amüsant ist."

„Sie beleidigen mich, weil ich meinem Land diene?"

„Auch mein Mann dient seinem Land, aber er hat nie seine Ehre geopfert. Ich glaube nicht, dass Sie je Ehre besessen haben."

Als sie den Stadtrand von London erreichten, dann in die ländliche Gegend von Hampstead kamen, schlug ihr Herz schneller. Wie gerne sie Jack noch einmal sehen wollte, aber nicht jetzt, nicht, wenn zwei bewaffnete Männer vorhatten, ihn zu töten.

Bald trabten sie leise die Hauptstraße von Hampstead entlang. Ein altes Fachwerkgasthaus, in dem nur ein einziges Fenster erleuchtet war, wirkte, als böte es eine warme, tröstliche Zuflucht für müde Reisende. Der Geruch von Holzfeuer - so viel einladender als die Kohlenfeuer von London - vermittelte ihr die Vision eines gemütlichen, im Kerzenschein liegenden Schlafzimmers mit einem lodernden Feuer im Kamin. Ein überwältigendes Verlangen, dort mit ihrem Mann zu sein, verzehrte sie bis ins Innerste.

Ein kühler, lebhafter Wind brachte das frisch gemalte Schild des Gasthauses zum Schwingen. *Feather & Leather. Frische Pferde. Gutes Essen. Saubere Zimmer.*

In ihrer Melancholie versunken, war sie einen Moment später überrascht, als der Herzog und der Mann namens Hudson ihre Pferde vor einer Scheune, die völlig im Dunklen lag, zum Stehen brachten. Kein Haus war in der Nähe, mit Ausnahme von einem, dessen Fenster alle dunkel waren. Sie wäre nicht überrascht gewesen zu erfahren, dass der Herzog diese Scheune ausgesucht hatte, weil er wusste, dass, wem auch immer das Haus gehörte, nicht mehr dort lebte.

Hudson stieg ab, zündete eine Laterne an und betrat die Scheune, seine andere Hand umklammerte ein Messer. Was, wenn Jack sich dort versteckte? Würden sie ihn einfach umbringen?

Wie sie d'Arblier kannte, dachte Daphne, dass er würde herausfinden wollten, ob Jack die Liste gefunden hatten, bevor er ihn tötete.

Ihre Versicherung gegen eine schnelle Ermordung hing davon ab, dass der Herzog glaubte, Jack wüsste, wo Heffingtons Liste sich befand.

Ihr Herz schlug dröhnend. Der Herzog *musste* wissen, dass sie sie nicht gefunden hatten. Andernfalls wären die englischen Verräter, deren Namen auf diesem Stück Papier standen, schon entlarvt worden.

In der Ferne hörte sie ein einsames Pferd in ihre Richtung galoppieren. Sie fuhr herum. Der Reiter war noch nicht nahe, und es war sehr dunkel, aber sie war sich fast sicher, dass der große, gut gebaute Reiter Jack war. Er war ganz in Schwarz gekleidet, mit einem wehenden Umhang und einer Kapuze über dem Kopf. Als er näherkam, erkannte sie Warrior.

„Sie sollten mir erlauben, von diesem Pferd zu steigen", sagte sie. „Es wird ihren guten Willen zeigen, einen Austausch durchzuführen."

„Sehr gut. Wir werden uns beide hinstellen." Der Herzog stieg zuerst ab, dann half er ihr herunter.

„Wollen Sie meine Hände nicht losbinden?",

fragte sie.

„Ich glaube nicht."

„Ich bin sicher, dass mein Mann das fordern wird."

„Dann tue ich ihm vielleicht den Gefallen." Der Herzog beobachtete, wie Jack näherkam.

Als Jack bis auf zwanzig Fuß herangekommen war, hielt er an. „Ich verlange, dass Sie die Hände meiner Frau losbinden."

Es war nicht Jack! Es war Sir Ronald, der vortäuschte, Jack zu sein! Ihre trübe Stimmung verschwand. Jetzt hatten sie vielleicht eine Chance! Der Baronet hatte die gleichen Fähigkeiten wie Jack, wenn dieser gesund war.

Das musste bedeuten, dass Jack in der Nähe war und beabsichtigte, Sir Ronald zur Seite zu stehen. Ihr Magen rutschte bis in ihre Knie. Was, wenn er sich in der Scheune versteckt hatte?

Hudson würde ihn sicher umbringen.

Als der Duc d'Arblier nicht reagierte, drohte Sir Ronald: „Sie sollten es besser tun, d'Arblier." Obwohl seine Stimme gar nicht wie Jacks klang - der Herzog dürfte nicht lange genug in Jacks Nähe gewesen sein, um sich an den Klang seiner Stimme zu erinnern - sprach er mit genau dem Hauch von Arroganz, wie Jack es getan hätte.

Der Herzog holte sein Messer aus der Scheide.

Ihr Herz raste. Was, wenn er das Messer verwenden wollte, um Sir Ronald zu töten?

Dann wandte er sich zu ihr und begann, den Strick durchzusäbeln. Daphne ließ den tiefen Atemzug, den sie angehalten hatte, entweichen und wandte sich ganz langsam so von dem Herzog ab, dass sie einen Blick ins Innere der Scheune werfen konnte. Ihr Magen drehte sich um, als sie sah, wie Hudson sich die Heugabel griff und begann, auf den ziemlich hohen Heuhaufen einzustechen.

„Komm hierher, Liebste", sagte Sir Ronald zu ihr.

„Zuerst, Hauptmann", sagte d'Arblier, „muss ich darauf bestehen, dass Sie absteigen."

Sir Ronald stieg von Warrior. Daphne war überrascht, dass der Hengst einem anderen als Jack erlaubt hatte, ihn zu reiten. Die beiden hingen sehr aneinander. „Jetzt wird meine Frau auf mein Pferd steigen und Sie werden ihr erlauben, wegzureiten."

„Sie wissen, dass ich das nicht zulassen kann."

„Dann werden wir uns nicht einig."

Daphne ging weiter auf das Pferd ihres Mannes zu.

„Halt!", brüllte der Herzog, „oder ich durchbohre Sie mit meinem Schwert." Sie fing das Blitzen des Schwertes auf, als es gezogen wurde, der fast volle Mond spiegelte sich darin.

Sie blieb abrupt stehen.

„Sie werden ihr erlauben fortzureiten", zischte Sir Ronald. „Andernfalls werde ich Ihnen nicht erzählen, wem ich Heffingtons Liste anvertraut habe."

Der Klang einer Tür, die in der Ferne zuschlug, erregte ihre Aufmerksamkeit und fast gleichzeitig näherten sich dröhnende Hufschläge. Sie sah auf und erblickte zwei männliche Reiter, die von dem Haus, das der Scheune am nächsten stand, auf sie zu galoppiert kamen.

„Ihre Männer?", fragte Sir Ronald den Herzog.

„Natürlich. Sicher glauben Sie doch nicht, dass ich so eingebildet wäre zu glauben, dass ich Sie ohne Hilfe erledigen könnte."

„In der Scheune ist noch einer seiner Männer",

teilte sie Sir Ronald mit.

Sir Ronald klang angewidert. „Also vier gegen einen?"

„Ich überlasse nichts dem Zufall. Und bald werden es fünf gegen einen sein. Ein weiterer meiner … Angestellten kommt von East End, von dem Ort, wo ich Ihre Frau gefangen gehalten habe. Er musste sich zuerst noch um ein kleines Problem kümmern."

Ihr Magen fühlte sich ähnlich widerwärtig an wie an Bord der HMS Avalon. Nur schlimmer. *Armer Andy.*

„Sie schrieben, ich sollte allein kommen. Ich habe getan, was von mir verlangt wurde."

„Ja, Ihre Frau erklärte mir gerade, wie ehrenwert Sie wären und wie sehr es mir an Ehre fehlte." Mit einer Bewegung, die so schnell war, dass sie ihr fast entgangen wäre, stieß er mit dem Schwert in Sir Ronalds Richtung und verlagerte dann sein Gewicht auf seine Fersen, als Sir Ronald seine Waffe zog.

Wo war Jack? Sie betete, dass er nicht durch die Stöße von Hudsons Heugabel aufgespießt worden war. Sie bewegte sich schnell zu Warrior hinüber und begann, die Mähne des Tiers zu streicheln.

Ihr Blick sprang von einem der bewaffneten Männer zum anderen. Sie war erstaunt darüber, wie ähnlich die beiden sich gekleidet hatten, beide ganz in Schwarz mit Kapuzen über ihren Köpfen. Natürlich war der Herzog weit kleiner als Jack, äh, Sir Ronald.

Plötzlich erkannte sie, dass auch sie getäuscht worden war. Sie hatte den Herzog bis heute nur einmal gesehen. Weil dieser Betrüger so groß war wie der Herzog und mit Autorität in diesem französischen Akzent sprach, hatte sie angenommen, dass er der Duc d'Arblier wäre. Jetzt wusste sie mit Sicherheit, dass er das nicht war.

War der echte Herzog einer der Männer, die auf sie zu geritten kamen? Sicherlich wollte er dabei sein. Er würde nicht auf die Gelegenheit verzichten, diese Angelegenheit selbst zu erledigen.

Er musste aber auch wissen, wie wichtig er für seine Sache war. Frankreich konnte es sich nicht leisten, ihn zu verlieren.

Sie wandte sich an ihren Schwager. „Sir Ronald, dieser Mann ist ein Hochstapler!"

„Sir Ronald?", fragte der Betrüger. „Wo ist Jack Dryden?"

„Hier", sagte Jack, der mit gezogenem Schwert aus der Scheune trat. Auch er war ganz in Schwarz gekleidet.

Ihr Herz raste. Freudentränen füllten ihre Augen.

„Wo ist Hudson?"

„Ich bedauere, Ihnen mitteilen zu müssen, dass er in mein Messer gelaufen ist", sagte Jack ohne die geringste Reue in seiner Stimme.

„Ich mag nicht d'Arblier sein, aber ich bin bereit, für mein Land bis zum Tod zu kämpfen!" Er sprang auf Jack zu.

Sir Ronald näherte sich ihm, aber bis er die beiden Männer erreichte, hatten die beiden anderen Männer ihre Pferde gezügelt, sprangen herab, rissen ihre eigenen Schwerter heraus und machten sich daran, den Franzosen, der sie angeheuert hatte, zu schützen.

Es war zu dunkel, als dass Daphne hätte herausfinden können, ob einer der Männer der

Herzog war. Obwohl es ihr nicht gefiel, dass der arme Ronnie *zwei* Männer abwehren musste, machte sie sich weit mehr Sorgen um ihren armen Mann. Es würde für ihn in seinem Zustand schwierig sein, auch nur gegen einen einzelnen Mann zu kämpfen. Sie musste ihm helfen!

Sie rannte in die Scheune. Sie musste Hudsons Schwert in die Hand bekommen, selbst, wenn sie es seiner Leiche entreißen müsste.

* * *

„Daphne!", donnerte Jack. „Setz dich auf Warrior und verschwinde von hier."

„Nur eine Minute, mein Liebling", rief sie ihm über die Schulter zu, als sie in die Scheune eilte.

Seine Frau konnte fürchterlich nervenaufreibend sein.

Der Bruchteil einer Sekunde, für den er seine Augen von dem Franzosen abgewandt hatte, war lange genug gewesen, dass der Mann sich ihm nähern und Jack mit der Klinge seines Schwerts erreichen konnte. Zum Glück verfing sich die Klinge teilweise in den üppigen Falten von Jacks Umhang, aber sein Angreifer schaffte es sekundenschnell, sie daraus zu befreien.

Jack stürzte sich auf ihn, aber das war zu viel für sein verletztes Knie. Er brach zusammen. Sir Ronald hatte selbst alle Hände voll damit zu tun, ein Paar Angreifer abzuwehren, als dass er ihm hätte zu Hilfe kommen können.

Jack lag flach auf dem harten Boden und starrte zu den Sternen hinauf - und zu dem bedrohlichen Franzosen, der darauf aus war, ihn zu töten. Er glaubte nicht, wieder auf die Beine kommen zu können. Der Franzose bewegte sich auf ihn zu, aber als er ein unerwartetes Geräusch hörte, wandte er den Kopf.

Was zum Donner? Eine vierspännige Kutsche raste auf sie zu.

Der verrückte Franzose ließ sich jedoch nicht abschrecken. Mit voller Absicht, ihn zu töten, kam er auf Jack zu.

Von hinten wurde eine Heugabel nach ihm geworfen. Obwohl sie den Umhang von Jacks Angreifer erwischte, verfehlte sie den Mann. Er hielt inne, um seinen Umhang zu loszumachen.

Jack erkannte die herannahende Kutsche als die, die sie in Portsmouth gemietet hatten. Und Andy saß auf dem Kutschbock, aber er lenkte sie nicht. Er hielt einen Dolch auf den Kutscher gerichtet, der einer der Männer war, die Jack im Weißen Löwen überfallen hatten.

Als die Kutsche fünf Fuß von ihnen entfernt abbremste, sprang Andy vom Kutschersitz, was den Franzosen so überraschte, dass Andy ihn entwaffnen konnte.

„Ich freue mich, ihn mit dem Seil zu binden, das ich erst vor so kurzer Zeit losgeworden bin", sagte Daphne, ging zu dem auf dem Boden liegenden Mann und stellte sich auf seine Brust.

„Ich sorge dafür, dass er sich nicht bewegt", sagte Jack. „Ich bitte darum, lieber Andy, dass du meinem Bruder gegen diese beiden Halsabschneider hilfst."

„Sir Ronald?"

„Ja!"

Andy wirbelte herum, um dem Baronet beizustehen.

Während Jack den Franzosen mit seinem Schwert bedrohte, band Daphne die Hände des Mannes hinter seinem Rücken fest, dann sah sie zu den vier kämpfenden Männern hinüber. „Andy ist ein tapferer Junge, aber er hat noch nie zuvor ein Schwert benutzt."

„Hölle und Teufel!" Jack versuchte, auf die Beine zu kommen, fiel aber zurück.

„Hier, nimm meine Hand", sagte Daphne.

Ohne je sein Schwert loszulassen schaffte es Jack diesmal, auf die Beine zu kommen. „Lasst den Jungen in Ruhe!", schrie er die Schufte an. „Ihr habt es mit mir zu tun!"

Andys bärtiger Gegner wandte sich ab, um Jack anzustarren.

Und Andys Schwert senkte sich in ihn hinein.

Zur gleichen Zeit schaffte Sir Ronald es, seinen Gegner an die Scheunenwand zu drängen. Als der Mann erkannte, dass er besiegt war, warf er seine Waffe hin. „Gnade, um Gottes Willen."

„Haben Sie noch ein bisschen Seil übrig, Lady Daphne?", fragte Sir Ronald.

„Ich habe in der Scheune etwas gesehen." Sie eilte in die Scheune zurück.

Jack ging zu dem Mann, den Andy verletzt hatte. Er hockte sich neben ihn und suchte nach dem Puls. „Er ist tot."

„Hudson auch", sagte Daphne und runzelte vor Abscheu die Stirn.

Jack sprach den Mann an, dessen Hände hinter seinem Rücken gebunden waren. „Wenn Sie nicht wie die da enden wollen, sagen Sie mir besser, wo d'Arblier ist."

„Er hat dem Franzmann da gesagt, er würde heute Nacht zur gleichen Zeit, wo der Kerl, der sich für ihn ausgab, sich mit Ihnen traf, die Themse hinuntersegeln. Und das ist die ehrliche Wahrheit."

Der Franzose begann, auf Französisch zu fluchen. Offensichtlich hatte der Herzog nicht gewollt, dass seine Abreise bekannt wurde.

„Wo hat er sein Schiff liegen?", fragte Jack.

„Nicht mehr als zweihundert Yard von dem Gebäude entfernt, wo wir die Dame und den großen Jungen eingesperrt hatten."

Daphne wandte sich Andy zu. „Wie hast du es geschafft, deinem Henker zu entkommen?"

„Genauso, wie wir es besprochen hatten, Milady. Ich habe gewartet, bis die Gefahr direkt bevorstand, dann überraschte ich ihn, indem ich ihn ansprang und ihm das Messer abnahm."

„Wie hast du deine Fesseln gelöst?", fragte sein früherer Entführer.

„Das ist ein Geheimnis."

„Ich finde, es war sehr schlau von dir, ihn zu zwingen, dich hierher zu kutschieren", sagte Daphne zu Andy. „Wenn du nicht in diesem Moment gekommen wärest, fürchte ich, würden sowohl mein Mann als auch ich genau jetzt St. Petrus um Einlass anbetteln."

Jack wurde plötzlich auf ein anderes Paar Pferde aufmerksam, das auf sie zugaloppiert kam. Das war sicher der Herzog!

Als sie näherkamen, sah er, dass einer der Reiter eine verschleierte Frau war. All seine Aufmerksamkeit war auf den Mann gerichtet, im Versuch festzustellen, ob er der Herzog war. Als die wilde Jagd sich näherte, hörte er Virginias Stimme. „Oh, Ronnie, ich habe mir solche Sorgen um dich gemacht!"

„Woher zum Teufel wusstest du, dass ich hier bin?", fragte ihr Mann.

Virginia saß ohne jede Hilfe ab und warf sich in die Arme ihres Mannes. „Ich sah die Nachricht des Duc d'Arbliers an den Hauptmann und ich wusste, dass es dir zufallen würde, meine Schwester zu retten."

Sir Ronalds Blick fiel auf den Mann, der seine Frau begleitete.

Es war Martin.

„Wie zur Hölle sind Sie mit meiner Frau zusammengetroffen?", fragte Sir Ronald.

„Es tut mir furchtbar leid, Sir Ronald", sagte Martin. „Ich habe versucht, sie zurückzuhalten, nachdem ich ihren Höllenritt unterbrochen hatte, wenn Sie wissen, was ich meine, aber die Dame ließ sich nicht zurückhalten. Daher konnte ich sie nur begleiten, für den Fall, dass sie Schutz bräuchte."

„Dann scheint mir, dass ich in Ihrer Schuld stehe", sagte Sir Ronald.

Daphne trat vor.

„Gott sei Dank hat Ronnie dich gerettet." Virginia umarmte Daphne und wandte sich dann an die anderen. „Ihr werdet euch freuen zu erfahren, dass ich sie gefunden habe ..." Sie senkte die Stimme. „Ich meine, Cornelias Briefe in Lambeth House."

„Wo?", fragte Daphne.

„Sie waren mit einem rosa Band zusammengebunden und in einer Schublade der Frisierkommode der verstorbenen Viscountess Lambeth versteckt."

„Sie haben nichts ... anderes gefunden?", fragte Jack und legte besitzergreifend seinen Arm um Daphne.

„Nein." Virginia wandte sich wieder ihrem Mann zu und hob ihr Gesicht zu ihm.

Während sie sich küssten, drehte Daphne sich um und blickte anbetend zu ihrem eigenen Ehemann auf. „Ich bin so stolz auf dich, mein Liebster."

„Da gibt es nichts, worauf man stolz sein

könnte. Ich habe d'Arblier nicht erwischt und ich konnte meine eigene Frau nicht ohne Hilfe retten." Er ließ den Kopf hängen. „Sir Ronald ist der Held."

„Du bist ebenso sehr ein Held wie er." Sie streckte ihre Hand aus, um zärtlich seine Wange zu streicheln. „Ich weiß, dass es nicht einfach für dich war, deine körperlichen Einschränkungen einzugestehen und Hilfe von einem Mann anzunehmen, den du nicht schätzt. Aber du hast es getan, um mich zu retten."

„Ich kenne keinen Mann, den ich mehr schätze als Sir Ronald." Jack legte seine Arme um Daphne, zog sie in seine Arme und küsste sie hungrig.

Danach, als beide aus unerklärlichen Gründen atemlos waren, sprach er mit leiser, heiserer Stimme zu ihr. „Ich habe einen Gasthof bemerkt, *Feather & Leather*, gleich unten an der Straße ..."

Der verführerisch wirkende Blick, den sie ihm zuwarf, erschütterte ihn bis in die Lenden. „Wo wir ...?"

Er nickte.

Epilog

Eine Woche später ...

Sie hörte, wie die Vordertür sich öffnete und rannte die Stufen hinunter, um ihren Mann zu begrüßen. „Du musst mir alles erzählen", sagte Daphne und warf ihre Arme um ihn.

Seine Brauen zogen sich zusammen, er musterte sie. „Wo, Madam, ist deine Brille?"

Oh weh. Sie war lange genug mit ihm verheiratet, um zu wissen, dass wenn er sie *Madam* nannte, er böse auf sie war. „Ich habe sie weggelassen."

„Warum?"

„Ich wollte hübsch aussehen."

„Du bist am hübschesten, wenn du deine Brille trägst." Er strich mit dem Finger an ihrer Nase entlang. „Sie gehört zu dir, und ich mag - nein, ich liebe - alles an dir." Er drückte ihr einen Kuss in ihre Haarmasse, dann nahm er sie an der Hand und führte sie zu dem Sofa im Salon hinüber.

„Nimm es dir nicht so sehr zu Herzen, dass der Herzog entkommen ist", tröstete sie ihn. „Du hättest nichts tun können, um das zu verhindern."

„Mehr als das verstehe ich nicht, warum wir Heffs Liste nicht finden können."

„Ich kann mir vorstellen, dass Lord Lambeth sie weggeworfen hat, weil er ihren Wert nicht erkannte."

„Aber Braithwite - der Schurke - hat bestätigt, dass Lambeth Kontakt mit ihm aufgenommen hat und ihm von ihrer Existenz erzählte."

Mrs. McInnes betrat das Zimmer, um die Herzogin von Lankersham anzukündigen, aber bevor die Worte noch halb aus ihrem Mund gekommen waren, rauschte Cornelia schon wie eine königliche Persönlichkeit in den Raum.

Jack stand auf und bot ihr seinen Platz an.

„Nein. Sie bleiben da bei ihrer widerlich vernarrten Frau sitzen." Cornelia ging zu einem Armsessel und ließ sich elegant darauf nieder. Daphne war sich sicher, dass Cornelia diesen Sessel gewählt hatte, weil er mit seinen hohen Rücken- und Armlehnen einem Thron ähnelte.

Dieser Besuch war sehr ungewöhnlich. Cornelia besuchte sie selten. Sie zog es vor, in ihrem palastartigen Lankersham House zu sitzen und andere an ihren Hof herbeizurufen. „Was verschafft uns diese Ehre?", fragte Daphne.

„Ich habe die Briefe durchgesehen ..."

„Die an Major Styles?", fragte Daphne leise.

Auf Cornelias Gesicht lag ein verlorener Blick, als sie antwortete. „Ich war wirklich in ihn verliebt, weißt du."

Daphne nickte düster. „Das dachte ich mir.

Cornelia öffnete ihr Reticule und zog ein Stück Papier heraus. „Bevor ich es wegwerfe, dachte ich, ich sollte euch fragen, ob es wichtig ist. Die Namen von sechs Männern aus der Regierung stehen darauf."

Jack sprang auf und schnappte sich die Liste. Gierig überflog er die Namen und ein Lächeln hob langsam seine Mundwinkel. „Sie haben Ihrem Land einen großen Dienst erwiesen, Euer Gnaden." Sein Blick traf auf Daphnes. „Ich muss sofort nach Carlton House fahren."

Daphne fuhr hoch. „Du wirst den Regenten nicht ohne mich aufsuchen!"

Er hielt an und lächelte auf sie hinab. „Unser Erfolg - der Erfolg Britanniens - wäre ohne dich nicht möglich gewesen, du intrigante Dame." Er musterte die schmollende Herzogin. „Die früheren Chalmers-Schwestern erweisen sich für die Krone als unschätzbar."

Cornelia erhob sich ebenfalls, ihr Gesicht hellte sich auf. „Da ist noch etwas, das ich mit euch besprechen wollte. Um euch beiden meine ganze Dankbarkeit zu beweisen, habe ich euch eine Kutsche gekauft. Sie steht draußen. Ich habe veranlasst, dass die Rechnungen für den Mietstall an mich geschickt werden."

„Oh, Euer Gnaden", sagte Jack, „wir können unmöglich ...".

„... etwas so Wundervolles ablehnen!", beendete Daphne und trat vor, um ihre Schwester zu umarmen. „Es gibt nichts, was ich mir mehr wünschte oder mehr bräuchte."

„Ich habe mir auch die Freiheit genommen", fügte Cornelia hinzu, „die Dienste dieses jungen Mannes zu sichern, den ihr beide so gerne habt. Er bleibt euer Kutscher."

Jack betrachtete Daphne, ein Lächeln auf dem Gesicht. „Im Übrigen, Liebes, Andy sagt, die Stiefel passten perfekt. Sie sind die schönsten, die er je besessen hat."

Cornelia räusperte sich, um ihre Aufmerksamkeit auf sich zu lenken. „Papa, müsst ihr wissen, würde es gar nicht mögen, wenn ihr in einer Mietdroschke vor dem Haus des Regenten vorfahren würdet." Sie hob ihre perfekt geformte Nase. „Ich schätze, er würde einen Anfall bekommen - und ich bin nicht sicher, dass es Lankersham nicht genauso ginge."

„Papa kann ich verstehen", sagte Daphne, „aber ich kann nicht einsehen, warum es Lankersham wichtig sein sollte ..."

Jack zog seine Frau in die Arme und brachte sie mit einem Kuss zum Schweigen, während Cornelia, etwas über das Ungestüm Jungverheirateter in sich hineinmurmelnd, davonging.

Ende

Die Serie „Im Auftrag des Regenten"

In jedem Krimi eine neue Liebesgeschichte!

Wenn Ihnen *Eine äußerst diskrete Ermittlung* gefallen hat, möchten Sie vielleicht auch die anderen Teile dieser Krimiserie aus der Regency-Zeit mit Hauptmann Jack Dryden und Lady Daphne Chalmers lesen.

Mit der Hilfe seiner Lady
(Buch 1, Im Auftrag des Regenten)

Eine reizende Regency-Romanze. Der Krimi ist gut aufgebaut , die Liebesgeschichte ist bezaubernd und die Nebenfiguren sind ansprechend" 4 Sterne. – *Romantic Times*

Bolen ist eine großartige Geschichtenerzählerin, die uns entzückende Liebesgeschichten mitbringt, die eine frische Perspektive auf die Liebe bieten, während sie Humor und Geheimnis kombiniert. – *Regency Inkwell*

Dieses Buch ist witzig, süß, romantisch, voller Geheimnisse und historisch. Ich habe mich dabei ertappt, wie ich mehrmals laut auflachte. – *The Indie Bookshelf*

* * *

Der Prinzregent heuert Wellingtons besten Spion, Hauptmann Jack Dryden, an, um herauszufinden, wer ihn zu ermorden versucht. Aber um sich in den höchsten Kreisen der feinen englischen Gesellschaft tummeln zu können, muss der überaus gutaussehende Spion eine

Verlobung mit der ausgesprochen unscheinbaren alten Jungfer, Lady Daphne Chalmers, vortäuschen. Während die Ermittlungen dieses unwahrscheinlichen Paares tiefer gehen, vertieft sich auch ihre gegenseitige Anziehung.

The Theft Before Christmas
(Buch 3, Im Auftrag des Regenten)

„Mit ihrer üblichen geschickten Art mischt Bolen echte historische Figuren mit ihrer eigenen Reihe bemerkenswerter Charaktere. Dazu ein Rätsel in einem verschlossenen Raum, eine Rundfahrt durch das London der Regency-Epoche und eine zarte Romanze zwischen zwei Freunden, die durch Daphnes und Jacks Ermittlungen zusammengebracht werden, und man hat einen weiteren bezaubernden Regency-Krimi für die Festtage." —*In Print*

* * *

Da der Diebstahl des Michelangelo des Regenten das Potenzial hat, einen internationalen Zwischenfall zu verursachen, glaubt dieser, dass die beste Aussicht, ihn vor dem Weihnachtsabend wiederzubeschaffen, darin besteht, seine besten Ermittler herbeizurufen: Hauptmann Dryden und dessen Frau, Lady Daphne.

Dieser schöne Krimi bietet auch eine reizende Liebesgeschichte als Nebenhandlung, um weihnachtliche Gefühle beizusteuern.

An Egyptian Affair
(Buch 4, Im Auftrag des Regenten)

Während Hauptmann Jack Dryden sein Leben

für den Regenten geben würde, ist für ihn jedoch die Grenze dort erreicht, wo er seine Frau den Gefahren der dunklen Gassen von Kairo aussetzen müsste – dem Ort, wo der Freund und Antiquitätenaufkäufer des Regenten verschwunden ist.

Aber Lady Daphne Dryden will sich die Gelegenheit, wogende Palmen, zerfallende Säulen und hohe Pyramiden im exotischen Ägypten zu sehen, nicht verderben lassen. Sie besteht sogar darauf, ihre jüngste Schwester, Rosemary, mitzunehmen, die in alles Orientalische verliebt ist. Der Regent besteht darauf, Stanton Maxwell, Englands größten Fachmann für Ägyptologie, als Dolmetscher und seine eigenen Soldaten zum Schutz mitzuschicken.

In Kairo angekommen beginnen Jack und Daphne mit ihren Ermittlungen, die mit einiger Sicherheit den Mord an einer Frau und die Entführung Lady Rosemarys verursachen. Wird Jacks Klugheit – und der unerwartete Mut Mr. Maxwells – ausreichen, um sie vor der Gefahr zu retten und die Übeltäter zu entlarven?

Cheryl Bolen Biografie

Cheryl Bolen ist eine New York Times- und USA Today-Bestsellerautorin und hat mehr als zwei Dutzend historischer Liebesromane geschrieben, von denen die meisten in der Regency-Zeit spielen. Ihre Bücher wurden in acht Sprachen übersetzt und erlangten Platzierungen in verschiedenen Schreibwettbewerben, so etwa auch im Daphne du Maurier Wettbewerb. 1999 wurde Cheryl als "Notable New Author" ausgezeichnet und gewann im Jahr 2006 die Holt Medallion in der Kategorie "Bester historischer Kurzroman". 2012 gewann sie den International Digital Award – eine Auszeichnung speziell für E-Bücher – im Bereich "Bester historischer Roman", und im Jahr darauf erzielte eine ihrer Novellen den ersten Platz in der Kategorie "Beste historische Novelle". Zahlreiche ihrer Bücher wurden zu Bestsellern bei Barnes & Noble und auf Amazon.

Sie ist eine ehemalige Journalistin mit einer Faszination für tote englische Damen und schreibt regelmäßig Beiträge für The Regency Plume, The Regency Reader und The Quizzing Glass. Viele ihrer Artikel kann man auch auf ihrer Webseite (www.CherylBolen.com) finden sowie auf ihrem Blog (www.CherylsRegencyRamblings.wordpress.com), wo sie ihre aktuellen Artikel einstellt. Leser sind an beiden Orten ganz herzlich willkommen.